Descubre la aplicación de AFTER
y prepárate para una experiencia
de lectura 360º

Descarga gratuitamente la aplicación en
tu celular, sigue los símbolos del infinito ∞
que encontrarás repartidos a lo largo
de las páginas de Landon y prepárate para
vivir **la historia de Hardin y Tessa
en primera persona.**

Fotos, videos, pistas de audio, listas
de música y otras sorpresas que te
harán disfrutar aún más de la
Experiencia AFTER.

🌐 **Planeta** Internacional

LANDON. TODO POR TI

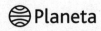
Planeta

ANNA TODD

LANDON. TODO POR TI

Traducción de Vicky Charques y Marisa Rodríguez

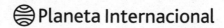

Planeta Internacional

Obra editada en colaboración con Editorial Planeta – España

Título original: *Nothing More*

© 2016, Anna Todd
La autora está representada por Wattpad
Publicado de acuerdo con el editor original, Gallery Books, una división de Simon &
Schuster, Inc.
© 2016, Traducciones Imposibles, por la traducción
© 2016, Editorial Planeta, S.A. - Barcelona, España

Derechos reservados

© 2016, Editorial Planeta Mexicana, S.A. de C.V.
Bajo el sello editorial PLANETA M.R.
Avenida Presidente Masarik núm. 111, Piso 2
Colonia Polanco V Sección
Deleg. Miguel Hidalgo
C.P. 11560, Ciudad de México
www.planetadelibros.com.mx

Canciones del interior:
pág. 271: © Skinny Love, 2008 Jagjaguwar, versionada por Kevin Garrett, interpretada por
Bon Iver

Primera edición impresa en España: septiembre de 2016
ISBN: 978-84-08-15532-4

Primera edición impresa en México: septiembre de 2016
ISBN: 978-607-07-3612-4

Impreso en los talleres de Litográfica Ingramex, S.A. de C.V.
Centeno núm. 162-1, colonia Granjas Esmeralda, Ciudad de México

Impreso en México - *Printed in Mexico*

PLAYLIST DE LANDON

Come Up Short, de Kevin Garrett
Let It Go, de James Bay
Closer, de Kings of Leon
Pushing Away, de Kevin Garrett
As You Are, de The Weeknd
Edge Of Desire, de John Mayer
In The Light, de The Lumineers
Colors, de Halsey
Love Me or Leave Me, de Little Mix
Gasoline, de Halsey
All You Never Say, de Birdy
Addicted, de Kelly Clarkson
Acquainted, de The Weeknd
Fool For You, de Zayn
Assassin, de John Mayer
Without, de Years & Years
Fool's Gold, de One Direction
Love In The Dark, de Adele
Hurricane, de Halsey
Control, de Kevin Garrett
It's You, de Zayn
A Change Of Heart, de The 1975
I Know Places, de Taylor Swift

*Para todos los que anteponemos a todo el mundo
a nosotros mismos, incluso cuando ya no nos queda
nada más que dar.*

UNO

Mi vida es bastante simple. No tengo muchas complicaciones. Soy una persona feliz, eso se sabe.

Todos los días, las tres primeras cosas que me vienen a la cabeza son:

«No está tan masificado como creía.»

«Espero que Tessa salga pronto del trabajo para que podamos pasar un rato juntos.»

«Extraño a mi mamá.»

Sí, estoy en segundo de la universidad, en Nueva York, pero mi mamá es una de mis mejores amigas.

Añoro mi hogar, aunque me ayuda que Tessa esté aquí; ella es lo más parecido a una familia que tengo.

Sé que lo hacen todos los universitarios: se van de casa y se mueren de ganas de perder de vista su ciudad natal. A mí eso no me pasa. A mí me gustaba mi casa, aunque no me hubiera criado en ella. No me importó haber pasado el último año de la preparatoria y el primero de universidad en Washington, se estaba convirtiendo en mi hogar. Allí tenía una familia, y había conocido a mi nueva mejor amiga. El único inconveniente era que me faltaba Dakota, mi novia desde hacía años. De modo que, cuando la aceptaron en una de las mejores academias de ballet del país, accedí a mudarme con ella. Cuando me inscribí en la Universidad de Nueva York, tenía un plan, sólo que la cosa no salió como yo esperaba. Me mudé aquí para empezar mi vida con Dakota. No tenía ni idea de que ella fuera a cambiar de opinión y a decidir que prefería pasar su primer año de facultad soltera.

Me destrozó. Aún no estoy bien del todo, sin embargo, quiero que sea feliz, aunque sea sin mí.

En septiembre aquí hace un frío que cala, pero apenas llueve en comparación con Washington. Ya es algo.

De camino al trabajo, miro el celular. Lo hago como cincuenta veces al día. Mi mamá está embarazada, voy a tener una hermanita, y quiero estar al tanto de las novedades para poder tomar el primer avión si pasa cualquier cosa. Mamá y Ken decidieron que se llame Abigail, y yo me muero de ganas de conocerla. Nunca he vivido rodeado de niños, pero la pequeña Abby ya es mi bebé favorito. Sin embargo, por ahora, lo único que me envía son fotos de las cosas tan increíbles que prepara en la cocina.

Ni una emergencia; pero cómo extraño su comida.

En la calle no hay tanta gente como imaginaba. Estoy esperando en un paso peatonal, rodeado de extraños; casi todos son turistas con enormes cámaras colgando del cuello. Me río para mis adentros cuando un adolescente saca un iPad gigante para tomarse una *selfie*.

Nunca entenderé lo de las *selfies*.

Cuando el semáforo se pone en rojo para los coches y los peatones podemos cruzar, subo el volumen de los audífonos.

Aquí siempre los traigo puestos. La ciudad es mucho más ruidosa de lo que yo me esperaba y me ayuda tener algo que bloquea parte del ruido y añade un toque de color a los sonidos que aun así me llegan.

Hoy toca Hozier.

Llevo los audífonos incluso mientras trabajo (al menos en una oreja, con la otra escucho a los clientes que me piden café). Me distraigo mirando a dos hombres que van vestidos de pirata y se gritan el uno al otro. Entro a la cafetería y me tropiezo con Aiden, el compañero de trabajo que peor me cae.

Es alto, mucho más alto que yo. El pelo rubio platino le da un aire a Draco Malfoy y me da escalofrío. Además de parecerse a Draco, a veces es un poco maleducado. Conmigo es amable, pero veo cómo mira a las universitarias que vienen a Grind. Se comporta como si la cafetería fuera un club, y no un sitio donde sólo se sirve café.

Les sonríe a todas, coquetea y las hace reír con su «arrebatadora» mirada. Es repelente. Encima, no es tan guapo. Aunque a lo mejor, si fuera mejor persona, me lo parecería.

—Mira por dónde caminas —rezonga dándome una palmada en el hombro como si estuviéramos paseando por un campo de futbol vestidos con camisetas a juego.

Hoy empieza pronto a fastidiarme.

Me olvido del asunto, me pongo el delantal amarillo y miro el celular otra vez. Después de checar busco a Posey, la chica a la que tengo que capacitar durante un par de semanas. Es simpática. Tímida pero muy trabajadora, eso me gusta. Se toma la galleta que le regalamos todos los días durante el período de capacitación como un incentivo para estar un poco más contenta en el turno de trabajo. Casi todos los novatos la rechazan, pero ella se ha comido una al día esta semana, cada día una distinta: chocolate, chocolate con nueces de macadamia, vainilla y una misteriosa de color verde que creo que es una especialidad local sin gluten.

—Hola —la saludo con una sonrisa mientras ella está apoyada en la máquina de hacer hielo. Trae el pelo detrás de las orejas y está leyendo la etiqueta de uno de los paquetes de café molido.

Alza la vista, me saluda con una sonrisa rápida y sigue leyendo.

—No entiendo cómo pueden cobrar quince dólares por un paquete de café tan pequeño como éste —dice lanzándome la bolsa.

La atrapo al vuelo y casi se me resbala de entre los dedos, pero la sujeto con fuerza.

—Podemos —la corrijo con una sonrisa, y dejo el paquete en el expositor—. Eso es lo que cobramos.

—No llevo trabajando aquí lo suficiente para usar la primera persona del plural —replica.

Se saca una liga de la muñeca y levanta sus rizos cobrizos en el aire. Tiene mucho pelo y se lo recoge pulcramente con la liga. Luego me hace un gesto para indicarme que está lista para trabajar.

Posey me sigue a la sala y espera junto a la caja. Esta semana está aprendiendo a tomar las órdenes de los clientes. La semana que viene empezará a prepararlas. A mí lo que más me gusta es tomar la orden porque puedo hablar con los clientes en vez de quemarme los dedos con la máquina de café, como me pasa siempre.

Estoy preparando mi zona de trabajo cuando suena la campanilla de la puerta. Miro a Posey para ver si está lista. Lo está, sonriente y dispuesta para recibir a los adictos a la cafeína de esta mañana. Dos chicas se acercan a la barra cacareando como gallinas. Una de las voces se me clava en el alma: es Dakota. Va vestida con un *top* deportivo, *shorts* anchos y tenis de colores chillones. Habrá salido a correr, no se pondría eso para una clase de baile. Para bailar prefiere leotardo y *shorts* ajustados. Estaría igual de guapa. Siempre está preciosa.

Lleva varias semanas sin aparecer por aquí y me sorprende volver a verla. Me pone nervioso. Me tiemblan las manos y estoy pulsando la pantalla de la computadora sin motivo. Su amiga Maggy me ve primero, toca a Dakota en el hombro y ésta se voltea hacia mí con una enorme sonrisa en la cara. Una fina capa de sudor le cubre el cuerpo y lleva los rizos negros recogidos en un chongo despeinado.

—Esperaba encontrarte aquí. —Nos saluda con la mano primero a mí y luego a Posey.

«¿Ah, sí?». No sé cómo tomarlo. Sé que acordamos ser amigos, pero no sé si esto es sólo una conversación cordial o algo más.

—Hola, Landon. —Maggy también me saluda con la mano.

Les sonrío a las dos y les pregunto qué van a tomar.

—Café helado con extra de crema —dicen ambas al unísono.

Van vestidas casi igual, sólo que Maggy es prácticamente invisible al lado del cutis radiante de color caramelo y los ojos brillantes y cafés de Dakota.

Entro en piloto automático. Tomo dos vasos de plástico y los lleno de hielo de una sola palada, luego añado el café de una jarra que ya tenemos preparada. Dakota me observa, puedo sentir su mirada. Por alguna razón me incomoda, así que cuando noto que Posey también me está mirando, me doy cuenta de que podría (de que debería) explicarle qué demonios estoy haciendo.

—Simplemente hay que servirlo después de poner el hielo. Los del turno de noche lo preparan el día antes para que se enfríe y no derrita el hielo —digo.

No es en absoluto complicado, y me siento un poco tonto explicándolo delante de Dakota. No terminamos mal en absoluto, simplemente no salimos y tampoco hablamos como lo hacíamos antes. Lo entendí cuando decidió terminar con nuestra relación de cinco años. Está en Nueva York, una ciudad nueva donde ha hecho nuevas amistades, y yo he cumplido mi promesa y seguimos siendo amigos. La conozco desde hace mucho y siempre será muy importante para mí. Fue mi segunda novia, pero la primera relación de verdad que he tenido hasta ahora. He estado saliendo con Sophia, una chica tres años mayor que yo, aunque sólo somos amigos. Se ha portado muy bien con Tessa y la ayudó a conseguir un empleo en el restaurante en el que trabaja.

—¿Dakota? —La voz de Aiden ahoga la mía cuando empiezo a preguntarles si prefieren que la crema sea batida, que es la que me gusta ponerle a mí al café.

Confundido, veo cómo Aiden alarga el brazo y toma la mano de Dakota. Ella la levanta y, con una enorme sonrisa, hace una pirueta delante de él.

Entonces me mira de reojo y se aleja un poco de él.

—No tenía ni idea de que trabajaras aquí —señala en tono neutro.

Miro a Posey para intentar no escuchar lo que dicen y finjo que estoy leyendo el horario que está colgado en la pared que tiene detrás. Sus amistades no son asunto mío.

—Creo que te lo dije anoche —replica Aiden, y yo finjo

toser para que nadie se dé cuenta del pequeño alarido que escapa de mi boca.

Por suerte, sólo Posey parece haberlo notado. Hace todo lo posible por no sonreír.

No miro a Dakota, pese a que percibo que está incómoda. Como respuesta a Aiden, se ríe. Es la misma risa que cuando abrió el regalo que le hizo mi abuela la Navidad pasada. Una risa encantadora... Dakota hizo feliz a mi abuela al reírse del horrible pez cantarín pegado a un tronco de madera de imitación. Cuando vuelve a reírse sé que está incómoda a más no poder. Para que la situación no sea tan rara, le paso los dos cafés con una sonrisa y le digo que espero volver a verla pronto.

Antes de que pueda responder, sonrío de nuevo, me voy a la parte trasera y subo el volumen de los audífonos.

Espero a que suene otra vez la campanilla de la puerta, así sabré que Dakota y Maggy se fueron. Entonces me doy cuenta de que no oiré nada porque tengo muy fuerte la repetición del partido de hockey de ayer. Sólo llevo un audífono puesto, pero la multitud grita y aplaude mucho más alto de lo que suena la campanilla de metal. Vuelvo a la sala; Posey pone los ojos en blanco mientras Aiden le explica cómo se prepara la crema de leche para el café. Aún parece más raro con el pelo rubio platino envuelto en una nube de vapor.

—Dice que son compañeros de clase en la academia de danza —me susurra Posey cuando me acerco.

Me quedo pasmado y miro a Aiden, que no se ha dado cuenta de nada de tan enfrascado como está en su maravilloso mundo.

—¿Se lo preguntaste? —digo impresionado y a la vez preocupado por la respuesta que haya dado a otras preguntas acerca de Dakota.

Posey asiente y toma una taza de metal que está para enjuagar. La sigo al fregadero y ella abre la llave.

—Vi cómo te pusiste cuando la tomó de la mano. Así que le pregunté qué hay entre ellos.

Se encoge de hombros y sus rizos se mueven con ella. Tiene las pecas más imperceptibles que he visto, repartidas entre las mejillas y el puente de la nariz. La boca grande, con los labios carnosos, y es casi tan alta como yo. De eso me di cuenta el tercer día que la vi, cuando imagino que despertó mi interés durante un segundo.

—Salíamos juntos —le confieso a mi nueva amiga, y le doy un trapo para que seque la taza.

—No creo que estén juntos. Hay que estar loca para salir con un Slytherin.

Cuando Posey sonríe, mis mejillas se dilatan y me pongo a reír con ella.

—¿Tú también lo has notado? —pregunto.

Tomo una galleta de menta y pistache y se la ofrezco.

Ella sonríe, acepta la galleta y, para cuando termino de cerrar el bote, ya casi se la comió entera.

DOS

Cuando termina mi turno, registro la salida y tomo un par de vasos para llevar del mostrador y preparo las bebidas que me llevo siempre cuando acabo: dos *macchiatos*, uno para mí y otro para Tess. Sin embargo, no son *macchiatos* comunes y corrientes: les añado tres dosis de avellana y un chorrito de jarabe de plátano. Aunque suena asqueroso, está riquísimo. Lo hice por error un día al confundir las botellas de jarabe de vainilla y de plátano, pero el brebaje acabó convirtiéndose en mi bebida favorita. Y en la de Tessa. Y, ahora, también en la de Posey.

Para mantener nuestros cuerpos jóvenes e universitarios debidamente nutridos, yo soy el encargado de los refrigerios, y Tessa es quien provee la cena la mayoría de las noches con las sobras del Lookout, el restaurante en el que trabaja. A veces, la comida sigue estando caliente pero, incluso si no lo está, todo allí es tan bueno que continúa siendo comestible horas después. Ambos podemos permitirnos un buen café y comida gourmet a pesar de nuestro presupuesto de estudiantes, así que no nos la hemos pasado nada mal.

Tessa tiene el último turno esta noche, por lo que me tomo con calma el cierre de la cafetería. No es que no pueda estar en casa sin ella, pero no tengo ningún motivo para correr, y así no pensaré demasiado en Dakota y en esa serpiente. En ocasiones, disfruto del silencio de una casa vacía, pero nunca antes había vivido solo, y a menudo el zumbido del refrigerador o los ruidos de las tuberías que cruzan el departamento hacen que me vuelva loco. De repente me descubro esperando percibir el sonido de un partido de futbol procedente del despacho de mi padrastro, o el olor a jarabe de maple que emana algo que está horneando mi mamá en la cocina. Ya terminé las tareas de la universidad de esta semana. Las primeras semanas de mi segundo año están siendo por completo diferentes de las del primero. Me alegro de haber terminado con las tediosas clases obligatorias del primer curso y poder empezar la rama de formación docente; por fin siento que me estoy acercando a mi carrera como profesor de primaria.

Leí dos libros este mes, ví todas las películas buenas que hay en el cine, y Tessa mantiene la casa siempre tan limpia que no me deja ninguna tarea que hacer. Básicamente, no tengo nada útil en lo que invertir el tiempo y no he hecho ningún amigo, sólo tengo a Tessa y a un par de compañeros de Grind con los que no me imagino saliendo fuera de la cafetería. Puede que Posey sea una excepción. Timothy, un chico de mi clase de Estudios Sociales, es estupendo. Traía puesta una camiseta de los Thunderbirds el segundo día del semestre y estuvimos hablando sobre el equipo de hockey de mi ciudad natal. Los deportes y las novelas de fantasía son mi mejor recurso a la hora de socializar con extraños, algo que no se me da demasiado bien en general.

Mi vida es bastante simple. Tomó el metro en la estación que está al otro lado del puente del campus, vuelvo a

Brooklyn, voy caminando al trabajo y luego también regreso caminando. Se ha convertido en un patrón, un ciclo repetitivo y sin incidentes. Tessa dice que estoy deprimido, que tengo que hacer nuevos amigos y divertirme un poco. Me dan ganas de decirle que siga su propio consejo, pero sé que es más fácil ver los problemas del prójimo que los tuyos propios. A pesar de lo que piensan mi mamá y Tessa respecto a mi falta de vida social, yo me la paso bien. Me gusta mi trabajo, y me gustan mis clases de este semestre. Me gusta vivir en una parte bastante bonita de Brooklyn y me gusta mi nueva facultad. Sí, podría ser mejor, lo sé, pero me gusta mi vida; es sencilla y fácil, sin complicaciones y sin obligaciones más allá de las de ser un buen hijo y un buen amigo.

Miro el reloj de la pared y hago una mueca de fastidio al ver que ni siquiera son las diez todavía. Antes dejé las puertas abiertas más tiempo de lo normal por un grupo de mujeres que estaban entretenidas hablando de divorcios y de bebés. No paraban de decir «Vaya» y «Qué fuerte», así que decidí dejarlas tranquilas hasta que se solucionaran la vida las unas a las otras y estuvieran listas para irse. A las nueve y cuarto, se fueron y dejaron la mesa llena de servilletas, cafés fríos a medio beber y pasteles a medio comer. No me importó ver el desorden porque eso me mantendría ocupado unos minutos más. Tardé mucho tiempo en preparar el cierre y coloqué meticulosamente los montones de servilletas en los dispensadores de metal. Barrí el piso recogiendo los envoltorios de los popotes de uno en uno y me dirigí lo más despacio que pude a llenar los contenedores de hielo y los cilindros de café molido.

Esta noche, el tiempo no está de mi parte; estoy empezando a plantearme nuestra relación. Así es, el tiempo pocas veces actúa en mi favor, pero esta noche me está fastidiando más que de costumbre. Cada minuto que pasa son sesenta segundos de burlas. La manecilla del reloj sigue haciendo tictac lentamente, pero esos tictacs no parecen acumularse. Me da la sensación de que el tiempo no avanza para nada. Empiezo a jugar a contener la respiración durante treinta segundos en un intento pueril de que transcurra el rato. Al cabo de unos minutos, me aburro y me dirijo a la parte de atrás del local con el cajón de la caja registradora y cuento el dinero del día. En la cafetería hay un silencio absoluto, excepto por el zumbido de la máquina de hielos del cuarto trasero. Por fin, son las diez y ya no puedo retrasarlo más.

Antes de irme, echo un último vistazo a mi alrededor. Estoy seguro de que no se me pasó nada por alto y de que ningún grano de café está fuera de lugar. No suelo cerrar solo. Unos días cierro con Aiden y otros con Posey. Ella se ofreció a quedarse conmigo, pero antes la había oído comentar que no lograba encontrar una niñera para su hermana. Posey es callada y no habla mucho conmigo sobre su vida, pero, por lo que he podido ir deduciendo, la niña parece ser el centro de su universo.

Cierro la caja fuerte y activo el sistema de seguridad antes de cerrar la puerta con llave al salir. Es una noche fría, y un ligero frescor procedente del río envuelve Brooklyn. Me gusta estar cerca del agua y, por algún motivo, ésta hace que me sienta alejado de alguna manera del bullicio y las prisas de la ciudad. A pesar de su proximidad, Brooklyn no tiene nada que ver con Manhattan.

Un grupo de cuatro personas, dos chicas y dos chicos, pasan por detrás de mí mientras cierro y salgo a la banqueta. Me quedo observando cómo las dos parejas se dividen en pares tomándose de la mano. El chico más alto lleva una camiseta de los Browns, y me pregunto si revisó las estadísticas de la temporada del equipo. De haberlo hecho, probablemente no iría por ahí luciéndola con tanto orgullo. Los observo mientras los sigo. El fanático de los Browns grita más que el resto y tiene un tono grave y desagradable. Me parece que está borracho. Cruzo la calle para alejarme de ellos y llamo a mi mamá para ver cómo está. Y, con eso, me refiero a que le digo que estoy bien y que su único hijo ha sobrevivido a otro día en la gran ciudad. Le pregunto cómo se encuentra, pero, como de costumbre, le resta importancia y se interesa por mí.

A mi mamá no le preocupó tanto como yo creía la idea de que me viniera a vivir aquí. Quería que yo fuera feliz, y venir a Nueva York para estar con Dakota me hacía feliz. Bueno, o eso se suponía. Mi mudanza iba a ser el pegamento que mantendría unida nuestra desgastada relación. Pensaba que la distancia era la causante de nuestro distanciamiento; no me había dado cuenta de que era libertad lo que ella anhelaba. Y su búsqueda de la misma me tomó desprevenido porque nunca la había atado a mí. Nunca intenté controlarla ni decirle lo que tenía que hacer. No soy de esa clase de personas. Desde el día en que aquella chica vivaz de pelo ondulado se mudó a la casa de al lado, supe que tenía algo especial. Algo especial y auténtico, y yo jamás jamás quise acapararlo. ¿Cómo iba a hacerlo? Y ¿por qué razón? Fomenté su independencia y la animé a mantener su mordacidad y sus firmes opiniones. Durante los cinco años que estuvimos juntos, valoré profundamente su ímpetu e intenté ofrecerle todo lo que necesitara.

Cuando tenía miedo de mudarse de Saginaw, en Michigan, a la Gran Manzana, encontré el modo de que lo superara. Yo mismo he vivido varios traslados; me mudé de Saginaw a Washington justo antes de mi último año de preparatoria. No paré de repetirle todos los buenos motivos que tenía para querer ir a la Universidad de Nueva York: lo mucho que le gustaba bailar y el gran talento que poseía para ello. No pasaba un solo día sin que le recordara lo buena que era y lo orgullosa que debía estar de sí misma. Ensayaba día y noche, a pesar de las ampollas en los dedos y de los tobillos ensangrentados. Dakota siempre ha sido una de las personas más motivadas que he conocido en mi vida. Sacar unas calificaciones magníficas le resultaba más fácil a ella que a mí, y cuando éramos adolescentes siempre trabajaba en un lugar u otro. Cuando mi mamá tenía trabajo y no podía acercarla, recorría kilómetro y medio en bicicleta para ir a trabajar como cajera en la gasolinera de una parada de camiones. Cuando cumplí dieciséis años y saqué la licencia de conducir, dejó que su papá vendiera su bicicleta para conseguir algo de dinero extra y yo la acompañaba al trabajo de buena gana.

Pero, a pesar de todo, supongo que Dakota sentía una gran falta de libertad en su vida familiar. Su papá intentaba mantenerlos prisioneros a ella y a Carter en su casa de cuatro ladrillos. Las rejas que clavó en las ventanas no consiguieron retener a ninguno de sus hijos. En cuanto llegó a Nueva York, Dakota descubrió una nueva vida. Ver cómo su papá se deterioraba hasta no ser más que ira y alcohol no era vivir. Intentar librarse del sentimiento de culpa por la muerte de su hermano no era vivir. Se dio cuenta de que, en realidad, nunca había vivido. Yo empecé a vivir el día en que la conocí, sin embargo para ella no era lo mismo.

Por mucho que me doliera nuestra ruptura, no se lo reproché, y sigo sin hacerlo. Pero mentiría si dijera que no me dolió profundamente perderla y ver cómo el futuro juntos que había imaginado se desvanecía. Creía que vendría a Nueva York para compartir un departamento con ella. Había dado por hecho que todas las mañanas me despertaría con nuestras piernas entrelazadas y con la dulce fragancia de su cabello en la cara. Pensaba que crearíamos recuerdos mientras descubríamos juntos la ciudad; que pasearíamos por los parques y fingiríamos entender el arte expuesto en los sofisticados museos. Esperaba tantas cosas cuando empecé a planear mi mudanza aquí... Esperaba que fuera el comienzo de mi futuro, no el fin de mi pasado.

A su favor he de decir que ella lo vio venir, fue sincera con sus sentimientos y terminó conmigo antes de que me mudara. En lugar de intentar fingir durante un tiempo antes de que la bomba estallara en nuestras caras, fue del todo honesta. Aun así, para cuando me dejó, yo ya estaba demasiado mentalizado con que iba a mudarme como para cambiar de idea. Ya había hecho el traslado de expediente y había pagado el depósito de un departamento. No me arrepiento, y, volviendo la vista atrás, creo que era lo que necesitaba hacer. No me he enamorado de la ciudad todavía, su encanto aún no me ha hipnotizado por completo, y no creo que me quede después de graduarme, pero de momento me gusta lo suficiente. Me gustaría establecerme en algún lugar tranquilo, con un amplio jardín con mucho sol que lo ilumine todo y me broncee la piel.

El hecho de que Tessa se haya mudado aquí conmigo ayuda. No me alegro de las circunstancias que la llevaron a hacerlo, aunque sí de poder ofrecerle una vía de escape. Tessa Young fue la primera amiga que hice en la Universidad de Washington Central, y prácticamente acabó siendo la única hasta que me fui. Era la primera y la única amiga que había hecho en Washington, y viceversa. Su primer año allí fue difícil. Se enamoró y le rompieron el corazón. Yo me encontraba en una posición incómoda entre mi hermanastro, con el que intentaba construir una relación, y mi mejor amiga, Tessa, cuyas heridas las había provocado el mismo hombre.

No dudé en ofrecerle mi casa a Tess en cuanto me lo pidió, y lo volvería a hacer. No me importaba compartir mi departamento con ella, y sabía que eso la ayudaría. Me gusta mi papel de amigo, de chico simpático. He sido el chico simpático toda mi vida, y es algo con lo que me siento cómodo. No necesito ser el centro de atención. De hecho, hace poco me di cuenta de que huyo de cualquier situación que pueda convertirme en ello. Lo mío es ser el actor secundario, el amigo y el novio que ofrece apoyo, y no me molesta en absoluto. Cuando todo se vino abajo en Michigan, preferí sufrir solo. No quería que nadie más sangrara conmigo, y mucho menos Dakota.

Su dolor era inevitable, y no había nada que yo pudiera hacer para aliviarlo. Tenía que dejar que se desahogara, y no tuve más remedio que hacerme a un lado y ser testigo de cómo su mundo se desmoronaba por una tragedia que tanto me había esforzado por evitar. Ella era mi venda, y yo su red. Yo la sujeté cuando ella estaba cayendo, y el dolor nos unirá hasta el fin de los tiempos, ya sea como amigos o como algo más.

No suelo pensar en estas cosas, en estos recuerdos que me obligué a olvidar. Esa lata de gusanos está cerrada. Sellada con Super Glue y enterrada bajo tres metros de cemento.

TRES

Al llegar al departamento, encuentro un paquete de tamaño mediano en la puerta. Tiene el nombre de Tessa escrito con un marcador negro, lo que me revela al instante quién lo envía. Introduzco la llave en el cerrojo y empujo la caja con suavidad con el pie para meterla a la casa. Las luces están apagadas; Tessa no ha vuelto aún del trabajo.

Estoy cansado y mañana no tengo que madrugar. Los martes y los jueves, mis clases empiezan más tarde que el resto de la semana, y siempre estoy deseando que lleguen esos días para poder permanecer tranquilamente en la cama en calzones viendo la tele. Es un lujo sencillo y algo triste, pero disfruto cada segundo de ello. Me quito los zapatos y los coloco de forma ordenada en el piso del recibidor mientras grito el nombre de Tessa sólo para comprobar que no está. Al ver que no contesta, empiezo a desvestirme en la sala por el mero hecho de que puedo hacerlo. Otro pequeño lujo. Me desabrocho los botones de los *jeans* y los dejo deslizarse por mis piernas. Me los quito de una patada y permito que caigan de manera desordenada al piso. Me siento un poco rebelde, aunque, sobre todo, agotado.

Pero, después de pensarlo bien, recojo los pantalones,

la camisa, los calcetines y los calzones del piso y los llevo a mi dormitorio, donde los dejo caer de nuevo.

Necesito un baño.

La llave del único baño que hay se atasca casi siempre que quiero bañarme. El agua tarda al menos un minuto en recorrer las tuberías. Nuestro casero ya la «arregló» dos veces, pero nunca dura. Incluso Tessa intentó arreglarla varias veces, pero las reparaciones no son lo suyo en absoluto. Me río cada vez que me acuerdo de haberla visto toda empapada y de lo furiosa que se puso cuando el agua empezó a salir para todos lados. La llave de metal salió disparada hasta el otro lado del baño e hizo un pequeño agujero en la pared de yeso. Unas semanas después, volvió a romperse cuando fue a bañarse y acabó arrancándola de la pared. El resultado fue que un chorro de agua helada le salpicó toda la cara. Comenzó a gritar como una poseída y salió corriendo del baño hecha una furia.

Como ya estoy acostumbrado, la abro, me aparto y espero a que el agua recorra las tuberías. Oigo cómo avanza por ellas mientras hago pis rápido. Me pongo a pensar en lo acontecido durante el día, en lo deprisa que se me han pasado las clases y en cuánto me sorprendió ver a Dakota y a Maggy en Grind. Todavía se me hace raro ver a Dakota, especialmente con Aiden, y ojalá hubiera tenido algo de tiempo para prepararme para la situación. Hacía semanas que no hablaba con ella, y me resultó difícil concentrarme teniendo en cuenta la poca cantidad de ropa que llevaba puesta. Creo que la cosa estuvo bastante bien. No dije nada demasiado vergonzoso. No derramé el café ni se me trabaron las palabras. Me pregunto si ella se habrá sentido incómoda y si estaba forzando una conversación conmigo o si habrá notado la tensión por mi parte.

No me llama mucho, de hecho, no me llama nada, así que no sé cómo se siente ni en qué punto estamos. Nunca ha sido muy abierta en lo que a sus sentimientos se refiere, pero sé que es la clase de chica que guarda rencor de por vida. No tiene ningún motivo para tener sentimientos negativos hacia mí, pero no puedo evitar pensarlo. Se me hace un poco raro que hayamos pasado de hablar diario a no hacerlo en absoluto. Después de que me llamara para cortar nuestra relación, intenté mantener a flote nuestra amistad, con poca ayuda por su parte.

A veces la extraño.

Carajo, la extraño muchísimo.

Me había acostumbrado a no verla cuando me mudé de Michigan a Washington, pero seguíamos hablando todos los días y yo iba a verla siempre que podía, incluso en plena época de exámenes en la facultad. Cuando se mudó a Nueva York, empezó a distanciarse. Yo intuía que algo no andaba bien, pero esperaba que las cosas mejoraran. No obstante, cada vez que hablábamos por teléfono la notaba más y más lejos de mí. En ocasiones me quedaba ahí plantado mirando el teléfono, esperando que volviera a llamar para preguntarme cómo me había ido a mí en el día. Esperaba que fuera algo transitorio mientras se adaptaba a su nueva vida. Creía que tal vez fuera sólo una fase.

Quería que disfrutara completamente de su nueva vida y que hiciera amigos nuevos. No deseaba privarla de nada. Sólo quería formar parte de su vida como siempre. Deseaba que se dedicara plenamente a la escuela de ballet; sabía lo importante que era eso para ella. No quería ser una distracción. Intenté apoyarla todo lo posible, incluso cuando comenzó a expulsarme de su vida. Fui un novio comprensivo cuando su agenda estaba cada vez más y más apretada.

Siempre había interpretado bien mi papel de novio comprensivo, incluso de niños. Me siento cómodo en ese papel, el del chico simpático. Me mostré paciente y comprensivo. La noche que llamó para darme todas sus razones por las que nuestra relación no funcionaba, asentí al otro lado de la línea y le dije que no pasaba nada, que lo entendía. No lo entendía, pero sabía que no iba a cambiar de idea por mucho que yo quisiera luchar por ella. No quería convertirme en eso. No quería convertirme en una carga con la que ella tuviera que luchar. Dakota se había pasado la vida luchando, y yo había conseguido ser una de las pocas fuerzas positivas para ella y quería que continuara siendo así.

Me sentía frustrado y, en cierto modo, sigo estándolo. Lo cierto es que no entendía por qué no podía pasar ni un ratito conmigo cuando todas sus actualizaciones de estado de Facebook eran fotos de ella en distintos restaurantes y discotecas con sus amigos.

Añoraba que me contara cómo le había ido en el día. Quería escuchar cómo alardeaba sobre lo bien que le había salido todo en clase. Extrañaba oírla decir las ganas que tenía de que llegara la fecha de la siguiente audición. Ella había sido siempre la primera persona a la que yo llamaba para explicarle cualquier cosa. Eso empezó a cambiar cuando conocí a Tessa y comencé a tener una relación más cercana con mi hermanastro Hardin, pero aun así la extrañaba. No sé mucho sobre relaciones, pero sabía que lo que nos estaba pasando no era normal.

De repente me doy cuenta de que el baño se está llenando de vapor mientras yo sigo aquí plantado, mirándome al espejo y reviviendo el fracaso de mi única relación. Por fin, me meto a la pequeña tina. El agua está hirviendo y me quema la piel. Salgo de un brinco y ajusto la temperatura. Conecto mi teléfono al iDock y reproduzco mi *podcast* de deportes favorito antes de volver a meterme bajo el agua. Los locutores discuten sobre la innecesaria política que rodea al hockey con voces graves y acaloradas. Trato de poner atención a sus quejas, pero el sonido no para de entrecortarse, así que alargo la mano y lo apago. El teléfono se cae de la base a la pila. Alargo la mano y lo saco antes de que mi suerte ataque de nuevo y un elfo doméstico abra la llave. Tener un elfo doméstico, preferiblemente a Dobby o a su clon, sería genial. Harry Potter es un niño afortunado.

El baño es demasiado pequeño para otro cuerpo, elfo o no. Es minúsculo, por no decir microscópico. Sólo tiene un lavabo bajo con una llave torcida instalada al lado de un pequeño retrete en el que apenas quepo. Quien haya diseñado este departamento no lo hizo pensando en un tipo de un metro ochenta. A menos que a ese tipo le guste doblar las rodillas para meter la cabeza debajo de la regadera. El agua caliente me relaja la espalda mientras yo sigo torturándome y pensando en Dakota. No logro quitármela de la cabeza. Hoy estaba tan guapa y tan sexi con esos *shorts* y ese *top* deportivo...

¿Habrá notado mis cambios físicos desde la última vez que nos vimos? ¿Se habrá dado cuenta de que tengo los brazos más fuertes y de que por fin se marcan en mi estómago las líneas de los músculos que tanto me he esforzado por definir?

Cuando era pequeño era el típico niño gordito. Mi corpulenta constitución era siempre el hazmerreír de los pasillos de la escuela. Me llamaban Landon *el Gordo* y no paraban de burlarse de mí. Puede que ahora suene estúpido e infantil, pero en su día me angustiaba muchísimo cuando aquellos idiotas me acosaban repitiéndolo sin parar. Ésa fue sólo una de las muchas llamas del infierno que viví en la escuela y no era nada en comparación con lo que pasó con Carter, pero no voy a entrar en eso esta noche.

Cuanto más intento evocar nuestro encuentro en Grind, más recuerdos torturadores me vienen a la cabeza. Dakota era una persona difícil de descifrar. Nunca lograba saber en qué estaba pensando. Incluso de más pequeños, siempre tuvo sus secretos. En su momento, eso me atraía de ella, pues la veía misteriosa y emocionante. Sin embargo, ahora que somos más mayores y que terminó conmigo con pocas explicaciones, no me hace tanta gracia.

Me quedo mirando los azulejos verde alga de la pared y pienso en todas las cosas que debí haber dicho y hecho durante esos cinco minutos. Es un círculo vicioso: repaso lo que podría haber dicho y, después, afirmo que no pasa nada, y entonces vuelve a entrarme el pánico. Me quedo mirando la pared y recuerdo haberla tenido delante de mí esa mañana. Ojalá hubiera podido leer las páginas que se esconden tras sus ojos almendrados o haber descubierto algunas palabras ocultas bajo sus labios carnosos.

Esos labios...

Los labios de Dakota son algo de otro mundo. Son grandes, carnosos, y tienen un perfecto tono rosa suave. Su color rosado siempre me ha vuelto loco, y ha logrado dominar el arte de usarlos perfectamente. Teníamos sólo dieciséis años cuando tuvimos sexo por primera vez. Cumplíamos dos meses juntos y ella acababa de adoptar un cachorro para mí. Yo sabía que mi mamá no me iba a dejar tenerlo, y supongo que ella también, pero intentamos esconderlo en mi clóset. Dakota hacía con frecuencia cosas que sabía que no debía hacer, pero siempre con buena intención. Alimentamos a la pequeña bola de pelo gris con el mejor alimento de la tienda de animales que había en nuestra calle. No ladraba mucho y, cuando lo hacía, yo fingía toser para ocultar el sonido. Funcionó durante un tiempo, pero crecía demasiado rápido para mi pequeño dormitorio.

Tras dos meses de cautiverio, tuve que decirle a mi madre lo del perro. No se enojó ni la mitad de lo que había imaginado, pero me explicó lo caro que era mantener un cachorro y, cuando comparé eso con la mísera paga que recibía trabajando esporádicamente en el centro de lavado de coches, vi que no me salían las cuentas. Ni añadiendo las propinas me daba para cubrir los gastos veterinarios. Después de unas cuantas lágrimas y protestas, Dakota por fin entró en razón. Para aliviar el dolor, vimos todas las películas de *El señor de los anillos* de jalón en plan maratón. Bebimos *frappuccinos* de Starbucks como poseídos y nos quejamos de que hubiera que pagar cinco dólares por una taza. Comimos regaliz rojo y mantequilla de cacahuate hasta que nos dolió el estómago y yo dibujé círculos en sus mejillas con las puntas de mis dedos, como a ella le gustaba, hasta que se quedó dormida en mi regazo.

Me desperté con su cálida boca y sus labios alrededor de mi pene.

Estaba sorprendido, medio dormido y del todo excitado al ver cómo me tomaba con sus labios hasta su garganta caliente. Me dijo que llevaba un tiempo queriendo hacerlo pero que le daba vergüenza. Me lo chupó con

gran maestría e hizo que me viniera a una velocidad ve-
gonzosa.

Fue entonces cuando descubrió que le gustaba mucho
complacerme de ese modo, y empezó a hacerlo casi cada
vez que nos veíamos. A mí también me gustaba, claro.

Carajo, ¿a quién quiero engañar? Me encantaba. No entendía cómo podía haber pensado en algún momento que
jalármela era una manera gozosa de llegar al orgasmo. No
era nada comparado con su boca y, más tarde, su sexo húmedo y suave. Pasamos del sexo oral al coito bastante rápido.
A ninguno de los dos nos parecía nunca suficiente. Jamás
tuve que volver a masturbarme hasta que me mudé a
Washington. Extrañaba todo lo relacionado con ella, incluida la intimidad que compartíamos. Supongo que masturbarse no estaba tan mal, al fin y al cabo. Me miro el
pene, que pende flácido mientras el agua caliente se desliza
por él. Me agarro la base con una mano y tiento la cabeza
con la punta del pulgar del mismo modo en que Dakota lo
hacía con la lengua.

Con los ojos cerrados y el agua caliente cayendo sobre
mí, casi logro convencerme de que no es mi propia mano la
que me acaricia. En mi cabeza, Dakota está arrodillada frente a mi vieja cama de Washington. Antes, su pelo rizado era
más claro, y su cuerpo empezaba a tonificarse de tanto bailar. Estaba muy buena. Siempre lo ha estado, aunque conforme íbamos creciendo se iba poniendo cada vez más y más
sexi. Su boca se mueve ahora más rápido; entre eso y sus gemidos, que reproduzco en mi cabeza, casi estoy a punto.

Comienzo a sentir un cosquilleo que asciende desde los dedos de los pies hasta mi columna. Me inclino hacia atrás contra la fría pared de la tina y uno de mis pies resbala y pierdo el

equilibrio. Dejo escapar una serie de palabras que no uso muy a menudo y me agarro a la cortina de cuadros con fuerza.

Clic, clic, clic.

Los anillos de plástico se rompen y la maldita cortina cede y cae, y yo con ella. Grito otra vez y me golpeo la rodilla contra el borde de la minúscula tina mientras me caigo hacia atrás y me golpeo con fuerza contra la porcelana. El agua caliente se desliza sobre mi cara.

—¡Mierda! —exclamo.

Se me está hinchando la rodilla y mis brazos parecen de gelatina cuando me agarro al borde de la tina e intento levantarme. La puerta se abre entonces. Sorprendido, me suelto y me golpeo la cabeza contra el suelo. Antes de que me dé tiempo a cubrirme, veo a Tessa meneando las manos como un hipogrifo.

—¡¿Estás bien?! —grita.

Recorre con la mirada mi cuerpo desnudo y luego se tapa los ojos.

—¡Dios mío! ¡Lo siento!

—¡¿Qué diablos pasa?!   grita Sophia al entrar.

Genial, ella también está aquí. Alargo la mano para tomar la cortina y me cubro con ella. ¿Pueden estar peor las cosas? Miro a las dos chicas y asiento mientras trato de recobrar el aliento. Estoy rojo como un tomate y preferiría hundirme en un montón de mierda de perro a estar aquí acurrucado en la tina, desnudo, y con una pierna colgando por el borde. Apoyo la mano libre en el suelo húmedo e intento incorporarme.

Sophia se abre paso por delante de Tessa y me toma del brazo para ayudarme. «Me quiero morir.» Se coloca rápidamente el pelo castaño detrás de las orejas y emplea las dos manos para jalarme. «Por favor, que alguien me mate.» Trato de aferrarme a la cortina que cubre mis partes, pero se cae justo cuando me levanto.

«¿Hay alguien ahí? Si no me matas, al menos haz que desaparezca. Te lo suplico.»

Los ojos cafés de Sophia tienen un ligero tono verdoso en el que nunca había reparado antes. O a lo mejor no es verdad y sólo estoy alucinando después de la caída. Aparto la mirada de ella, pero sigo sintiendo la suya sobre mí. Trato de centrarme en sus zapatos. Son cafés y puntiagudos, y me recuerdan a los que siempre trae Hardin.

—¿Puedes mantenerte de pie? —Sophia levanta una ceja, y yo asiento.

¿Es posible sentir más vergüenza? Creo que no. Es humanamente imposible. Hace treinta segundos, me estaba masturbando en la regadera y, ahora, estoy desnudo y avergonzado. Toda esta escena resultaría divertida si le estuviera pasando a otra persona.

Sophia sigue mirándome, y entonces caigo en la cuenta de que no he contestado.

—Sí, sí. Estoy bien. —Sueno aún más pequeño de lo que me siento.

—No te avergüences —dice tan tranquila.

Niego con la cabeza.

—No lo hago —miento, y bajo la barbilla y fuerzo una carcajada.

La peor manera de hacer que alguien se sienta menos avergonzado es decirle que no se sienta avergonzado.

Tessa me mira con preocupación y está a punto de decir algo cuando un fuerte silbido atraviesa el aire y hace que dé un respingo.

¿Pueden empeorar aún más las cosas?

—¡Se quema el chocolate! —grita Tessa. Entonces desaparece del baño y la estancia parece aún más compacta que de costumbre.

El espejo está empañado, todo está cubierto de humedad, y Sophia sigue aquí. Sonríe y me toca el centro del estómago con el dedo, justo por encima del ombligo, con sus largas uñas negras.

Me gusta el aspecto que tienen al tocarme. Dakota nunca se dejaba las uñas largas por la danza. Se quejaba a menudo de ello, pero prefería bailar a hacerse el manicure, así que no le quedaba más remedio que conformarse con traer las uñas naturales.

—No deberías. —El cumplido parece un ronroneo, y mi cuerpo responde.

Sophia sigue trazando una lenta línea descendente por mi vientre, y estoy algo confundido, pero no quiero que pare. Sus dedos se deslizan por la parte inferior de mi estómago, justo por encima de donde la cortina me cubre lo suficiente como para que no se me vea el pene. Intento entender por qué me está tocando así al tiempo que me esfuerzo por evitar que no se me pare.

No la conozco muy bien, pero sé que es mucho más atrevida que la mayoría de las chicas de mi edad que he conocido. No tiene ningún problema en soltar un montón de palabrotas en dirección al televisor durante la emisión de «MasterChef», y está claro que tampoco tiene ningún problema en tocar mi cuerpo empapado y desnudo. El oscuro vello que desciende desde mi ombligo hasta mi pubis parece estar entreteniéndola, ya que lo acaricia como si lo peinara con la punta del dedo índice.

«¿Dijo algo?». Ahh, sí. Lo hizo. «No deberías.»

¿Cuándo dejó de sonar el detector de humos?

«¿Qué quiere decir con eso de que no debería avergonzarme?». Me di un trancazo mientras me la estaba jalando y me sorprendieron desnudo en el suelo de la tina.

Claro que me avergüenzo. Y, de esa manera, el hechizo de lo que sea que está haciendo se debilita, y el pudor vuelve a apoderarse de mí.

La miro a ella y al reflejo de su pelo oscuro en el espejo empañado.

—Gracias —respondo con un hilo de voz. Me aclaro la garganta y continúo—: Me di un buen golpe. —Me río y empiezo a encontrarle el punto cómico a lo que acaba de suceder.

Su mirada es cálida y sus dedos siguen tocándome de manera lenta y tentadora. No me resulta incómodo, pero no sé qué decir ni qué hacer. Sin darme tiempo a decidir, se aparta con una sonrisa.

Desvío la mirada de ella con las mejillas sonrojadas y paso la mano por el espejo. Sophia permanece quieta, con la espalda contra el toallero. Observo mi reflejo y hago una mueca de dolor al tocarme una cortada pequeña pero profunda justo encima del ojo. Un hilillo de sangre desciende por mi frente. Alargo la mano por detrás de Sophia, tomo una toalla de mano y me doy unos toquecitos sobre la piel desgarrada mientras me prometo no volver a intentar masturbarme en una tina minúscula a menos que traiga puesta una armadura. Aplico toda la presión que puedo soportar para cortar la hemorragia.

Sophia sigue en el baño; ¿debería entablar conversación con ella o algo? No sé qué pensar sobre sus caricias. No sé cuál es el protocolo que hay que seguir en estos casos. ¿Es lo que suele hacer la gente joven y soltera?

Sólo he tenido una novia en mi vida, así que no puedo fingir saber algo sobre este tipo de cosas. No puedo fingir saber lo que está pensando esta chica o lo que quiere. No sé nada acerca de ella.

La conocí cuando aún estaba en Washington, cuando su familia se mudó cerca de la casa de mi mamá y de Ken. Sé que es unos pocos años mayor que yo y que le gusta que sus amigos la llamen por su segundo nombre, Nora. Yo siempre me equivoco, y Tessa me corrige con el ceño fruncido. Sé que siempre huele a azúcar y a caramelo. Sé que viene mucho porque no le gustan sus compañeras de departamento. Sé que le hace compañía a Tessa cuando yo no puedo hacerlo y que, de alguna manera, se han hecho amigas durante los últimos meses. Y eso es casi todo. Así listado parece mucho, pero no son más que cosas banales. Ah, sí, acaba de graduarse en el Instituto Culinario de América, trabaja en el mismo restaurante que Tessa y, aunque nos presentaron hace tiempo, quiero conocerla un poco más...

Y ahora puedo añadir que le gusta tocar estómagos desnudos y húmedos.

Aparto la mirada del espejo y vuelvo a fijarla en ella.

—¿Sigues aquí para asegurarte de que no tengo una conmoción cerebral? —pregunto.

Asiente y me ofrece una amplia sonrisa. Entorna los párpados y sus labios parecen tremendamente carnosos, en especial ahora que se los está lamiendo con la lengua. La combinación de sus labios húmedos con esos ojos resulta letal.

43

Y ella lo sabe.

Yo lo sé.

Obama lo sabe.

Es la clase de mujer que te comería entero para después escupirte, y tú disfrutarías de cada instante. Golpetea con el dedo índice su labio inferior y yo sigo callado. No puede estar seduciéndome. Me siento confundido. No me estoy quejando, es sólo que no entiendo nada.

—Agradezco tu preocupación —digo con un guiño.

«¿De verdad acabo de guiñarle el ojo?».

Aparto la mirada rápidamente, horrorizado de que mi estúpido cerebro me haya hecho hacer eso. ¿Guiñar un ojo? Yo no soy esa clase de tipo, y estoy convencido de que doy bastante miedo.

Nora me mira a los ojos y entreabre los labios. Da un paso hacia mí reduciendo el ya de por sí pequeño espacio que nos separa. Mi cuerpo reacciona, me aparto hacia atrás y apoyo las lumbares contra el lavabo.

—Qué lindo eres —dice con suavidad, y sus ojos vagan por mi pecho una vez más.

La palabra *lindo* me escuece un poco viniendo de alguien que rezuma atractivo sexual. Es auténtico deseo, desde la curva de sus labios hasta la curva de sus caderas. Yo siempre he sido el «lindo», el simpático. Ninguna mujer ha fantaseado nunca conmigo ni se ha referido a mí como sexi.

Ella eleva entonces la mano hacia mi rostro y me encojo un poco, preguntándome si va a darme una bofetada por habérmela imaginado desnuda más de una vez. Pero no lo hace, probablemente porque no me lee la mente a pesar de lo expuesto que me siento. Levanta el dedo hasta la punta de

44

mi nariz y me da unos toquecitos. Cierro los ojos sorprendido y, cuando los abro, ya se está dando la vuelta.

Sin mediar palabra, sale del baño hacia el pasillo.

Me froto la cara con la mano para intentar borrar los últimos cinco minutos..., aunque es posible que deje los últimos dos.

Cuando oigo que Tessa le pregunta si estoy bien, echo la cabeza hacia atrás, respiro hondo y cierro la puerta con seguro. La cortina de la regadera está destrozada, y el minúsculo baño parece haber sufrido el paso de un tornado. Los anillos de plástico están desperdigados por el suelo, las botellas de *shampoo* y el gel de Tessa están por todas partes. No puedo evitar reírme mientras lo limpio todo. Estas cosas sólo me pasan a mí.

La ropa que había traído al baño está mojada, la camiseta tiene una enorme mancha de agua en la espalda, pero los *shorts* se pueden usar. Me los pongo y tomo la ropa húmeda para llevarla a mi dormitorio. Mi oscuro pelo ya se está secando, sólo siguen mojadas las raíces. Me paso el cepillo morado de Tessa por el cuero cabelludo y lo uso para peinarme el poco vello facial que me he dejado crecer últimamente. Su spray acondicionador es algo aceitoso, pero huele bien, y a mí siempre se me olvida comprar el mío. Encuentro un curita en el estante del baño y me lo pongo sobre la cortada.

Como es de esperar, no es un curita normal. Tessa compró curitas de *Frozen*.

¡Yupi! Mi mala suerte continúa.

Cuando salgo al pasillo, Nora se ríe con la misma intensidad que tiene el silencio de Tessa. Ella no se ha reído ni una sola vez desde que llegó aquí. Eso me preocupa, pero con el tiempo he aprendido que necesita superar esta ruptura a su manera, así que no la presiono. No es mucho de aceptar consejos, y menos en lo que respecta a Hardin. Y, de alguna manera, pensar en él me recuerda que mañana tengo turno. ¡Mierda! Lo que significa que tengo que levantarme temprano para ir a correr, así que echo la ropa al bote de la ropa sucia y me dirijo a la cocina por un poco de agua y para darles las buenas noches a las chicas. En fin, para intentar restablecer la normalidad. Un momento cotidiano para terminar la noche como es debido.

Tessa está sentada en el sillón con los pies apoyados sobre un cojín, y Nora está acostada sobre la alfombra con un cojín bajo la cabeza y enrollada en mi cobija amarilla y vino de la casa Gryffindor como si fuera un burrito. Miro hacia el televisor y veo que están viendo «Guerra de *cupcakes*», como de costumbre. Estas chicas sólo ven los programas de cocina de Food Network y los dramas adolescentes de Freeform. He de admitir que a mí también me gustan algunos de ellos. El de los cazadores de demonios adolescentes es mi favorito. Ése y el de la familia de temporal.

—¿Necesitan algo de la cocina? —pregunto mientras paso por encima de los pies cubiertos con calcetines que asoman por debajo de la cobija.

—Agua, por favor. —Tessa se incorpora y pausa el programa.

Una mujer con el pelo negro y rizado se queda congelada en la pantalla con la boca abierta del todo y las manos en el aire. Está estresada porque se le quemaron los *muffins* o algo así.

—¿Tienes algo que no sea agua? —pregunta Nora.

—Esto no es un supermercado —bromea Tessa.

Nora toma el cojín que tiene debajo de la cabeza y se lo lanza.

Y Tess sonríe. Casi se ríe, pero entonces se da cuenta y se detiene. Qué pena. Tiene una risa fantástica.

Creo que no hay nada más en el refrigerador, aparte de Gatorade, pero levanto un dedo y voy a comprobarlo. Dentro del refrigerador veo filas de botellas perfectamente alineadas. Sí, Tessa ordena hasta el refrigerador, y resulta que tenemos mucho que ofrecerle a un alma sedienta de algo que no sea agua.

—¡Gatorade, té helado endulzado, jugo de naranja...! —grito.

Doy un respingo cuando oigo la voz de Sophia justo detrás de mí.

—¡Puaj! Odio el Gatorade, menos el azul —dice como si se sintiera personalmente ofendida por mi bebida favorita.

—¿Puaj? ¿Cómo dices eso, Sophia? —La miro con incredulidad y apoyo un brazo en la puerta abierta del refrigerador.

—Pues diciéndolo. —Sonríe y se apoya en la barra de la cocina—. Y deja de llamarme Sophia. Si tengo que volver a repetírtelo, empezaré a llamarte George Strait cada vez que te vea.

—¿George Strait? —Me río con ganas—. De todos los nombres que podrías haber dicho, ése fue..., bueno, no sé, aleatorio.

Ella se ríe también. Es una risa suave acompañada de unos ojos vivos. Le queda bien.

Nora, no Sophia, se encoge de hombros.

—George es mi hombre de referencia.

Escribo una nota mental para acordarme de buscar qué aspecto tiene George Strait. Me suena haberlo visto antes, pero no he oído nada de música country desde que era pequeño.

Nora tiene ahora el pelo recogido en una cola de caballo. Sus largos rizos caen sobre un hombro y lleva una camiseta sin mangas que deja al descubierto el estómago y unas mallas piratas ajustadas. Para ser sincero, antes estaba demasiado concentrado en mi propia piel desnuda como para fijarme en la suya.

¿Está coqueteando conmigo? No estoy seguro. Dakota siempre me molestaba con el hecho de que fuera totalmente ajeno a las insinuaciones de las mujeres. A mí me gusta pensar que soy inocente en lugar de que no tengo experiencia. Si fuera consciente de todas esas posibles insinuaciones, es probable que acabara convirtiéndome en uno de esos tipos que están obsesionados con cómo los ven las mujeres. Me cuestionaría todo lo que digo o hago. Quizá incluso me convirtiera en uno de esos tipos que se llenan de gel el pelo y se lo dejan parado, como el del programa de «Diners, Drive-ins and Dives» que estaban viendo éstas anoche. No quiero esconder mis libros de ciencia ficción ni fingir que no puedo recitar los diálogos de todas las películas de Harry Potter de principio a fin. No quiero intentar hacerme el genial. Estoy seguro de que nunca lo seré. Nunca lo he sido, y no me importa. Además, preferiría no tener que competir con los millones de hombres perfectos que hay ahí afuera, que mis libros sigan en mis estanterías y tener la suerte de encontrar a una mujer a la que también le gusten.

No hay ningún Gatorade azul, así que intento tentarla con mi preferido, el rojo.

—Eres tan callado —dice Nora cuando le paso la botella.

La examina, levanta una ceja y sacude la cabeza.

Yo no digo nada.

—Supongo que es mejor que beber agua. —Su tono es suave y nada exigente, a pesar de que tiene un grave problema de fobia al Gatorade.

De repente me pongo a pensar en qué otras opiniones tendrá. ¿Hay alguna otra bebida repleta de azúcar a la que tenga algún rencor innecesario? Me sorprendo deseando saberlo. Mientras preparo por adelantado mi defensa de todas las bebidas que a mí me encantan y que es posible que ella deteste, hace girar el tapón de la botella roja y bebe un trago.

Al cabo de un momento, dice:

—No está mal.

Se encoge de hombros y bebe otro trago mientras se da la vuelta para irse.

Es rara. No rara en el sentido de que vive en el sótano de su mamá y colecciona muñecos de peluche, sino en el de que no soy capaz de descifrar su personalidad, y definitivamente no sé qué se esconde detrás de esas incómodas pausas y esas caricias sin venir al caso. Por lo general soy bueno analizando a la gente.

Pero, en lugar de descifrar el código del romance, tomo mi agua del refrigerador y me voy a mi cuarto a terminar mi ensayo y a dormir.

CUATRO

La mañana no tarda en llegar. Me acosté alrededor de la una y me desperté a las seis. ¿Cuántas horas recomiendan dormir los médicos? ¿Siete? Bien, pues entonces sólo me alejo un treinta por ciento del objetivo. Lo cual es..., sí, es un montón. Pero me he acostumbrado a quedarme despierto hasta tarde y a levantarme temprano. Me estoy transformando lentamente en un neoyorquino. Tomo café a diario, estoy comenzando a agarrarle el modo al metro y he aprendido a compartir las banquetas con las madres que empujan cochecitos de bebé de Brooklyn.

Tessa también ha aprendido todas esas cosas, al igual que yo, aunque nos diferenciamos en una de manera considerable: yo les doy menos limosna a los pordioseros que veo al ir y volver de la facultad. Ella, en cambio, les da la mitad de sus propinas de camino a casa. No es que no me importen o que no los ayude, pero prefiero darles café o *muffins* cuando puedo en lugar de un dinero que pueda alimentar sus posibles adicciones. Entiendo las buenas intenciones que tiene Tessa al entregarle a un pobre vagabundo un billete de cinco dólares. Cree de verdad que con ello comprará comida o cualquier otra cosa que necesite. Yo no, pero es imposible dialogar con ella al respecto. Quizá ella esté en lo cierto, pero sé que gran parte de su actitud tiene su razón de ser en su conexión personal con los vagabundos. Tessa descubrió que su padre, que no formaba parte de su vida, vivía en la calle. Llegaron a conocerse un poco antes de que él sucumbiera a sus adicciones y muriera hace algo menos de un año. Fue muy duro para ella, y creo que ayudar a esos extraños contribuye a que cicatrice una pequeña parte de esa herida abierta.

Por cada dólar que da, recibe la recompensa de una sonrisa, un «Gracias» o un «Dios te bendiga». Tessa es la clase de persona que siempre intenta sacar lo mejor de todo el mundo. Da más de sí misma de lo que debería, y espera que la gente sea amable, incluso si no es la parte más accesible de su naturaleza. Creo que ve su pequeña misión como una especie de paralelismo con su relación fallida con su padre, e incluso con Hardin, que es una de las personas más difíciles que conozco. Es posible que no haya podido salvar a esos dos, pero puede ayudar a esas otras personas. Sé que es algo ingenuo, pero es mi mejor amiga y ésta es una de las pocas cosas positivas que la motivan últimamente. No duerme. Tiene los ojos grises hinchados el noventa por ciento del tiempo. Le está costando un mundo superar una catastrófica ruptura, la muerte de su padre, la mudanza a otro lugar y el hecho de que no la hayan admitido en la Universidad de Nueva York.

Son demasiadas cosas para una sola persona. Cuando conocí a Tess hace un año, era alguien muy diferente. La imagen que daba era la misma, una rubia guapa con unos ojos bonitos, una voz suave y una clase media alta. La primera vez que hablé con ella, tuve la sensación de haber encontrado a una versión femenina de mí mismo. Nos

52

hicimos amigos enseguida al ser los dos primeros en llegar al salón el primer día de clase. Tessa y yo nos hicimos más íntimos conforme su relación con Hardin avanzaba. Fui testigo de cómo se enamoraba de él, y de cómo él se enamoraba aún más de ella, y de cómo todo se vino abajo.

Vi cómo se destrozaban el uno al otro y de cómo se cosían mutuamente las heridas de nuevo. Vi cómo se convertían en el todo del otro, después en la nada, y luego en el todo una vez más. Me costó tomar partido durante la guerra. Todo era demasiado complicado y peliagudo, así que estoy siguiendo el ejemplo de Bella Swan y voy a ser neutral, como Suiza.

Qué horror, acabo de hacer una referencia a *Crepúsculo*. Necesito cafeína de inmediato.

En la cocina, Tessa está sentada en la pequeña mesa con el celular en la mano.

—Buenos días —la saludo, y enciendo la Nespresso.

Desde que trabajo en Grind, me he convertido en un sibarita del café. También ayuda compartir departamento con alguien que está igual de obsesionada que yo. Tess no es tan maniática pero, en cambio, es más adicta.

—Buenos días por la mañana —responde ella de manera distraída sin apenas levantar la vista de la pantalla.

Pero entonces dirige directamente la mirada a la cortada que tengo encima de la ceja y su rostro se llena de preocupación. Después de echarme un poco de pomada antibiótica y cicatrizante, me he alegrado de ver que no era necesario que me pusiera el curita de Disney.

—Estoy bien, pero pasé una vergüenza horrorosa —digo.

Tomo una cápsula de expreso brasileño y la introduzco en la máquina. El espacio de la barra es mínimo, y la cafetera sola ocupa ya la mitad, entre el refrigerador amarillento y el microondas, pero es una necesidad.

Tessa sonríe y se muerde el labio.

—Un poco —asiente, y se tapa la boca para evitar reírse.

Ojalá lo hiciera. Quiero que recuerde lo que se siente. Me quedo mirando su minúscula taza de café. Está vacía.

—¿Quieres otro? ¿Trabajas hoy? —pregunto.

Ella suspira, toma el teléfono y lo deja de nuevo sobre la mesa.

—Sí. —Sus ojos están manchados con furiosas líneas rojas otra vez, inyectados en sangre a causa de las lágrimas que deben de haber empapado la funda de su almohada.

No la he oído llorar, pero eso no significa que no lo haya hecho. Cada vez se le da mejor ocultar sus sentimientos, o eso cree ella.

—Sí a ambas preguntas. Trabajo. Y quiero más café. Por favor —me dice con una media sonrisa.

Entonces se aclara la garganta, baja la vista hacia la mesa y pregunta:

—¿Ya sabes qué días va a venir Hardin?

—Aún no. Todavía faltan unas semanas, así que no me lo ha dicho. Ya sabes cómo es. —Me encojo de hombros.

Si alguien conoce a Hardin, es ella.

—¿Estás segura de que no pasa nada? Porque, si no estás segura, puedo decirle que se quede en un hotel o algo así —sugiero.

No quiero que se sienta incómoda en su propio departamento. Me costaría una discusión con Hardin, pero me da igual.

Ella se obliga a esbozar una sonrisa.

—No, no. Tranquilo. Ésta es tu casa.

—Y la tuya —le recuerdo.

Meto la primera taza de expreso en el congelador para Tessa. Últimamente le ha dado por beber sólo café frío. Creo que lo hace porque hasta algo tan simple como una taza de café caliente le recuerda a ese chico.

—Voy a hacer turnos extra en el Lookout; ya casi terminé con la capacitación. Hoy van a dejarme hacer el almuerzo y la comida.

Se me parte el alma al verla así y, por una vez, mi sentimiento de soledad parece una nimiedad en comparación con su estado de ánimo.

—Si cambias de idea...

—No lo haré. Tranquilo. Ya pasaron... ¿cuánto? —Se encoge de hombros—. ¿Cuatro meses o así?

Se nota que está mintiendo, pero no serviría de nada señalarlo. A veces tienes que dejar que la gente sienta lo que tiene que sentir, que oculten lo que crean que necesitan ocultar y que procesen las cosas a su manera.

El café me quema la garganta. Es denso y potente y, de pronto, me siento con más energía que hace un par de segundos. Sí, sé que es algo mental y, no, no me importa. Dejo la taza en el fregadero y tomo mi sudadera del respaldo de la silla. Mis tenis para correr están junto a la puerta, alineados con el resto de los zapatos (obra de Tessa).

Me los pongo y salgo.

CINCO

El aire es fresco y se huele el otoño en el ambiente. Es mi estación favorita. Siempre me ha encantado esperar a que cambien las estaciones, ver cómo las hojas pasan de verde a café, oler el aroma a cedro. La temporada de futbol deja paso a la de hockey, y la temporada de hockey hace que mi vida sea algo interesante durante un tiempo. Siempre me ha gustado esperar a que empiecen las temporadas deportivas, podar el jardín con mi mamá y saltar sobre las montañas de hojas sueltas antes de meterlas en bolsas de plástico con caras de calabaza impresas en ellas.

Habitualmente recogíamos un montón de hojas porque teníamos dos inmensos abedules en el jardín delantero. El otoño en Michigan nunca duraba lo suficiente. Hacia el tercer partido de futbol, los guantes y los abrigos se convertían en una auténtica necesidad. Y, aunque me daba pena ver que terminaba la estación, me gustaba sentir el aire frío sobre la piel. A diferencia de la mayoría de las personas, anhelaba la llegada del invierno. Para mí, el frío es sinónimo de deportes, de vacaciones y de un montón de dulces dispuestos sobre la barra de la cocina. Dakota detestaba el frío. Odiaba que se le pusiera la nariz roja y el modo en que se le secaba su pelo rizado. Siempre estaba preciosa, envuelta en capas de suéteres, y les juro que usaba guantes en septiembre.

El mejor parque para ir a correr en Brooklyn está algo alejado de mi departamento. McCarren Park une las dos partes más de moda de la ciudad: Greenpoint y Williamsburg. Aquí abundan las barbas pobladas y las camisas de leñador. La gente usa lentes de pasta negra y pone minúsculos restaurantes de luces tenues y platitos con auténticas delicias. No entiendo muy bien por qué chicos de veinte años quieren vestirse como hombres de setenta, pero vale la pena observar a esa multitud de tipos con bigotes de magnate con tal de probar la magnífica comida que sirve esta gente tan moderna. Mi parque favorito está a poco más de veinte minutos, así que suelo correr hasta allí. Luego corro durante una hora más y aprovecho el camino de vuelta para enfriar.

Paso por delante de una mujer que está metiendo a un bebé minúsculo en un cochecito diseñado para ir a correr. Me duele la rodilla, pero si ella puede correr con un bebé en un cochecito, yo también puedo. Al cabo de dos minutos, el dolor de la rodilla se torna palpitante e intenso. Treinta segundos después, la punzada se extiende hasta los músculos. Siento cada paso que doy desde que me caí en la regadera. Será mejor que pare.

Hoy tengo el día libre y, aunque la pierna me esté jugando una mala pasada, no quiero pasar mi primer día de asueto desde que empecé en Grind sentado en casa. Tessa trabaja. Me lo dijo esta mañana, y lo vi en el horario que tiene colgado en el refrigerador. Decido llamar a mi mamá, así que saco el celular y me siento en una banca. Dará a luz en cualquier momento, y siento sus nervios desde aquí. Será la mejor madre que mi hermanita podría tener, lo crea ella o no.

No contesta. En fin, mi única amiga está ocupada y mi mamá no contesta, así que no sé qué hacer con mi vida. Soy oficialmente un tonto. Empiezo a contar los pasos mientras camino. La rodilla no me duele tanto cuando ando en lugar de forzar a mi cuerpo a correr.

—¡Cuidado! —grita una mujer que corre con un cochecito al pasar por mi lado.

Está embarazada, y lleva a dos bebés regordetes en el cochecito. Dos moñitos iguales me indican que esa mujer está muy atareada. Esto está de moda en Brooklyn: un montón de bebés y cochecitos iguales. Incluso he visto gente con cochecitos, con bebé incluido, en bares a primeras horas de la noche.

No tengo nada que hacer. Soy un universitario de veinte años que vive en la que se supone que es la mejor ciudad del mundo y no tengo absolutamente nada que hacer en mi día libre.

Me compadezco de mí mismo. En realidad, no, pero prefiero regodearme en mi desgracia y quejarme sobre mi aburrida vida a intentar hacer amigos nuevos. No sé por dónde empezar a hacer amigos. En la Universidad de Nueva York la gente no es tan amigable como en la de Washington y, si Tessa no me hubiera hablado a mí primero, casi con seguridad tampoco habría hecho ningún amigo allí. Tess es la primera persona con la que he entablado amistad desde que Carter murió.

No incluyo a Hardin porque esa situación fue algo mucho más complicada. Actuaba como si me odiara, pero incluso entonces tenía la sensación de que su animadversión no era real. Lo que sucedía era que él veía la relación que teníamos su papá y yo como la representación de todo lo malo de su vida. Tenía celos, y ahora lo entiendo. No era justo que yo pudiera disfrutar de la nueva y mejorada versión de su papá, que antes era un alcohólico y un maltratador emocional. Me detestaba por nuestra pasión compartida por el deporte. Odiaba que su papá nos hubiera llevado a mi mamá y a mí a vivir a una casa enorme, y odiaba el coche que su papá me había regalado. Yo sabía que Hardin sería una parte complicada de mi nueva vida, pero no tenía ni idea de que acabaría identificándome con su ira y entendiendo su dolor. Yo no crecí en una casa perfecta tal y como él daba por hecho.

Mi papá murió antes de que yo llegara a conocerlo, y todo el mundo a mi alrededor trataba de llenar su ausencia. Mi mamá colmó mi infancia de historias sobre él en un intento de compensar su muerte prematura. Se llamaba Allen Michael, y, por lo que me contaba, era un hombre muy querido de pelo largo y castaño y grandes sueños. Mi mamá me dijo que deseaba ser una estrella del rock. Ese tipo de historias hacían que lo añorara incluso sin haberlo conocido. Me dijo que era un hombre humilde que murió de causas naturales a la injusta edad de veinticinco años, cuando yo sólo tenía dos. Habría tenido suerte de conocerlo, pero no tuve la oportunidad de hacerlo. El origen del dolor de Hardin era diferente, aunque siempre he pensado que el sufrimiento es algo que la gente no debería comparar.

La principal diferencia ente mi crianza y la de Hardin la constituyen nuestras madres. Mi mamá tenía la suerte de tener un buen empleo y contamos con el apoyo del seguro de vida del que disfrutaba mi papá al trabajar en una fábrica. La mamá de Hardin trabajaba muchísimas horas y apenas ganaba dinero para mantenerse los dos. Ellos la pasaron mucho mucho peor.

Me cuesta imaginarme a mi padrastro, Ken, del modo en que Hardin lo conoció. Para mí, siempre ha sido el hombre amable, alegre y sobrio que es ahora. El rector de la universidad, sin ir más lejos. Ha hecho mucho por mi mamá y la quiere a más no poder. La quiere incluso más que al alcohol, y Hardin odiaba eso, pero ahora entiende que no se trataba de una competición. De haber podido hacerlo, Ken habría escogido a su hijo antes que la botella hace mucho tiempo. Pero a veces la gente no es tan fuerte como queremos que sea. El dolor de Hardin se había enardecido y se había convertido en un fuego cuya intensidad era incapaz de contener. Cuando todo salió a la luz y Hardin (y el resto de nosotros) descubrió que Ken no era su padre biológico, la intensidad del fuego aumentó de nuevo y lo quemó por última vez. Entonces tomó la decisión de tomar las riendas de su vida, de sus actos y de sí mismo.

No sé qué está haciendo su terapeuta con él, pero está funcionando, y me alegro. Se ha portado de maravilla con mi mamá, que quiere a ese chico furioso como si lo hubiera parido.

Paso junto a una pareja tomada de la mano que pasea a un perro y me compadezco aún más a mí mismo. ¿Debería salir con alguien? Ni siquiera sabría por dónde empezar. Quiero tener a alguien con quien poder contar todo el tiempo, pero no estoy seguro de que pudiera salir con alguien que no sea Dakota. Eso de ligar se me hace muy difícil, y han pasado sólo seis meses desde que terminó conmigo. ¿Estará saliendo ella con alguien? ¿Quiere hacerlo? Me cuesta imaginar que alguien pueda llegar a conocerme mejor que ella, o a hacerme más feliz que ella. Me conoce desde hace mucho, tendrían que pasar años para que alguien me conociera tan bien como lo hace ella. Como lo hacía.

Sé que no tengo mucho tiempo que perder, me estoy haciendo mayor. Pero eso no me ayuda a pasar página.

La pareja se detiene para darse un beso, y yo aparto la mirada sonriendo porque me alegro por ellos. Me alegro por los desconocidos que no tienen que pasar la noche solos ni masturbarse en la regadera.

Madre mía, qué amargura.

Parezco Hardin.

Hablando de Hardin, podría llamarlo para matar el tiempo al menos cinco minutos antes de que me cuelgue. Saco el celular del bolsillo y tecleo su nombre.

—¿Qué? —responde antes de que suene el segundo tono.

—Vaya, uno de tus cálidos saludos. —Cruzo la calle y sigo caminando sin rumbo en la dirección general hacia mi barrio.

Debería familiarizarme con la zona, así que, ¿por qué no empezar a hacerlo hoy?

—Es todo lo cálido que puede ser. ¿Querías algo en concreto?

Un taxista furioso le grita por la ventanilla a una anciana que cruza lentamente la calle delante de su vehículo.

—Estoy viendo a tu yo futuro —le digo, y me río de mi propio insulto.

Observo la escena que se desarrolla ante mí para asegurarme de que la señora consigue cruzar sana y salva.

Hardin no se ríe ni me pregunta de qué demonios estoy hablando.

—Me aburría y quería hablar sobre tu visita —añado.

—¿Qué pasa con mi visita? Todavía no reservo el vuelo, pero estaré allí a mediados de mes.

—¿De septiembre?

—Pues claro.

Casi puedo ver cómo pone los ojos en blanco al otro lado del teléfono.

—¿Te quedarás en un hotel o en mi casa?

La anciana llega al otro lado de la calle y observo cómo sube unos escalones hasta la que supongo que es su casa.

—¿Ella qué quiere que haga? —pregunta con voz grave y cautelosa.

No necesita pronunciar su nombre, lleva un tiempo sin hacerlo.

—Dice que puedes quedarte en el departamento, pero, si cambia de idea, sabes que tendrás que irte.

No tomo partido por ninguno de los dos, sin embargo Tessa es la prioridad en esta situación. Es a ella a la que oigo llorar por las noches. Es ella la que está intentando recomponerse una vez más. No soy idiota, Hardin seguramente la está pasando aún peor, pero él se buscó un sistema de apoyo y un buen terapeuta.

—Sí, carajo, ya lo sé.

No me sorprende en absoluto su enojo. No soporta que nadie, ni siquiera yo, intente rescatarla. Para él, ésa es su misión. A pesar de que es de él de quien la estoy protegiendo.

—No voy a hacer ninguna estupidez. Tengo unas cuantas reuniones y quería quedar para verlos a ella y a ti un poco si es posible. En serio, me conformo con estar en el mismo puto estado que ella.

Me centro en la primera parte de su frase.

—¿Qué clase de reuniones? ¿Estás intentando mudarte aquí ya?

Espero que no. No estoy preparado para estar en medio del terreno de combate otra vez. Creía que disfrutaría de al menos unos cuantos meses más antes de que las mágicas fuerzas de la locura unieran a esos dos de nuevo.

—No, carajo. Es sólo una mierda para algo en lo que he estado trabajando. Ya te lo contaré cuando tenga tiempo de explicártelo bien, ahora no puedo. Me está llamando alguien por la otra línea —dice, y cuelga sin darme opción a responder.

Miro el tiempo de duración de la llamada en la pantalla. Cinco minutos y doce segundos, todo un récord. Cruzo la calle y me meto el celular en el bolsillo de nuevo. Cuando llego a la esquina, miro a mi alrededor para ubicarme. Una hilera de casas de ladrillo y una fila de casas de arenisca a ambos lados de la calzada. Al final de la cuadra, una pequeña galería de arte expone copias de figuras abstractas de colores chillones colgadas de un hilo en el escaparate. No he entrado nunca, pero me imagino lo caras que deben de ser.

—¡Landon! —grita una voz familiar desde el otro lado de la calle.

Volteo y veo a Dakota. ¿Por qué tiene que andar siempre tan ligera de ropa? Va vestida igual que el otro día, con unas mallas pegadas, unos *shorts* de correr y un *top* deportivo. Su pecho es más bien pequeño, pero tiene las tetas más firmes que he visto en mi vida. No es que haya visto muchas, pero las suyas son maravillosas.

Me saluda con la mano mientras cruza la intersección. Si este encuentro no es cosa del destino, no sé qué otra cosa puede ser.

SEIS

Al llegar a mi lado, Dakota me estrecha contra sí. Nuestro abrazo dura unos cuantos latidos más de lo normal y, cuando se aparta, apoya la cabeza en mi brazo. Mide casi treinta centímetros menos que yo, aunque a mí siempre me ha gustado molestarla diciéndole que en realidad hay diez centímetros de su pelo rizado y salvaje, que mide menos.

Tiene la nariz roja y el pelo especialmente revuelto. Aún no hace frío, pero hace viento, y el aire procedente del cercano río East hace que la sensación térmica sea más fresca. No está vestida acorde con el tiempo otoñal, apenas lleva nada. Y que conste que no me quejo.

—¿Qué haces de este lado de las vías? —pregunto.

Ella vive en Manhattan, pero es la segunda vez que la veo en Brooklyn esta semana.

—Correr. Crucé el puente de Manhattan y seguí corriendo. —Me mira a los ojos y después a la frente—. ¿Qué diablos te pasó en la cara? —Me presiona la piel con los dedos y hago una mueca de dolor.

—Es una historia muy larga. —Me toco la zona sensible y siento el chichón al lado del corte.

—¿Te metiste en una pelea callejera de camino aquí? —bromea, y siento un cosquilleo en el pecho.

La extraño incluso a pesar de tenerla justo delante.

No pienso contarle por nada del mundo la verdadera razón del golpe que me di en la cabeza y en la rodilla. Dios, me siento como si fuera un pervertido ahora que la tengo delante por pensar en ella cada vez que me masturbo.

—Qué va. —Sacudo la cabeza y prosigo—: Me caí en la regadera. Pero tu versión me gusta más. Me da un aire más interesante. —Me río y la miro.

Mi respuesta le hace gracia y rebota sobre los talones de sus Nike rosa intenso. La marca amarilla de su calzado hace juego con la de su *top*, y el color rosa, con sus minúsculos *shorts*.

—¿Qué vas a hacer ahora? ¿Se te antoja tomar un café o algo? —pregunta.

Echa una ojeada a la calle y se queda mirando a la pareja que vi yo antes. Siguen tomados de la mano mientras recorren las calles de Brooklyn. Es una imagen muy romántica. Entonces, él le coloca su abrigo sobre los hombros a ella y se inclina para darle un beso en el pelo.

Dakota vuelve a mirarme. Ojalá pudiera oír sus pensamientos. «¿Me extraña? ¿El hecho de ver a esa pareja feliz tomada de la mano la hará desear mi afecto?».

Quiere pasar un rato conmigo. «¿Qué significa eso?». No tengo absolutamente nada que hacer, pero tal vez debería fingir tener una especie de vida fuera de la universidad y del trabajo.

—Ahora tengo un poco de tiempo libre. —Me encojo de hombros y Dakota se agarra de mi brazo y dirige el camino.

Durante el trayecto, intento elaborar una lista de temas de conversación normales que sea casi imposible que se tornen incómodos. Digo *casi* porque, si alguien tiene la capacidad de hacer que una situación normal se vuelva incómoda, ése soy yo.

El Starbucks está a tan sólo dos cuadras de distancia, pero Dakota no ha dicho prácticamente nada de camino allí. Le pasa algo, lo sé.

—¿Tienes frío? —pregunto.

Debí habérselo preguntado antes. Seguro que tiene frío, apenas trae ropa.

Me mira, y su nariz roja como la de Rudolph, el reno de Santa Claus, la delata, a pesar de que niega con la cabeza.

—Toma. —Me aparto con suavidad, me quito la sudadera por la cabeza y se la doy.

Me deja un poco sorprendido cuando comienza a oler la tela gris, como siempre solía hacer. Estaba obsesionada con usar mis sudaderas con gorra cuando íbamos a la preparatoria. Cada dos por tres, me tocaba comprarme una porque me las robaba.

—Sigues usando Spicebomb —afirma.

Fue ella quien me compró mi primera botella de loción nuestra primera Navidad juntos, y siguió haciéndolo todos los años.

—Sí. Algunas cosas nunca cambian. —La observo al tiempo que se pone mi sudadera.

Primero pasan sus rizos, y la ayudo a pasar la cabeza jalando la tela hacia abajo. La prenda le llega hasta las rodillas.

Mira el diseño impreso en la parte delantera.

—Las Reliquias de la Muerte. —Toca la punta del triángulo con su uña sin pintar—. Definitivamente, algunas cosas nunca cambian.

Espero que sonría, pero no lo hace.

Huele la sudadera de nuevo.

—¿Por qué la hueles?, ¿porque te gusta el olor o porque todavía tienes todas las que me robaste?

Dakota se ríe por fin, aunque su sonrisa se desvanece al instante.

—Ve a buscar una mesa y yo pido el café —sugiero.

Es lo que siempre hacíamos en Saginaw: ella escogía la mesa, normalmente junto a la ventana, y yo pedía nuestras bebidas. Dos *frappuccinos* de moka con extra de azúcar líquida para ella y extra de café para mí. Pedía dos porciones de panqué de limón y ella siempre se comía el glaseado del mío.

Mis gustos han cambiado con los años, y ya no soy capaz de tomarme ese licuado azucarado disfrazado de café. Pido un *frappuccino* para ella, un café americano para mí y dos porciones de panqué de limón. Mientras espero a que griten mi nombre, me dirijo hacia la mesa donde sentó Dakota y la veo mirando al vacío con las manos debajo de la barbilla.

—¡Un *frappuccino* de moka y un americano para *London*! —grita la mesera pronunciando mal mi nombre.

Deja alegremente las bebidas en el mostrador y me regala una amplia sonrisa, como veo hacer a todos los empleados que trabajan para la cadena de la sirena.

Dakota se reacomoda un poco en el asiento cuando llego a la mesa. Le entrego el vaso grande de plástico y ella se queda mirando el mío.

—¿Qué es eso? —pregunta.

Me siento enfrente de ella y se lleva mi vaso a los labios.

—No te va a gustar nada —intento advertirle.

Pero es demasiado tarde. Ya tiene los ojos cerrados y

está arrugando la cara. No lo escupe, pero quiere hacerlo. Sus mejillas están repletas de expreso mezclado con agua y parece una preciosa ardillita mientras intenta tragárselo a duras penas.

—¡Puaj! ¿Cómo puedes beberte eso? —exclama cuando por fin logra ingerirlo.

Empujo ligeramente su vaso hacia ella para que beba un trago.

—Sabe a alquitrán. ¡Puaj!

Siempre ha sido un poco dramática.

—A mí me gusta —digo encogiéndome de hombros, y bebo un sorbo de café.

—¿Desde cuándo te gusta el café fresa? —Arruga la nariz y vuelve a poner cara de asco.

Me río.

—No es «fresa». Sólo es un expreso con agua. —Defiendo mi bebida.

Suelta un bufido.

—Pues eso, un café fresa.

Algo se esconde detrás de sus palabras. No sé qué es, pero creo que está enojada conmigo por algo que hice sin darme cuenta.

Es como si aún estuviéramos saliendo.

—Pedí panqué de limón también. Dos porciones. —Deslizo una bolsa de papel café hacia su lado de la mesa.

Ella niega con la cabeza y empuja la bolsa en mi dirección de nuevo.

—Ya no puedo comer estas cosas; este café ya cuenta como mi comida de hoy. —Arruga la nariz, y entonces recuerdo cómo se quejaba de los cambios alimentarios que tenía que hacer para la academia de ballet.

Tiene que mantener una dieta muy estricta, y los panqués de limón ya no tienen cabida en ella.

—Lo siento —digo con sinceridad, y doblo los extremos de las bolsas para cerrarlas.

Me los llevaré a casa para comérmelos después, cuando no esté delante para ser testigo de mi glotonería.

—¿Qué tal te va? —le pregunto después de un largo silencio.

Es como si ninguno de los dos supiera cómo comportarse ahora que ya no estamos juntos. Actuamos como si fuéramos dos extraños. Fuimos amigos durante años antes de salir, y nuestra amistad creció cuando su hermano y yo nos hicimos mejores amigos. Un escalofrío me recorre la espalda, y espero a que responda.

—Pues bien —suspira.

Cierra los ojos por un instante y sé que está mintiendo.

Alargo la mano y la coloco al lado de la suya. No sería apropiado que la tocara, pero tengo muchísimas ganas de hacerlo.

—Sabes que puedes contarme lo que sea.

Dakota suspira y se niega a hacerlo.

—Soy tu lugar seguro, ¿recuerdas? —Así es como me llamó en su día.

La primera vez que la encontré llorando en los escalones de su casa con sangre en el pelo le prometí que siempre estaría a salvo conmigo. Y ni el tiempo ni una ruptura cambiarían eso.

Pero eso no es lo que ella quiere oír, así que me aparta la mano con un «No».

—No necesito un lugar seguro, Landon, necesito... En fin, ni siquiera sé lo que necesito porque mi vida es un maldito desastre y no sé qué hacer para cambiarlo. —Su mirada se volvió sombría mientras espera mi respuesta.

¿Que su vida es un desastre? ¿Qué demonios significa eso?

—¿Por qué dices eso? ¿Es por las clases?

—Es por todo. Literalmente, por todos los malditos aspectos de mi vida.

No la entiendo, supongo que porque no me está proporcionando ninguna información que me permita ayudarla.

Alrededor de los quince años, me di cuenta de que haría lo que fuera para asegurarme de que ella estuviera bien. Soy la persona que soluciona los problemas de todo el mundo, en especial los de la vecina de pelo rizado que tiene a un patán por padre y un hermano que apenas podía hablar en su casa sin ganarse un moretón por el esfuerzo. Y aquí estamos, cinco años después, lejos de ese triste lugar, lejos de ese hombre, y es verdad que algunas cosas nunca cambian.

—Dame alguna pista, por favor.

Cubro sus manos con las mías, pero las aparta, tal y como esperaba. Dejo que lo haga, como siempre.

—No he conseguido el papel para el que había estado preparándome durante tantísimo tiempo. Creía que ya era mío. Entrené tanto para esa audición que incluso dejé que bajaran mis calificaciones —dice sin respirar, y cierra los ojos de nuevo.

—Y ¿qué pasó con la audición? ¿Por qué no te dieron el papel? —Necesito más piezas del rompecabezas para dar con la solución.

—¡Porque no soy blanca! —grita con voz rotunda.

Su respuesta presiona la pequeña burbuja de furia que sólo contiene las cosas que no puedo arreglar. Puedo solucionar muchas cosas, pero la ignorancia no es una de ellas, por más que me gustaría.

—¿Te dijeron eso? —pregunto manteniendo la voz baja a pesar de que no quiero hacerlo.

Es imposible que le dijeran eso a una alumna.

Niega con la cabeza y bufa.

—No, no hizo falta. Todas las protagonistas que eligen son blancas; estoy harta.

Apoyo la espalda contra el respaldo de la silla y bebo otro sorbo de café.

—¿Hablaste con alguien? —pregunto con timidez.

Ya hemos tenido esta conversación varias veces. Ser una pareja birracial en el Medio Oeste no ofendía a nadie en nuestro barrio, ni en nuestra escuela. La población de Saginaw está bastante equilibrada en cuestiones de raza, y yo vivía en una zona predominantemente negra. Pero de vez en cuando alguien nos preguntaba a ella o a mí por qué estábamos juntos.

«¿Por qué sólo sales con chicos blancos?», le preguntaban a ella sus amigas.

«¿Por qué no sales con una chica blanca?», me preguntaban a mí esas chicas vulgares que siempre usaban *eyeliner* blanco y plumas de gel en sus bolsas de imitación de Kmart.

No tengo nada en contra de Kmart, siempre me había gustado esa tienda antes de que la cerraran. Bueno, menos por lo del piso pegajoso, eso era lo peor.

Dakota sorbe por el extremo del popote durante unos segundos. Cuando se aparta, tiene un poco de crema batida en la comisura del labio. Reprimo mi impulso de limpiársela con suavidad.

—¿Te acuerdas de cuando nos pasábamos horas en el Starbucks de Saginaw? —dice.

Me gusta el hecho de que por fin me haya revelado su problema. No la presiono para que siga hablando de ello. Nunca lo he hecho.

Asiento.

—Siempre les dábamos un nombre falso. —Se ríe—. Y ¿te acuerdas de aquella vez que una mujer se enojó porque no sabía escribir Hermione y se negó a seguir escribiendo nuestros nombres en los vasos?

Ahora se está riendo de verdad, y de repente me siento como si tuviera quince años otra vez, corriendo por las calles detrás de aquella Dakota rebelde que acababa de robarle el marcador a aquella mujer directamente del bolsillo de su delantal. Aquel día estaba nevando, y llegamos a casa llenos de mugre de revolcarnos en la nieve sucia. Mi mamá no entendía nada cuando Dakota se puso a gritar que estábamos huyendo de la policía mientras subíamos por la escalera de mi antigua casa.

Me uno a su diversión.

—Creíamos de verdad que la policía iba a perder su tiempo en perseguir a dos adolescentes por haber robado un marcador.

Algunos clientes miran en nuestra dirección, pero el establecimiento está bastante lleno, así que pronto encuentran otra cosa en la que fijarse, algo más entretenido que un incómodo café entre dos ex.

—Carter me contó que la mujer le había dicho que teníamos la entrada prohibida —añade, y su mirada se vuelve sombría de nuevo.

Oír el nombre de Carter hace que se me erice el vello del cuello.

Dakota debe de haber notado algo en mis ojos, porque alarga la mano y la apoya sobre la mía. Siempre he dejado que lo haga.

Siguiendo su ejemplo, cambio de tema.

—Vivimos muy buenos momentos en Michigan.

Ella ladea la cabeza y la luz que hay sobre nosotros le ilumina el pelo y la hace brillar. No era consciente de lo solo que he estado hasta ahora. Aparte de lo de Nora, hace meses que nadie me toca. Hace meses que nadie me besa. Ni siquiera he abrazado a nadie, excepto a Tessa y a mi mamá, desde la última vez que Dakota vino a visitarme a Washington.

—Sí, es verdad —dice—. Hasta que me abandonaste.

SIETE

Me pregunto si mi expresión se acercará siquiera a transmitir cómo me siento. No me sorprendería nada. Mi cuello sin duda retrocedió cuando dijo eso. «Eso tiene que haberlo visto», es lo único que puedo pensar mientras me quedo mirándola sin poder creerlo y espero a que retire sus duras palabras.

—¿Qué? —dice totalmente inexpresiva.

«No puede ser que...».

—Yo no quería abandonarte..., no tenía elección. —Mantengo la voz baja, pero espero que pueda oír la sinceridad de mis palabras.

El chico que está en la mesa de al lado nos mira un segundo y después vuelve a centrarse en su *laptop*.

La tomo de las dos manos por encima de la mesa y se las aprieto entre las mías. Sé lo que está haciendo. Está enojada por lo de la escuela, y está proyectando su ira y su angustia en mí. Siempre lo ha hecho, y yo siempre la he dejado.

—Eso no cambia el hecho de que lo hiciste. Te fuiste, Carter se fue, mi mamá...

—Si mi opinión hubiera contado para algo, no me habría ido a ninguna parte. Mi mamá se mudaba, y lo de quedarme para terminar el último año de preparatoria no era una razón lo bastante convincente como para que mi mamá me dejara en Michigan, y lo sabes.

Le hablo con delicadeza, como lo haría con un animal herido que ataca a cualquiera que se le acerque.

Su ira desaparece al instante y suspira.

—Lo sé, perdona. —Deja caer los hombros y me mira.

—Puedes hablar conmigo de lo que sea —le recuerdo.

Sé lo que se siente siendo una persona tan pequeña en una ciudad tan grande. No le conozco ninguna otra amiga aparte de Maggy, y ahora sé que es amiga de Aiden por alguna horrible razón que no entiendo, pero no creo que me guste entrar mucho en ese tema. El modo en que dio una vuelta para él...

Dakota mira hacia la puerta y suspira otra vez. Nunca he oído a nadie suspirar tantas veces seguidas.

—Estoy bien. Estaré bien. Supongo que sólo necesitaba desahogarme.

No me basta con eso.

—No estás nada bien, *Baby Beans* —digo usando sin darme cuenta su antiguo apodo.

Su gesto torcido se transforma rápidamente en una sonrisa tímida, y yo me relajo en la silla y dejo que nuestra familiaridad se encargue del resto. Por fin se está ablandando, y cuando estamos así me siento menos incómodo a su lado.

—¡Cómo me dices eso! —Dakota arrastra la silla por el suelo y la acerca más a la mía—. Eso fue un golpe bajo.

Sonrío y sacudo la cabeza sin decir nada. No pretendía usar ese apelativo a mi favor. La llamé así por casualidad un día, la verdad es que no tengo ni idea de por qué, y así se quedó. Se derritió entonces y se está derritiendo ahora. Me salió sin más, pero no negaré que me alegro cuando apoya la cabeza en mi brazo y me lo rodea con la mano. Ese nombrecito siempre ha ejercido el mismo efecto en ella. Siempre me ha encantado.

—Estás muy fuerte —dice apretándome el bíceps—. ¿Cuándo pasó esto?

He estado entrenando más, y mentiría si dijera que no quería que lo notara, pero su observación y su proximidad hacen que me sienta algo tímido.

Dakota desliza la mano arriba y abajo por mi brazo, y yo me aparto con cuidado su pelo rizado de la cara.

—Pues no lo sé —respondo al final, y mi voz suena mucho más suave de lo que pretendía.

Sus dedos siguen jugueteando con mi piel, trazan figuras fantasmas en ella y hacen que se me erice el vello.

—He estado corriendo mucho, y hay un gimnasio en mi edificio —digo—. No lo uso muy a menudo, la verdad, pero corro casi todos los días.

Había olvidado lo agradable que es tener compañía, por no hablar del hecho de sentir el tacto de otra persona. De repente me acuerdo de las uñas de Nora arañándome el estómago y me estremezco. El tacto de Dakota es diferente, más delicado. Sabe cómo tocarme, sabe a lo que estoy acostumbrado. El tacto de Nora me ponía nervioso; éste me relaja.

¿Por qué estoy pensando en Nora?

Dakota sigue acariciándome mientras yo intento apartar a Nora de mi mente. Me da un poco de vergüenza, pero al mismo tiempo me gusta que se note lo mucho que me he esforzado. En los últimos meses, mi cuerpo ha cambiado totalmente, y me alegro de que, al parecer, le guste. Siempre ha sido la guapa en nuestra relación, y tal vez mi nuevo físico haga que quiera tocarme más, tal vez incluso quiera pasar más tiempo conmigo.

Es un pensamiento superficial y desesperado, pero es lo único que tengo ahora mismo en lo que respecta a Dakota.

Ella está ahora más guapa todavía, y supongo que su belleza seguirá aumentando y aumentando conforme vaya convirtiéndose en una mujer. Solíamos planear nuestro futuro como adultos juntos. Ella decía que tendríamos dos hijos, aunque yo prefería que fueran cuatro. Percibíamos la vida de una manera muy diferente entonces, y la idea de que llegaríamos a ser lo que quisiéramos parecía algo muy tangible. Cuando vives en una pequeña ciudad del Medio Oeste, las metrópolis grandes y luminosas parecen algo inalcanzable para la mayoría de la gente. Para Dakota, no.

Ella siempre quería más. Su mamá era una aspirante a actriz que se mudó a Chicago para trabajar en una producción teatral con la idea de convertirse en una gran estrella. Nunca sucedió. La ciudad le robó el alma y se volvió adicta a la vida nocturna y a las cosas que te mantienen despierto para disfrutarla. Jamás lo logró, y Dakota siempre ha estado decidida a hacer lo que su mamá no pudo: conseguirlo.

Se acerca más. Su pelo me hace cosquillas en la nariz y me inclino más hacia atrás en la silla.

—Mañana me reiré de este berrinche —señala, y se incorpora en su silla, desviando la conversación de mí.

La verdad sea dicha, me alegro de que lo haga. Le digo que sí, que mañana todo lo verá distinto, mejor, y que si necesita lo que sea, ya sabe dónde me tiene.

Permanecemos sentados en un cómodo silencio durante unos minutos, hasta que su celular empieza a sonar. Mientras habla, tomo una servilleta y comienzo a romperla en mil trocitos.

Por fin, Dakota canturrea alegremente al teléfono:

—Voy para allá, guárdame un lugar —y lo mete en la bolsa.

De repente, se levanta y se cuelga la bolsa al hombro.

—Era Aiden. —Bebe un largo trago de su *frappuccino*.

Se me encoge el pecho y me levanto también.

—Hay una audición y va a guardarme lugar. Es para un anuncio de internet para la academia. Tengo que ir, pero gracias por el café. ¡A ver si nos vemos pronto otra vez! —Apoya la mano en mi hombro, me devuelve la sudadera y me besa en la mejilla.

Y, en ese estado de entusiasmo, se va y deja su *frappuccino* a medio beber delante de mí, burlándose de mi soledad.

OCHO

En el camino de regreso a casa, no paro de pensar:

A) «Eso fue muy extraño».

B) «No soporto a Aiden, ni su pelo raro ni sus piernas larguiruchas. ¿Qué demonios quiere tener con ella?».

C) «Seguramente está intentando que se pase al lado oscuro, ¡pero lo tengo desenmascarado!».

Al abrir la puerta de casa me recibe un intenso olor a vainilla. O Tessa se pasó al echarse spray corporal o alguien está horneando algo. Espero que sea lo segundo. El olor me resulta reconfortante. Mi casa de la infancia siempre olía a galletas de chocolate y a pastelitos de maple, y no me hace mucha gracia pensar que un spray corporal me evoca esos recuerdos. El desengaño sería del mismo calibre que la experiencia que acabo de vivir con Dakota...

Tiro las llaves sobre la mesita de madera del recibidor y me encojo al ver que mi llavero de los Red Wings deja un arañazo en la superficie. Mi mamá me regaló esta mesa cuando me mudé a Nueva York y me hizo prometerle que la cuidaría. Era un recuerdo de mi abuela y, para ella, todo lo relacionado con mi difunta abuela tiene un gran valor, ya que no quedan muchas cosas, especialmente después de que Hardin destrozara aquella vitrina llena de valiosos platos.

Mi mamá siempre dice que mi abuela era una mujer encantadora. Yo sólo tengo un recuerdo de ella, y era de todo menos encantadora. Tendría unos seis años entonces, y me cachó robando un puñado de cacahuates de un barril enorme en el supermercado. Estaba en el asiento trasero de su camioneta, con la boca y el puño llenos de frutos secos. No recuerdo por qué lo hice, ni si era consciente de lo que estaba haciendo, pero cuando ella se volteó para ver qué hacía, me cachó abriendo cáscaras con los dientes. Frenó súbitamente y me atraganté con parte de la cáscara. Me estaba asfixiando, pero ella creía que estaba fingiendo, así que se enojó todavía más.

Tosí hasta conseguir expulsar los trozos atascados en mi garganta e intenté recuperar el aliento mientras mi abuela cambiaba de sentido en plena autopista, haciendo caso omiso de los cláxones de los conductores comprensiblemente furiosos, y me llevó de regreso al supermercado. Me hizo confesar lo que había hecho y me obligó a disculparme, no sólo ante la cajera, sino también con el encargado. Me sentí humillado, pero jamás volví a robar nada.

Falleció cuando yo estaba en secundaria, dejando atrás dos hijas que no podían ser más diferentes. Aparte de esto, toda la información que tengo de ella me viene de parte de mi tía Reese, que la pinta como si hubiera sido un auténtico tornado, a diferencia del resto de mi tranquila familia. Nadie se metía con nadie que se apellidara Tucker, el apellido de soltera de mi mamá, si no querían tener que enfrentarse a la abuela Nicolette.

La tía Reese es viuda de un policía y tiene un buen casco de pelo rubio muy bien peinado para albergar su abundancia de opiniones. Siempre me había gustado estar con ella y con su marido, Keith, antes de que éste falleciera. Siempre estaba contenta. Era muy divertida y roncaba cuando se reía. El tío Keith, a quien consideraba supergenial sólo por el hecho de que era policía, me regalaba calcomanías de hockey cada vez que me veía. Recuerdo que en muchas ocasiones deseé que hubiera sido mi padre. Es un poco triste, sí, pero a veces anhelaba que hubiera otro hombre en casa. Aún recuerdo los gritos desgarrados de mi tía a través del pasillo y el rostro pálido y las manos temblorosas de mi mamá cuando me dijo: «No pasa nada, vuelve a la cama, cariño».

La muerte de Keith dejó a todo el mundo deshecho, sobre todo a Reese. Estaba tan destrozada que estuvieron a punto de embargarle la casa. No tenía ningún interés en vivir, y mucho menos en sacar un talonario para extender un cheque de una cuenta llena con el dinero manchado de sangre que la compañía del seguro de vida de su marido había depositado en ella. No limpiaba, ni cocinaba, ni se vestía; pero siempre cuidó de sus hijos. Bañaba y aseaba a los pequeños, y sus redondas barriguitas eran prueba de que siempre ponía a sus hijos por encima de todo. Se rumorea que mi tía le dio todo el dinero que recibió por la muerte de su marido a su hija mayor, fruto de un matrimonio anterior. Yo nunca llegué a conocerla, así que no sé si es verdad o no.

Reese y mi mamá siempre estuvieron muy unidas, ya que sólo se llevaban dos años. Y, aunque la tía Reese sólo nos ha visitado en Washington una vez, hablan por teléfono muy a menudo. La muerte de mi abuela no pareció afectar a Reese del mismo modo que a mamá. Mamá hizo frente a su fallecimiento con serenidad y horneando muchos pasteles, pero también le resultó duro, y esta mesa que acabo de arañar es lo único que le queda de ella.

Soy un mal hijo...

—¡¿Hola?! —grita Tessa desde la cocina, e interrumpe el estallido de imágenes de minúsculos Yodas que flotaban alrededor de mi cabeza.

Me agacho y me quito los tenis para no manchar el impoluto suelo de madera vieja. Tessa pasó una semana entera puliéndolo, y no tardé en aprender a no traer los zapatos dentro de casa. Por cada huella que dejaba, juro que pasaba veinte minutos en el suelo con la pequeña pulidora en la mano.

Con toda la porquería que hay en las calles de Nueva York, supongo que es lo mejor de todas maneras.

—¿Hola? —repite Tessa.

Cuando levanto la vista, veo que está a escasos metros de mí.

—Me asustaste —dice mirándome a los ojos.

Tiene miedo desde que alguien entró a robar en un departamento del primer piso hace un par de meses. No lo dice mucho, pero lo sé por cómo mira la puerta cada vez que oye un crujido en el pasillo.

Tessa trae la camiseta de la Washington Central y tiene las mallas negras cubiertas de algo que parece harina.

—Perdona. ¿Estás bien? —pregunto.

Las oscuras ojeras que tiene debajo de los ojos me indican que no.

—Sí, claro. —Sonríe, y apoya el peso de su cuerpo en el otro pie—. Estoy haciendo pasteles, y es imposible estar mal cuando se hace eso —dice, y su voz se transforma en una risa burlona—. Además, estoy con Nora. Está en la cocina —añade.

Mi cerebro decide omitir esa última parte de momento.

—Mi mamá estaría orgullosa de ti. —Le sonrío y dejo caer la chamarra sobre el brazo del sillón.

Tessa lo ve, pero decide hacer como si no lo hubiera visto. Además de encargarse de la limpieza, es una compañera de departamento perfecta. Me permite tener mi tiempo y mi espacio en el departamento y, cuando está aquí, disfruto de su compañía. Es mi mejor amiga, y no está pasando por el mejor momento de su vida.

—¡Sí! —oigo gritar a Nora.

Tessa pone los ojos en blanco y yo le lanzo una mirada inquisitiva, a la que responde señalando la cocina con la cabeza.

—Menos mal —dice con tono sarcástico mientras la sigo hacia allí.

La dulce esencia se va volviendo más intensa a cada paso. Tessa va derecha hacia el pequeño carrito al que llamamos *isla*. Hay al menos diez bandejas apiladas unas encima de las otras en el reducido espacio.

Luego me informa del motivo de celebración:

—Esta vez debe de haberle salido bien.

—Invadimos tu cocina —me dice Nora.

Me mira directamente con sus ojos cafés durante un instante y voltea hacia el desastre que tienen.

—Hola, Sophia Nora de Laurentiis —digo, y abro el refrigerador para tomar un poco de agua.

Al oír la palabra *Sophia*, Tessa abre la boca para corregirme, pero creo que cacha mi bromita y no dice nada.

Nora, en cambio, dice:

—Hola, Landon —sin apartar la vista de su tarea.

Intento no quedarme mirando las manchas de glaseado morado que trae en la parte delantera de su camiseta negra, aunque ésta es bastante ajustada y pegada en la zona del pecho y el glaseado llama mucho la atención...

«Landon, mira hacia otra parte.»

Me quedo observando el desastre morado que tiene delante, pero descubro que no es tal cosa. Es un pastel morado de tres pisos cubierto de grandes flores lilas y blancas. El centro de la flor glaseada es amarillo y lleva diamantina comestible. Tiene tantos detalles que casi parece falso. Las flores de caramelo tienen pinta de oler de maravilla y, sin darme cuenta, me inclino e inspiro hondo.

A Nora le da risita y la miro. Me observa como si fuera un dibujo animado.

La verdad es que es muy guapa. Sus elevados pómulos marcados le confieren un aire de diosa. Es muy exótica, con esa piel bronceada y esos ojos café claro con manchitas verdes. Su pelo es muy oscuro y reluce bajo la luz que zumba en el techo.

Tengo que arreglar esa luz.

Alguien toca entonces la puerta e interrumpe mi festín visual.

—Voy yo —dice Tessa con una sonrisa—. Es muy bonito, ¿verdad?

Le da a Nora en la cadera con la espátula y se dirige a la puerta. Me alegra verla sonreír.

Nora se pone roja y baja la barbilla. Después esconde las manos detrás de la espalda.

—La verdad es que sí —coincido.

Alargo la mano y le levanto la barbilla con los dedos. Ella sofoca un grito y abre la boca del todo al sentir mi tacto. Me encojo al ver que se aparta de golpe.

«¿Por qué demonios la toqué de esa manera? Soy un idiota.»

Qué vergüenza.

Soy un idiota muerto de vergüenza.

Esto parece ser algo recurrente cada vez que está presente. En mi defensa, he de decir que fue ella la que empezó ayer tocándome el estómago con sus uñas oscuras.

Nora sigue mirándome con fijeza a los ojos. Percibo cierto aburrimiento oculto detrás del tímido orgullo de su creación comestible. Tengo la sensación de que no es fácil complacer a esta mujer.

—¿Qué? —dice como si estuviera a medio camino entre ser grosero con ella y halagarla.

Me encojo de hombros.

—Nada.

Me humedezco los labios. Ella inspecciona mi rostro y se centra en mi boca. Tiene una energía cinética. Esta mujer tiene algo tremendamente eléctrico. Antes de que me dé tiempo de terminar mi pensamiento, recorre el reducido espacio que nos separa, rodea mi cuello con los brazos y apoya las manos en mi nuca. Al principio, su boca me resulta brusca. Sus labios colisionan contra los míos. Una vez superada la sorpresa inicial que me causa su muestra de afecto, abro la boca para recibirla. Sus labios son cálidos, y me besa de forma implacable, deslizando su lengua sobre la mía. Controlo el impulso de estrecharla más fuerte y dejar que el beso me invada. Nora aparta las manos de mi cuello. Son pequeñas, pero nada delicadas. Sus largas uñas están ahora pintadas con esmalte carmesí. Debe de ir a hacerse manicure con frecuencia. Abre las manos por completo y frota con ellas los firmes músculos de mi torso.

Me besa, me tienta, me besa.

Besarla es como tocar cera caliente. La brusca quemadura de la sorpresa arde, pero pronto se transforma justo en todo lo contrario, en algo más suave. Mis manos encuentran sus caderas y empujo su cuerpo contra la barra. Un leve gemido escapa de su boca y me muerde el labio inferior. Mi cuerpo responde sin poder evitarlo. Intento dar un paso atrás para no clavarle mi erección, pero no me deja. Se aferra a mi pantalón y me pega contra su suave cuerpo. Trae una camiseta pegada, aún más pegada que sus mallas. Sé que puede sentir cada centímetro de mi miembro erecto contra ella.

—Carajo —exhala contra mi boca.

Yo suspiro en la suya.

Entonces se aparta y, al instante, siento un fuerte vacío.

Me da un toquecito en la nariz con la uña roja de su dedo índice y me sonríe. Tiene las mejillas coloradas y los labios hinchados por las atenciones de nuestro beso.

—Vaya, esto no me lo esperaba —dice.

Se tapa la boca y se pellizca el labio inferior con el índice y el pulgar.

«¿Que no se lo esperaba? ¿En serio?».

Me hago el duro y me inclino sobre la barra. Apoyo los codos en la fría superficie de piedra e intento pensar en algo inteligente que decir. Sigo excitado, y una silenciosa electricidad corre por mis venas, mientras que ella parece estar como si no hubiera pasado nada.

¿A qué vino eso?

Decido ser directo, como ella. Al menos, por un momento.

—¿Por qué me besaste? —le pregunto.

Ella se queda observándome, entorna los ojos e inspira hondo. Tiene la parte inferior de la camiseta ligeramente levantada, de modo que puedo ver la bronceada curva de su cadera. Me distrae de todas las maneras posibles incluso sin pretenderlo.

—¿Que por qué? —dice. Parece que mi pregunta la confundió de verdad.

Un mechón de pelo escapa de detrás de su oreja, y ella vuelve a colocarlo en su lugar. Tiene el cuello al descubierto, y parece que está suplicando que mis labios cubran su piel.

—¿No querías que lo hiciera?

«Sí, quería» sonaría demasiado desesperado.

«No, no quería» sonaría demasiado grosero.

No sé qué decir. No es que quisiera que me besara, pero tampoco es que no quisiera que lo hiciera. Yo mismo estoy confundido, así que, ¿cómo voy a intentar explicárselo a ella? Todo lo que diga enredará más la cosa.

Me quedo ahí plantado en un absurdo silencio y, de repente, parece aburrida otra vez. Observo cómo el calor que la envuelve se transforma en una difusa calidez.

Pero entonces cambia de tema.

—Deberías salir conmigo y con mis compañeras de departamento esta noche —dice.

«Bueno...».

Una parte de mí quiere continuar con la conversación y descubrir por qué me besó, pero es evidente que no quiere hablar al respecto, así que no voy a insistir. No quiero que se sienta incómoda ni darle la impresión de que no me gustó.

Estoy intentando aprender a ser un adulto. Cada mes que pasa, se me hace más fácil, pero a veces se me olvida que la necesidad de la inmediatez es algo que sólo los jóvenes ansían. Si fuéramos adolescentes, ese beso nos habría comprometido el uno con el otro de alguna manera, pero las relaciones de los adultos son mucho más complicadas. Es un proceso mucho más lento. Suele suceder de esta forma: conoces a alguien a través de un amigo, le coqueteas y tienes una cita con esa persona. Al final de la segunda cita, lo normal es que se besan. A la quinta cita, ya se acostaron. Pasan doce citas antes de que empiecen a dormir juntos de manera regular. Al año se van a vivir juntos, y a los dos años se casan. Se compran una casa y empiezan a tener hijos.

A veces, las últimas dos se invierten, pero la mayor parte del tiempo la cosa suele ser de esa manera, según la televisión y las películas románticas. Esto, claro, no se aplica en el caso de Hardin y Tessa, que se saltaron el «protocolo» y se fueron a vivir juntos a los cinco meses de estar saliendo, pero bueno.

—¿Eso es un no? —insiste.

Sacudo la cabeza e intento recordar de qué estábamos hablando. De sus compañeras de departamento... Ah, sí, de salir con sus compañeras de departamento.

Miro hacia la sala cuando oigo que Tessa está hablando con alguien y, en cuanto me dirijo otra vez hacia Nora, veo que se está estirando con los brazos en el aire, y muestra más la piel de su vientre. Es alta y voluptuosa, debe de medir al menos un metro setenta.

Y, una vez más, consigue distraerme.

—¿Adónde van a ir? —pregunto.

No quiero rechazar su invitación, sólo tengo curiosidad.

—La verdad es que todavía no lo sé. —Toma el teléfono de la barra de la cocina y desliza el dedo por la pantalla—. Voy a preguntar. Tenemos un grupo de chat que suelo evitar porque lo único que hacen es poner un montón de fotos de tipos buenos desnudos, pero voy a preguntarles.

Me río.

—Parece mi grupo ideal.

Me arrepiento al instante de mi propia broma, pero a ella da la impresión de que le hace gracia. ¿Por qué no consigo cerrar el pico cuando estoy con ella? Necesito un filtro antipatetismo. Aunque, pensándolo bien, si no tuviera nada embarazoso que decir delante de ella, probablemente no tendría nada que decir en absoluto.

—Genial, pues... —Se ríe.

La vergüenza que siento desaparece al oír ese sonido. Es despreocupado, no parece preocuparle nada en esta vida. Quiero volver a oírlo.

—A veces me esfuerzo demasiado —admito riéndome con ella.

Nora levanta la barbilla hacia mí.

—No hace falta que lo jures —dice, y me acerca los labios, poniéndome a prueba.

Es como si me estuvieran suplicando que los besara otra vez.

En su teléfono empieza a sonar la sintonía de una serie que reconozco al instante.

Levanto una ceja.

—¿«Parks and Recreation»? No te da pena que te guste —la provoco.

Me encantaba esa serie, hasta que internet se la arrebató a los auténticos fans y la convirtió en algo genial, digno de crear *memes*.

Rechaza la llamada, pero el teléfono vuelve a sonar de nuevo. Nora la rechaza inmediatamente de nuevo. Me planteo preguntarle al respecto, sólo para asegurarme de que está bien. No puedo evitarlo. Se ha convertido en una especie de hábito para mí, asegurarme de que todo el mundo esté bien. Pero justo cuando estoy a punto de inmiscuirme en los asuntos de Nora, Tessa vuelve a la cocina seguida de un joven que trae un chaleco rojo de trabajo y un cinturón repleto de herramientas.

—Vino para arreglar el triturador de basura —me explica.

El hombre le sonríe y se queda mirándola demasiado tiempo para mi gusto.

—¿Tenemos triturador de basura? —pregunto.

Primera noticia.

Las dos chicas se miran la una a la otra y ponen esa cara que solían poner las mujeres de los cincuenta como diciendo: «Hombres...».

No es justo. Siempre ayudo con los platos. Los meto en el lavavajillas, los froto y seco la vajilla si Tessa no lo hizo antes. No soy el típico tipo que no sabe dónde está el triturador de basura porque sea un vago, es que no me había dado cuenta de que estaba. Ni lo había usado. Ahora que lo pienso, creo que no he usado un triturador de basura en la vida.

Nora toma el teléfono de la barra de la cocina. La pantalla está iluminada como si estuviera sonando otra vez, pero debe de haberlo puesto en silencio. Cierra los ojos y suspira.

—Tengo que irme —dice.

Vuelve a mirar el teléfono, lo mete en el bolsillo de la chamarra que dejó colgada en el respaldo de la silla y la toma.

Me apresuro a ayudarla y le sostengo la prenda de abrigo mientras ella mete los brazos. El técnico en reparaciones se fija en Nora y observa cómo abraza a Tessa y me da un beso en la mejilla. Algo caliente y un poco amargo bulle en mi interior cuando le mira el trasero. Ni siquiera se molesta en ocultarlo. No lo culpo por querer mirar, pero, oye, muestra un poco de respeto.

Sin darme tiempo a darle lecciones de modales al tipo, Nora se despide de mí con la mano y dice:

—Te mando un mensaje cuando sepa adónde vamos.

Mentiría si dijera que no estaba interesado y que me preocupaba un poco que no me mandara ese mensaje. No sé cuántas otras opciones tiene. Y desconozco las estadísticas de mis rivales... Dios mío, estoy comparando una cita con los deportes. Otra vez. Últimamente he llegado a la conclusión de que no se diferencian tanto, pero más me vale ver las cosas desde otro punto de vista.

Pero ¿por qué estoy llegando a la conclusión de que Nora quiere algo conmigo? ¿Porque me besó y después me invitó a salir con ella?

Sí, justo por eso. No sé si estoy sufriendo una regresión en mi proceso de convertirme en adulto o qué.

Cuando ella se va, Tessa parece una ardilla rayada que acaba de encontrar un botín de frutos secos oculto debajo de una hoja.

—¿A qué vino eso? —pregunta con curiosidad.

Estoy tan acostumbrado a su intromisión que no me molesta. Me froto la barbilla y jalo ligeramente el vello que está creciendo ahí. Levanto las manos en mi defensa.

—No tengo ni la menor idea. Acaba de besarme. Yo creía que ni siquiera sabía cómo me llamaba...

—¡¿Que hizo qué?! —grita Tessa.

Este chisme basta para alimentar a Tessa Young durante días. No va a parar de repetírmelo, y seguro que también se lo cuenta a mi mamá.

El técnico ladea la cabeza como si estuviera escuchando una telenovela. Podría disimular al menos. Aunque supongo que, si yo pasara todo el día arreglando electrodomésticos, también necesitaría un poco de entretenimiento cómico. Debe de ser como darle un poco de color a un cuadro en blanco y negro.

—¡Yo tampoco lo sabía! Bueno, sé que sabía cómo te llamabas —dice Tessa, tan literal como siempre.

—No entiendo nada. Estoy tan confundido como tú.

Tess me está mirando de una manera muy rara, como si estuviera intentando ocultar su decepción. No sé cómo interpretarlo. Supongo que es porque extraña a Hardin, pero es probable que me equivoque. No sé qué pensar de todo esto.

En lugar de entrar en un chismerío que puede que al final quede en nada, me ajusto el cordón de los pants y me dirijo a la puerta.

—¡Aún no hemos acabado de hablar de esto, Landon Gibson! —grita Tessa mientras salgo.

Y, no sé por qué, me hace sentir un poco como si fuera un criminal a la fuga.

NUEVE

Cierro la puerta del departamento al salir y casi choco contra otra persona en el pasillo.

Con la gorra, no lo reconozco. Trae un abrigo negro y pantalones grises de nailon contra el viento. Me saluda con un gesto cortés de la cabeza y se quita la gorra. En nuestro edificio hay unos veinte departamentos, y he visto a casi todas las parejas y las personas que viven aquí, pero no a este chico. Puede que acabe de mudarse.

—¡Perdona! Lo siento —digo apartándome de su camino.

Su única contestación es un gruñido.

Me echo a correr al llegar a la esquina del edificio. Espero a que vuelva a dolerme la rodilla, que me duele, pero es soportable. Es un dolor que no implica daños mayores, sordo, nada que ver con la punzada aguda de antes.

Tomo velocidad. Mis Nike golpean la banqueta sin apenas hacer ruido. Recuerdo cuando empecé a correr y me ardían las piernas y sentía que el pecho me iba a explotar. Me obligué a seguir. Necesitaba estar sano, y ahora lo estoy. No me refiero a estar sano como las mamás que empujan un cochecito de bebé por Brooklyn y desayunan licuados de germinados de trigo y a la hora de comer les dan a sus bebés papillas de kale y quinoa, sino sano en cuanto a llevar un estilo de vida activo.

Suelo tener la mente en blanco cuando corro, aunque a veces pienso en mi mamá y en el bebé, en Tessa y Hardin, o le doy vueltas a cómo es posible que los Blackhwaks de Chicago derrotaran a los Red Wings de Detroit. Hoy tengo muchas cosas en la cabeza.

Primero: el comportamiento de Dakota. Dejó de hablarme cuando terminó conmigo y ahora actúa como si fuéramos a vernos a diario. Estaba muy enojada por la audición y desearía poder hacer algo al respecto. No puedo ir a una de las academias de ballet más prestigiosas del país, tocar la puerta y acusarlos de racistas sin tener pruebas. Sobre todo con lo loco que está el país en este momento. Lo último que quiero es que, por mi culpa, reciba demasiada atención negativa mientras intenta hacer carrera en esta ciudad.

Las cosas con las que solía ayudarla eran otras. En lo que a su carrera respecta, no hay nada que yo pueda hacer. Los obstáculos a los que acostumbrábamos a enfrentarnos juntos quedan ya muy lejos, son una parte de nuestro pasado. Entonces nuestros problemas parecían más graves, más apremiantes. No sé qué hacer con las cuestiones prácticas, los problemas del día a día, como las decisiones académicas y profesionales.

Es una de las pocas ocasiones en las que me gustaría ser como Hardin durante una hora. Me plantaría en la academia, echaría la puerta abajo y exigiría justicia para Dakota. Los convencería de que es la mejor bailarina que tienen, de que, aunque como ella dice, aún no es una bailarina propiamente dicha, les es indispensable. La mejor.

El ballet es para Dakota como el hockey para mí, aunque multiplicado por diez, porque ella baila y yo no juego. En mi colegio no había equipo de hockey y, cuando mi mamá me inscribió a las clases del polideportivo local, pasé las peores dos horas de mi vida. Descubrí rápidamente que era un deporte que me encantaba ver pero al que nunca podría jugar. Dakota lleva bailando desde niña. Empezó con el hip-hop, luego jazz, y después ballet clásico durante toda la adolescencia. Aunque parezca increíble, empezar con el clásico de adolescente es una desventaja enorme, y en algunos círculos consideran que es demasiado tarde. Pero Dakota les demostró lo contrario en su primera audición en la Escuela de Ballet Americano. Mi mamá le envió el dinero para que pudiera ir a la audición como regalo de cumpleaños. Ella lloró de agradecimiento y le prometió que haría todo lo posible por devolverle su generosidad algún día.

Mi mamá no quería que le devolviera nada. Quería ver a la encantadora vecina de al lado superar sus circunstancias y llegar muy lejos. El día que supo que la admitían, vino corriendo a casa con la carta en la mano. Gritaba y saltaba, y tuve que tomarla y colocar su pequeño cuerpo cabeza abajo para que se quedara quieta. Estaba en éxtasis, y yo estaba muy orgulloso de ella. Su escuela no es tan famosa como Joffrey, pero es una academia excepcional, y no estoy poco orgulloso de ella...

Lo único que quiero es que sea feliz y que se reconozca su talento. Quiero arreglarlo por ella, pero escapa a mi control. Por frustrante que sea, no se me ocurre una solución realista al problema. Debería haberle preguntado qué más le pasó, debe de haber más...

Lo dejo para más tarde y pienso en Nora. Tiene más cara de Nora que de Sophia y, por suerte, no soy tan terrible con los nombres como Hardin. Insiste en llamar *Delilah* a Dakota, incluso a la cara. Basta de pensar en el amargado de Hardy.

Hardy.

Me da risa. Voy a llamarlo así la próxima vez que él llame *Delilah* a Dakota.

Paso por un supermercado y una mujer con los brazos llenos de bolsas de papel se me queda mirando tan fijamente que dejo de reírme de mí mismo y de mi maléfico plan para devolvérsela a Hardin. O a *Hardy*.

Me río otra vez.

Necesito más café.

Grind está a menos de una carrera de veinte minutos pero en dirección contraria a mi departamento, al revés que el parque...

El café lo vale. Uno puede tomarse un café en cada esquina, pero no es café del bueno (el café de las tiendas de delicatesen es lo peor) y, además, necesito ver si ya están los horarios de la semana que viene. Cambio el rumbo y corro hacia la cafetería. Paso otra vez junto a la mujer cargada con bolsas del súper y veo que una se le resbala de la mano. Me apresuro a ayudarla, pero no soy lo bastante rápido. La bolsa se rompe y las latas de comida ruedan por el pavimento. Parece tan frustrada que creo que va a gritarme por haber intentado ayudarla.

Cacho en el aire una lata de sopa de pollo. Se rompe otra bolsa y maldice frustrada cuando las verduras chocan contra el suelo. El pelo negro le cubre la cara, pero diría que ronda los treinta. Trae un vestido suelto con un pequeño bulto debajo. Puede que esté embarazada (o puede que no), pero mejor no preguntárselo.

Dos adolescentes cruzan la calle en dirección a nosotros. Por un momento, pienso que es posible que vengan a ayudarnos.

No. Mientras nosotros intentamos solucionar el desastre de la compra, ellos miran para otro lado. Aquí no existe eso de ayudar al prójimo. Se limitan a acelerar el paso y tienen el detalle de pisar una caja de arroz que había aterrizado en su camino. A veces, toda la amabilidad a la que uno puede aspirar en esta ciudad es a que nadie pise lo que le estorba en el camino.

—¿Vive muy lejos? —le pregunto a la mujer.

Ella levanta la vista de la calzada y niega con la cabeza.

—No, a una cuadra. —Se peina la cabellera castaño oscuro con las manos y gruñe de frustración.

Señalo la montaña de víveres que cayó de las dos bolsas.

—Bueno. Vamos a organizar esto.

No llevo bolsas de repuesto en los bolsillos, así que me quito la sudadera y empiezo a meter alimentos dentro. Puede que no quepa todo, pero vale la pena intentarlo.

—Gracias —dice sin aliento. Se acerca para ayudarme, pero la detengo.

Pita un coche. Luego otro. Apenas tengo un pie en la calle, pero pitan de todos modos. Lo mejor de vivir en Brooklyn es que, por lo general, nadie pita. Manhattan es una isla pequeña, caótica y enojada, pero no me cuesta imaginarme viviendo en Brooklyn, dando clases en un colegio público y teniendo familia. Cuando sueño despierto, mis planes incluyen otras ciudades, más tranquilas. Pero, vamos, que primero necesito una chica que quiera salir conmigo, así que falta mucho para todo eso. Digamos que así es como me veo dentro de cinco años...

Bueno, dentro de diez.

Me pongo una botella de aceite debajo del brazo.

—Ya está. Solucionado —le digo.

La miro a los ojos rasgados. Me observa, escéptica y sin saber si debe fiarse de mí o no. «Puede confiar en mí», tengo ganas de prometerle. Sin embargo, si le digo eso, va a desconfiar todavía más. El viento empieza a soplar con fuerza y la temperatura baja un poco al instante. Me doy prisa y, cuando tengo casi toda la compra dentro de la sudadera, ato las mangas para que se parezca vagamente a una bolsa. Echo dentro una caja de galletas saladas y de embutidos.

Me pongo de pie y le entrego la bolsa-sudadera. Se le suaviza la mirada.

—Puede quedarse la sudadera, tengo muchas —digo.

—Qué suerte tendrá la que te atrape, muchacho —me dice con una sonrisa.

A continuación, recoge las bolsas del súper que no se rompieron, se ajusta la sudadera-bolsa en los brazos y empieza a caminar. Me halaga su cumplido, pero enseguida me pregunto por qué pensó que estoy soltero. ¿Acaso huelo a soledad y desesperación?

Probablemente.

—¿La ayudo? ¿La acompaño a casa? —me ofrezco con cuidado de que suene a oferta, no a exigencia. Va muy cargada y, con las bolsas en los brazos, le costará llegar.

Ella niega con la cabeza y mira más allá de donde estoy yo, hacia el lugar adonde se dirigía.

—Vivo aquí al lado. No hace falta.

Noto un ligero acento en sus palabras, pero no sé distinguirlo. Mientras se aleja, me doy cuenta de que es verdad que no necesita mi ayuda: puede sin problemas con la sudadera y con las demás bolsas. Imagino que es una metáfora cósmica para enseñarme que no tengo que ayudar a todo el mundo, igual que lo de Augustus Waters y el cigarrillo. Bueno, no es exactamente lo mismo, pero aun así. Es evidente que lo suyo era peor. Pobre.

Dejo que la mujer se vaya sola y sigo hacia el sur, adentrándome en Bushwick. Me encanta mi barrio. Está cerca de todo lo que es bonito de Williamsburg, pero las rentas son más baratas. La renta nos sale en un ojo de la cara (casi me da algo cuando me vine a vivir aquí, la mensualidad es más cara que la hipoteca de mi mamá), pero la colonia es cada vez más popular y los precios no tardarán en duplicarse. Aun así, no es tan caro vivir aquí como yo imaginaba. Tampoco es barato, pero los rumores de que un litro de leche cuesta tres dólares en Nueva York son falsos... En general. El ruso que maneja la tienda de la esquina que hay abajo de mi departamento se luce con los precios, pero supongo que pago extra por la comodidad de tenerlo a un minuto de casa. Siempre podría caminar dos o tres minutos hasta la siguiente tienda. Una de las mejores cosas de la ciudad es que hay infinidad de opciones. No falta dónde elegir en cuanto a tiendas, restaurantes y gente.

DIEZ

Cuando llego a Grind, Posey está detrás del mostrador vertiendo un cubo de hielo en el recipiente. Jane, la empleada más veterana de la cafetería, que a veces se refiere a sí misma como a «la anciana de la tribu» con voz cursi y chillona, está trapeando el piso de madera. Mete la jerga en la cubeta y el agua jabonosa se desborda. Una niña se levanta de una mesa que hay en la pared del fondo y se acerca para ver cómo Jane recoge el agua. Busco a sus padres entre las mesas, pero la cafetería está casi vacía. De diez mesas, sólo dos están ocupadas. En una hay dos chicas con sendas *laptops* y libros de texto. En la otra, un chico con cuatro tazas vacías de expreso. No veo a nadie más.

Al verme, Posey me recibe con una sonrisa silenciosa.

La niña, que tendrá unos cuatro años, se sienta en el suelo y se saca algo del bolsillo. Un cochecito de juguete rojo se desliza por el charco y se le iluminan los ojos. Jane le dice algo que no consigo entender.

—Lila, no hagas eso, por favor. —Posey levanta la parte móvil de la barra y sale hacia la sala. Se acerca a la niña y se agacha para quedar a su altura.

La pequeña toma el coche antes de que Posey pueda quitárselo. Lo estrecha contra su pecho y menea la cabeza con furia.

103

—Quiero cochecito —repica su vocecita.

Posey toma su mejilla con la mano y la acaricia con ternura hasta que el pánico de la pequeña se torna consuelo. Debe de conocerla.

Es su hermana, claro. La pequeña de cabello castaño debe de ser la hermana que Posey ha mencionado un par de veces.

—Puedes quedarte el cochecito, pero no lo metas en el agua. —Su voz suena distinta cuando le habla a la niña. Más dulce—. ¿De acuerdo?

Luego le toca la punta de la nariz con el dedo índice y la pequeña se ríe. Es muy linda.

—Acuerdo. —Tiene una vocecita lindísima.

Me acerco a ellas y me siento a una mesa. Jane termina de pasar el trapeador y me saluda antes de irse al almacén a acabar el inventario. Posey mira a su alrededor para ver si hay mucho trabajo en la sala, pregunta educadamente a ambas mesas si se les ofrece algo más y vuelve a donde estamos la niña y yo.

—Por favor, no le digas a Jacob que la traje al trabajo —dice mientras se sienta en la silla que hay delante de mí.

—Descuida —respondo con una sonrisa. Jacob puede ser muy patán. Creo que es demasiado joven para ser jefe y es el típico tipo que, si le das algo de poder, lo hace valer. Es algo mandón y puede ser un idiota.

—Mi abuela tenía una cita y yo no podía faltar —se justifica Posey nerviosa.

—Es una suerte, así podrás pasar el día con tu hermana.

Posey sonríe y asiente aliviada.

La pequeña Lila no voltea hacia mi voz. La campanilla de la puerta suena para avisar que llegó un cliente. Posey mira entonces a la niña y asiento para que sepa que puedo vigilarla. Ella se coloca de nuevo detrás de la barra y saluda a los dos hombres vestidos de traje. Yo me volteo para ver jugar a la pequeña con su juguete. No me presta ninguna atención. El cochecito la tiene fascinada, y está para comérsela, deslizando el pequeño Camaro por el suelo irregular. Anda a gatas detrás de él, pese a que es lo bastante mayor para caminar. Sus pequeños tenis se iluminan cuando los dedos de los pies golpean el suelo y cuando toma el coche con la mano, lo pone boca abajo y, sin dejar de sonreír, le da la vuelta para que gire como una pirinola.

—Qué coche tan bonito —le digo.

No me mira, pero dice:

—Coche.

Posey nos observa mientras vierte leche de soya en la licuadora. Le sonrío y veo que se relaja. Sonríe tímidamente y regresa al trabajo. Trae las uñas pintadas de negro con pequeños lunares amarillos. Dirijo la vista a sus manos mientras añade té verde instantáneo a la leche de soya y al hielo. Lo mezcla todo bien al tiempo que mueve la cabeza al ritmo de la canción de Coldplay que suena en los altavoces. Miro de nuevo a la niña, que contempla su pequeño Camaro de plástico con adoración.

—¡Zum! —dice Lila en voz baja. Lanza el coche por los aires y se queda mirando la trayectoria que sigue.

Permanezco sentado y en silencio hasta que los clientes desaparecen. Posey está limpiando los botes de jarabe con un trapo húmedo. Ocho de las diez mesas están sucias. Me acerco a la zona de los contenedores y tomo la bandeja que hay en el estante, junto al bote de basura. Lila continúa repitiendo *cochecito* y *zum* mientras yo limpio la primera mesa. Tres dólares de propina.

No está mal. Es sorprendente la de clientes que dejan la mesa hecha un asco pero no le dan propina a la persona que tiene que limpiarla. No sé si es mala educación o mera ignorancia. Es como con los conductores de Uber. Todo el mundo cree que en el importe va incluida la propina, pero hay quien dice que no. Que aunque marques la casilla del quince por ciento, los conductores no ven un céntimo, y por eso me dijo un chico de mi clase que hay que darles la propina en efectivo. Aunque también me dijo que era francés, pese a tener acento alemán...; es muy posible que me estuviera tomando el pelo...

Lo mismo da: los meseros se merecen buenas propinas. Fin del comunicado urgente.

En la siguiente mesa hay una montaña de azúcar equivalente, por lo menos, al contenido de cuatro sobres. Me quedo alucinado cuando veo los sobres convertidos en hombrecitos de papel. Un trozo de servilleta pinchado en un palillo hace de bandera, clavada en la cumbre de la montaña de azúcar. Intento recordar qué aspecto tenía el tipo que estaba sentado a esta mesa. En realidad, creo que era una chica, o una mujer. No le vi bien la cara, pero debe de ser famosa en el mundo de las esculturas de azúcar.

—Lila —llamo a la pequeña.

Ella alza la vista pero no se mueve. Está acostada boca abajo en el suelo.

—¿Quieres ver lo que hay aquí? Es muy bonito. —Sigo señalando la montaña de azúcar y mirando la espada de papel que lleva uno de los hombrecitos hechos con el envoltorio del azucar.

Me contesta que no y asiento. No me sorprende. Con el trapo, allano la montaña de azúcar. Alterno la tarea de vigilar a Lila con la de limpiar mesas. Cuando estoy acabando con la antepenúltima, Posey sale de la barra y se coloca delante de mí.

—No tenías por qué hacerlo —me dice. Apenas se le ven las pupilas cafés porque tiene los ojos rojos—. Es tu día libre.

—¿Estás bien? —pregunto.

Mira a su alrededor y asiente. Suspira y se sienta en la silla más cercana a su hermana.

Se encoge de hombros.

—Cansada. El trabajo, las clases..., lo de siempre —dice sin perder la sonrisa. No le gusta quejarse, lo sé, aunque tiene motivos para hacerlo, o al menos para desahogarse.

—Si necesitas que te sustituya en algún turno, avisa. No me importa ayudar, y este semestre tengo tiempo libre. —Tampoco tengo tanto tiempo libre, la verdad, pero me gustaría poder ayudarla. Está claro que está más ocupada que yo.

Posey menea la cabeza y se ruboriza. Los mechones rojizos escapan de una diminuta liga negra que es demasiado pequeña para sujetarle la melena. Al sol, su pelo parece más claro, como si se lo tiñera de rojo. Su tez no revela ninguno de sus secretos.

—Necesito los turnos. Pero, si sabes de alguien que haga burbujas en las que meter a pequeños diablillos de cuatro años mientras yo estoy trabajando, avisa.

Nos reímos y miramos a Lila, que sigue acostada en el suelo.

—Es autista —dice. No sé cómo, pero yo mismo había atado cabos a los pocos minutos de conocerla—. No sabe-

107

mos aún cuán severo es, pero está aprendiendo a hablar...
—hace una breve pausa—, a los cuatro años.

—Bueno, a veces no es tan terrible —contesto chocando mi hombro contra el suyo, mientras intento bromear un poco sobre algo que da tanto miedo. Descruza los brazos, sus rasgos se relajan y sonríe de verdad.

—Cierto. —Se lleva los dedos a los labios.

Entonces se agacha junto a su hermana y apoya las manos en las rodillas. No oigo lo que le dice, pero sé que hace feliz a Lila.

Miro el reloj. Son casi las seis. Si quiero salir con Nora y sus amigas, tengo que volver al departamento y darme un baño. No estoy nervioso para nada, sólo es que no sé qué piensa de mí. ¿Suele besar a la gente porque sí a menudo? De ser así, genial, pero me gustaría saber qué siente o qué hace cuando sale con alguien. Hoy no ha sido la primera vez que coquetea conmigo, creo que ésa es su forma de flirtear, pero nunca me había dado la impresión de que estuviera pensando en besarme como esta mañana. Parecía muy segura cuando se acercó a mí y me acarició pegada a mi cuerpo. Sólo de recordar el sabor de su lengua, mi pene da una sacudida. Necesito hacer algo al respecto, y esta vez no pienso arrancar la cortina de la regadera, caerme de nalgas, hacerme una cortada en la cara y llenarme la rodilla de moretones. Sexo seguro: me quedaré a salvo en mi cama. Con la puerta cerrada. Incluso atrancaré la puerta con la cómoda.

Miro a Posey, que volvió a sentarse. Tiene el teléfono en la oreja y el ceño fruncido. La observo menear la cabeza y hablar en voz baja antes de colgar. Quiero comportarme como un metiche y preguntarle si está bien, pero, al mismo tiempo, no me gustaría entrometerme en su vida en contra de su voluntad.

—¿Necesitas algo más antes de que me vaya? —pregunto entrando detrás de la barra para ver mi horario y prepararme un expreso. Un expreso doble. Pienso en hacerme uno triple, pero puede que no sea buena idea.

El turno de Posey está a punto de acabar. Niega con la cabeza, me da las gracias y dice que ya se las arregla ella. Luego les digo adiós con la mano a ella y a Lila, y me despido de Jane con un grito que se oye incluso en el almacén.

ONCE

Empujo la pesada puerta de la cafetería y afuera me aguarda la noche. El celular me vibra en el bolsillo delantero del pantalón. Las calles están repletas de enormes bolsas de basura que amenazan con reventar y llenar de porquería las banquetas. Todos los días lo mismo, pero no logro acostumbrarme a ello. Manhattan debe de ser aún peor, con todas las tiendas y más de un millón y medio de personas compartiendo las estrechas calles de un solo sentido y las estrechas banquetas. Es imposible vivir en esta ciudad si no quieres chocar contra los demás, que te piten los coches o que te tomen el pelo.

Me asombra que se pueda meter a tanta gente en departamentos enanos con ventanas enanas y cocinas enanas. Las habitaciones de mi departamento son más grandes de lo que esperaba. El baño es justo, pero sabía que no podía permitirme vivir en Brooklyn en un lugar más caro que mi departamento de cuarenta y seis metros cuadrados.

Ken, mi padrastro, nos ayuda con parte de la renta, pero llevo ahorrando desde que encontré trabajo y espero poder devolvérselo algún día, al menos en parte. No me siento cómodo con la idea de que me ayude a pagar las facturas. Soy bastante responsable, en parte gracias a él y a sus sermones sobre cómo manejar el dinero y los gastos de un estudiante. No me lo gasto en alcohol ni en salir por ahí. Pago las facturas y, de vez en cuando, me compro un libro o entradas para un partido de hockey.

Es indudable que tener un papá con un cargo importante en la universidad ha hecho cien veces más fácil mi vida de estudiante. Me ha ayudado con todos los formularios, con todas las clases, y he logrado meterme en algunas que, en teoría, estaban llenas. Ken tiene mucha más influencia en la WCU que en la Universidad de Nueva York, eso seguro, pero facilita mucho conocer el proceso de admisión.

Pienso a menudo en cómo sería mi vida si mi mamá y yo nos hubiéramos quedado en Michigan. ¿La habría dejado sola para venirme a vivir aquí con Dakota? Creo que no me habría mudado si ella no tuviera a Ken y a su grupo de amigas en Washington. Mi vida sería muy distinta si mamá no lo hubiera conocido a él.

A veces pienso que, salvo en lo evidente, Nueva York no es tan distinto de Saginaw. El sol a menudo sale poco en Manhattan, se reserva la luz de los residentes de la ciudad en una caja pequeña de alguna playa de la costa Oeste. Me he acostumbrado tanto al cielo nublado de todas las ciudades en las que he vivido que, cuando el sol brilla aquí, en Brooklyn, me duelen los ojos durante la media hora que tardo en llegar caminando al trabajo. Me compré unos lentes de sol que no tardé en perder. Pero el sol sale tan a menudo en Brooklyn que creo que les daría mucho uso; es una de las razones por las que elegí vivir aquí y no en Manhattan. Este mes de septiembre, los cielos grises se han tragado los rascacielos. Cuanto más se aleja uno de ellos, más brilla el sol.

Un bulto bajito y redondo cubierto por abrigos superpuestos y sombrero me adelanta por la banqueta. El hombre que hay debajo empuja un carrito del súper repleto de latas de aluminio y botellas de plástico. Lleva puestos unos gruesos y desgastados guantes cafés llenos de mugre negra. De debajo de los cuadros escoceses rojos y verdes de su sombrero escapan mechones grises, y tiene los ojos entornados. El tiempo y la adversidad lo han marchitado hasta casi quebrarlo. Mira al frente, sin prestarme la menor atención, pero me parte el alma verlo.

Para mí, lo más difícil es la pobreza que asola ciertas zonas de la ciudad. Extraño a mi mamá, pero lo que más duro me resulta es ver la mirada triste y avergonzada en el curtido rostro de un hombre de mediana edad sentado en el suelo, apoyado contra la pared de un banco, mendigando dinero y comida en un cartón. Para ellos debe de ser aún peor, sabiendo que detrás de la pared hay millones de dólares. Tener que ver, con el estómago vacío, a los grupos de trajeados que pasan junto a ellos a la hora de la comida y que se gastan veinte dólares en una ensalada mientras ellos se mueren de hambre.

En Saginaw no hay muchos vagabundos. Casi todos los pobres tienen hogar. El yeso se cae a pedazos, las paredes tienen moho, y las camas están infestadas de chinches que se alimentan de ellos mientras duermen, pero al menos tienen un techo sobre la cabeza, lo mínimo. Casi toda la gente que conozco en Saginaw intenta salir adelante, aunque allí eso no es nada fácil. Los padres de mis amigos eran granjeros y empleados de fábrica, pero no hay trabajo desde que cerraron todas las fábricas hace unos diez años. La ciudad no produce nada de valor, salvo heroína. Familias a las que

113

les iba bien hace una década ahora apenas pueden poner comida en la mesa. La tasa de desempleo ha alcanzado máximos históricos, igual que la de delincuencia y la de drogadicción. La felicidad se esfumó con los puestos de trabajo y no creo que vuelva a dejarse ver por allí.

Ésa es la principal diferencia entre mi ciudad natal y ésta. La esperanza que bulle en Nueva York y que se respira en todas partes. Millones de personas acuden a la ciudad más grande del país sólo por ella. Esperan más. Esperan más felicidad, más oportunidades, más experiencia y, sobre todo, ganar más dinero. Las calles están a rebosar de gente que dejó atrás su país de origen y construyó un hogar y una vida para sus familias aquí. Cuando uno se detiene a pensarlo, es alucinante.

La gente hace las maletas y se viene para acá, unas cien personas al día, según las estadísticas. Hay metro las veinticuatro horas (aquí todo es veinticuatro horas), y no hay camionetas ni tractores que ocupen la mitad de la calle, como en Michigan. Los pequeños edificios cafés a los que nos referimos como *el centro* en Saginaw no tienen comparación con los gigantescos rascacielos de la ciudad de Nueva York.

Cuanto más lo pienso, más me doy cuenta de que esta ciudad y Saginaw no se parecen en nada, y me parece bien así. Tal vez haya intentado que se parezcan para asegurarme de que Nueva York no va a cambiarme..., de que, sea lo que sea eso de madurar, voy a seguir siendo yo mismo, sólo que distinto.

Mi celular vuelve a vibrar. Lo saco y veo dos veces el nombre de mi mamá. Se me acelera el pulso, pero me relajo al leer los mensajes. Uno es un enlace a un artículo sobre un bar temático de Harry Potter que acaba de abrir en Toronto, y en el otro me pone al día de lo mucho que pesa ya mi hermana. De momento, es pequeña, pero a mi mamá aún le faltan cuatro semanas. Durante el último mes, seguro que la pequeña Abby tiene tiempo suficiente para ponerse como una bola.

Sólo de pensar en mi hermanita, arrugada y diminuta, con una diadema rosa, levantando los bracitos regordetes, me hace sonreír. No sé cómo será eso de ser hermano, sobre todo a mi edad. Soy demasiado mayor para tener nada en común con la pequeña, pero quiero ser el mejor hermano posible. Quiero ser el hermano mayor que me hacía falta cuando era niño. A mamá y a Ken les va a costar adaptarse a tener un bebé en casa cuando sus otros dos hijos ya son hombres hechos y derechos que ya volaron del nido. Mi mamá no paraba de decirme lo mucho que le apetecía tener la casa para ella sola, pero yo sabía que iba a extrañar que yo estuviera a su lado. Siempre hemos sido ella y yo, en lo bueno y en lo malo.

Mientras espero a que el semáforo cambie de color y la silueta se ponga blanco incandescente, me recuerdo lo afortunado que soy por tener la mamá que tengo. Nunca ha cuestionado mi decisión de mudarme y me ha apoyado en todos mis caprichos desde niño. Ella era la mamá que se disfrazaba conmigo aunque no fuera Halloween. Incluso me dijo que podía vivir en la luna si quería. Cuando era pequeño, a menudo me preguntaba si lograría aterrizar en la luna si corría lo bastante rápido. A menudo deseaba que así fuera.

Cuando cambia el semáforo, una mujer con tacón de aguja arrastra los pies al cruzar. No entiendo por qué las mujeres se someten a semejante tortura para parecer más altas. Los semáforos aquí cambian a toda velocidad, y los peatones tienen menos de treinta segundos para cruzar. Tecleo una respuesta rápida para mi mamá y prometo llamarla esta noche. Me meto el celular otra vez en el bolsillo y decido que más tarde leeré lo del bar.

Me gustaría mucho ir a Toronto, de siempre, y desde aquí sólo está a una hora en avión. Tal vez pueda ir durante las vacaciones de invierno. Imagino que iré solo, a pesar de que una parte loca de mí de repente me sugiere que me lleve a Nora. Seguro que es divertido viajar con ella. Tengo la impresión de que ha viajado más que yo. Aun sin conocerla, parece la clase de persona que ha visto mundo, o que simplemente tiene mucho mundo en general. Hay cosas que no se aprenden en los libros, soy la prueba. Me encantaría viajar, y quiero hacerlo pronto.

Pero ¿por qué nos estoy imaginando a Nora y a mí en una paradisíaca playa tropical, ella con una parte de arriba de biquini minúscula y su trasero redondo rebosando la tela? Apenas la conozco y, sin embargo, no consigo quitármela de la cabeza.

La tienda veinticuatro horas de mi edificio no tiene mucha clientela, y a veces me da pena Ellen, la joven rusa que trabaja allí. Me preocupa que pase las noches sola tras el mostrador. La campanilla suena cuando entro y Ellen alza la vista de un grueso libro de texto y me sonríe con educación. Tiene el pelo corto y ondulado recogido tras una fina diadema a juego con el suéter rojo con pequeños puntos blancos.

—Hola —me dice mientras miro la sección de productos que requieren refrigeración que hay al fondo de la tienda.

—Hola, Ellen —le digo tomando una botella de leche.

Compruebo las fechas porque más de una vez he salido de aquí con productos caducados. Luego busco un Gatorade azul, para la próxima vez que venga Nora. No tienen. Me sobra tiempo, así que iré a la tienda más próxima en cuanto salga de aquí.

Por segunda vez hoy, me doy cuenta de lo bien que me caería una de esas bolsas de tela que Tessa guarda junto a la puerta. Intenta evitar el uso de plásticos y, ahora, cada vez que abro la puerta oigo su voz, que me recuerda el daño que las bolsas de plástico causan en el medio ambiente. Esa mujer ve demasiados documentales. Pronto intentará sabotear que la gente use zapatos o algo así.

Ellen cierra el libro de texto cuando me acerco. Tomo un paquete de chicles de la estantería que hay delante del mostrador. Se ve un poco estresada y desearía haber traído una bolsa de tela, la que tiene estampados una sandía y un puerro. De la sandía sale una nube de texto que dice: «Deberíamos fugarnos y casarnos». Y el puerro le contesta: «Lo siento mucho —y, debajo, en grandes letras dice—: No PUERRO».

A Ellen le gustan tanto los chistes de frutas y verduras como a mí. Eso la convierte en buena gente. Tal vez el chiste la haga sonreír.

—¿Cómo te va? —le pregunto.

—Bien. Aquí, estudiando.

La campanilla de la vieja registradora suena cuando ella teclea el importe de la leche y los chicles. Saco la tarjeta y la paso por el lector.

—Siempre estás estudiando —digo. Es la verdad. Siempre que vengo está sola detrás del mostrador, leyendo un libro de texto o haciendo las tareas.

—Quiero ir a la universidad —dice encogiéndose de hombros y desviando sus ojos castaños de los míos.

«¿La universidad?». ¿Va a la preparatoria y trabaja hasta las tantas todos los días? Aunque no siempre entro, la veo por el escaparate de camino a casa.

—¿Cuántos años tienes? —No puedo evitar preguntarlo. No es asunto mío, y no soy mucho mayor que ella pero, si fuera su papá, me preocuparía dejar a mi hija trabajando sola, de noche, en una tienda de Brooklyn.

—La semana que viene cumplo dieciocho —responde con el ceño fruncido, ese que suelen poner las adolescentes cuando anuncian con orgullo que están muy cerca de los soñados dieciocho.

—Genial —le digo en el momento en que me entrega el comprobante para que lo firme.

Sigue con el ceño fruncido mientras me da la pluma roja atada a una pequeña carpeta con un cordón café y sucio. Firmo y se la devuelvo. Se disculpa profusamente cuando la impresora se atasca al imprimir mi copia del ticket. Retira la parte superior de la máquina y le digo que no pasa nada.

—No tengo prisa. —La única cosa que tengo que hacer hoy es ir a casa a estudiar geología. Ah, y a prepararme para mi cita con Nora. Estoy muy nervioso. Es algo importante para mí.

Saca el rollo de papel atascado y lo tira al bote que hay tras el mostrador.

Cuando lo pienso, me doy cuenta de que Ellen no parece la típica adolescente despreocupada. A menudo olvido que no todo el mundo tiene una mamá como la mía, ni siquiera mis amigos de toda la vida. El no tener una figura paterna nunca me ha importado porque tenía a mi madre. Todos reaccionamos de manera diferente a las cosas según nuestras experiencias y nuestro carácter. Por ejemplo, Hardin. Él ha pasado por situaciones distintas y ha tenido que tomar un camino distinto del mío para comprenderlas. Lo importante no es el porqué, sino el hecho de que asuma la responsabilidad por sus actos y se parta el trasero para cambiar su pasado y labrarse un futuro.

A los doce empecé a contar los años y los meses que faltaban para mi cumpleaños dieciocho, a pesar de que sabía que no iba a cambiar nada porque caía justo a comienzos del último año en la preparatoria. Debido al período de inscripción, siempre era mayor que el resto de mis compañeros. No tenía pensado dejar a mi mamá hasta acabar la universidad, pero esto fue antes de que Dakota comenzara a insistir en que me mudara a Nueva York cuando ella terminara la preparatoria. Pasé meses solicitando el traslado a la Oficina Federal de Ayuda para los Estudiantes y a la Universidad de Nueva York, buscando un departamento para los dos que estuviera bien comunicado en metro con el campus, haciéndome a la idea de dejar a mis mejores amigos, a mi mamá embarazada y a mi padrastro... Y entonces a Dakota le cambió la vida y se le olvidó contármelo.

Aun así, estoy contento de haberme mudado, de haberme convertido en un hombre sociable, con responsabilidades y planes para el futuro. No soy perfecto, apenas sé lavar la ropa y todavía le estoy agarrando el modo a pagar las cuentas, pero voy aprendiendo a mi ritmo y lo estoy disfrutando. Tessa ayuda mucho. A ella le gusta tenerlo todo mucho más ordenado que a la gente normal, pero los dos limpiamos y nos repartimos las tareas equitativamente. Nunca he dejado un par de calcetines sucios en la sala o he olvidado recoger la ropa sucia del piso del baño después de bañarme. Soy consciente de que comparto departamento con una mujer que no es mi pareja, así que no dejo la tapa del escusado levantada ni me asusto al ver el envoltorio de un tampón en la basura. Me aseguro de que no está en casa cuando me masturbo y de que no queden rastros cuando lo hago.

Aunque puede que lo de ayer contradiga lo que acabo de decir... No paro de pensar en el encuentro con Nora.

Tras apagar y encender la máquina dos veces y de colocar dos rollos de papel, Ellen imprime mi copia del comprobante. Decido quedarme un poco más, me parece que no se relaciona mucho más allá de los personajes de sus libros de historia.

—¿Vas a hacer algo especial en tu cumpleaños? —le pregunto con curiosidad sincera.

Se ríe con ironía y se ruboriza. Su piel pálida ahora está roja y niega con la cabeza.

—¿Quién, yo? No, tengo que trabajar.

Estoy seguro de que su único plan es quedarse sentada en un taburete detrás del mostrador.

—Bueno, los cumpleaños están sobrevalorados —le digo con la sonrisa más amplia de mi repertorio.

Medio sonríe y se le ilumina la mirada con un pequeño toque de felicidad. Se sienta derecha y con los hombros menos caídos.

—Es verdad.

Le deseo buenas noches y ella me responde que espera que lo sean. Le digo que no estudie demasiado y cierro la puerta al salir. No puedo imaginarme cómo debe de ser tener diecisiete años y criarse en una gran ciudad.

Durante mi paseo a la tienda al final de la cuadra leo el artículo que me mandó mi mamá sobre el bar y le llamo. Me cuenta que Ken acaba de llegar a casa de una conferencia en Portland y me lo pasa un momento para que podamos hablar del resultado del partido de los Giants. Aposté con él a que perderían, y presumo un poco de haber acertado. Nos ponemos al día y los dejo para que puedan cenar.

Solía cenar con ellos casi todas las noches y comentábamos las noticias, los deportes y cosas del colegio. Me alegra haber pasado mucho tiempo con mi familia antes de mudarme aquí, pero pensar en ellos sólo me recuerda que tengo que hacer amigos.

DOCE

Tras encontrar no uno, sino tres Gatorade azules, emprendo el camino de vuelta al departamento.

Un ruidoso camión de reparto está parado ante mi edificio, a la mitad de la calle. La tienda veinticuatro horas de abajo recibe mercancías de día y de noche. El camión de la basura pasa todas las noches a las tres de la madrugada, y el ruido del vaciado de los contenedores me despertaba siempre. Hace poco hice la mejor compra de mi vida: una de esas máquinas que reproducen el sonido del mar, de la selva del Amazonas, del desierto de noche y, el único que uso, el ruido blanco.

Espero pacientemente que el elevador llegue a la planta baja y me subo en él. Es pequeño, sólo caben dos personas de tamaño medio y una bolsa del súper. Por lo general, no me importa subir por la escalera, pero está empezando a dolerme un poco la rodilla otra vez.

Subo hasta el tercer piso mientras rechina y cruje, y los ruidos, junto con lo nervioso que estoy por esta noche, hacen que me pregunte cuándo llegará el día en que me quede encerrado durante horas en uno de los elevadores ruinosos de la ciudad. Si sucediera esta noche no podría salir con Nora...

No, esta noche voy a pasármela bien.

«Será muy divertido», me digo mientras guardo la compra y los Gatorade en el refrigerador.

«Es normal salir con una mujer y sus compañeras de departamento, a las que no conozco», pienso mientras me baño y me relajo bajo el agua caliente. Un baño sin accidentes, sin cortinas ni egos que salgan malparados en el proceso. Un baño que disfruto mucho.

Es muy normal. No hay por qué ponerse nervioso.

Pero, en cuanto me quedo convencido, mis planes sufren una vuelta de tuerca. Tirado en la cama, con el pelo húmedo tras bañarme, miro los mensajes de texto. Hay dos nuevos. Uno es de Tessa, que va a tomar un turno extra. Dice que nos verá luego si puede, y que Nora me enviará en breve los detalles de la noche.

El otro es de Dakota:

Hola, ¿qué haces?

Lo repito en voz alta, un tanto confundido.

Me quedo mirando la pantalla y espero un momento antes de responder. No quiero decirle que tengo planes, y menos aún que son con otra mujer. No es que tenga intención de mentir, haría cualquier cosa antes que eso. Sólo es que no le veo nada positivo a contarle lo que voy a hacer. Ni siquiera sé si hay motivos para decírselo. No estamos saliendo juntos. Nora y yo sólo somos amigos, aunque no me la quite de la cabeza.

Miento de todos modos:

Estudiar. ¿Y tú?

Cierro los ojos antes de pulsar «Enviar» y mi memoria guía a mi pulgar para que apriete el gatillo. De inmediato, me siento culpable por haberle mentido, pero es tarde para retractarse.

Pongo el celular a cargar, me acerco al clóset y empiezo a arreglarme. Saco unos *jeans* rotos en las rodillas. Son más ajustados que los que suelo usar, pero me gusta cómo me quedan. Hasta hace dos años, no podría habérmelos puesto sin parecer un muñeco Michelin. Ni siquiera un muñeco Michelin, sino un *muffin* rebosando por encima del papel. Un *muffin* feo.

Me quedo mirando el clóset, intentando encontrar algún dato sobre moda en mi cerebro. Nada. Sé de elfos, de magos, de discos de hockey, y tengo mucha información sobre brujos en la cabeza. Pero ni un solo truco de moda. En el clóset no tengo más que camisas de cuadros y demasiadas sudaderas con gorra de la WCU. Me acerco a la cómoda y abro el cajón superior. Me pondré los calzones grises; casi todos los demás tienen algún agujero. En mi cuarto hay un poco de humedad, así que abro la ventana.

El segundo cajón está lleno de camisetas, la mayoría con algo escrito. ¿Debería ir de compras?

¿Dónde está Tessa cuando la necesito?

No estoy acostumbrado a arreglarme para salir de fiesta. Normalmente uso camiseta con *jeans* o pantalones de algodón y, desde que me vine a vivir a Brooklyn, he añadido un par de chamarras a mi guardarropa. Diría que estoy empezando a vestirme sin ayuda.

No sé a qué clase de club vamos a ir ni qué se pondrá Nora. No sé casi nada de clubes en general.

Tomo una camisa gris y me la pongo. Las mangas son demasiado largas; me arremango y me pongo el bóxer.

Me ha crecido mucho el pelo por delante y se me riza un poco en la frente, pero no me decido a cortármelo. Me pongo un poco del acondicionador de Tessa e intento peinar la maraña. Me gusta la onda desaliñada, pero ojalá no tuviera huecos en la cara en los que la barba se niega a crecer.

Para cuando termino de vestirme y logro domar mi pelo, hay un mensaje de Nora.

Sólo escribió la dirección y el *emoji* de un corazón.

Me gusta, y me pone un poco más nervioso.

Entonces me doy cuenta de la hora que es y de que necesito apurarme o llegaré tarde. Me arremango a toda prisa y me pongo las botas cafés. Introduzco la dirección en la aplicación de mapas del celular y siento un gran alivio al ver que sólo está a media hora caminando.

Aprovecho el paseo para calmarme y pensar en temas de conversación con los que intentar entretener a Nora y a sus amigas. Espero que no les guste hablar de política porque nunca acaba bien.

Estoy tan preocupado que ni me acuerdo de que Dakota no me ha contestado.

TRECE

El club es más pequeño de lo que esperaba. Sólo he estado en uno, en el centro de Detroit, y era del tamaño del edificio de ladrillo ante el que estamos esperando. No es como en las películas, donde siempre hay un cadenero musculoso y mandón controlando quién entra. Un tipo en cuyo audífono y en cuya carpeta se encuentra el poder de alegrarles o destrozarles la autoestima a mujeres que, en otras circunstancias, no le darían ni la hora. Con un simple gesto de la cabeza, el tipo abre el cordón de terciopelo y da el visto bueno al resultado de dos horas delante del espejo. Si te hacen esperar más, no eres nadie. Así es como quiere que te sientas, y me parece fatal.

Es puro teatro, porque se va a la cama él solo noche tras noche sin sentirse mejor consigo mismo a la mañana siguiente. Sus doce horas de gloria tienen fecha de caducidad. Al fin y al cabo, se odia a sí mismo y sigue enojado porque no tuvo la oportunidad que merecía con aquella mujer a la que ni siquiera se molestó en tratar con un mínimo de respeto. Me entristece saber que en pleno 2016 a la gente todavía le preocupe quedarse sin entrar en un club por no ser lo bastante atractivos. Yo me esfuerzo por no engancharme, pero sé que así es como funcionan las cosas.

Dicho esto, es un alivio que este club no sea de ésos. El pequeño edificio de ladrillo rojo está situado en una esquina, junto a una fila de camionetas que venden comida al aire libre. La calle no está tan transitada como la banqueta, sólo veo pasar un par de taxis verdes y un Tesla.

Mientras contemplo el brillo de la pintura negra del Tesla a la luz de los faroles, una mano me acaricia el brazo. Me volteo y veo a Nora, con los ojos pintados de distintas gradaciones de gris. Lleva unos pantalones negros que parecen tatuados sobre sus fuertes muslos. Una camiseta negra con el símbolo de ADIDAS le cubre las caderas. Parece como si le hubiera dado un tijeretazo al suave tejido de algodón para transformarlo en un cuello en V. Encima lleva una chamarra negra y unos tenis blancos. Arreglada pero informal, y muy fuera de mi alcance.

Es demasiado guapa.

Está demasiado buena.

Es demasiado.

Cuando Nora suelta mi brazo, se queda de pie, mirándome en silencio, como si esperara algo. No sé qué hacer, así que le devuelvo la mirada. Varias personas se unen a nosotros en la banqueta mientras aguardamos para entrar.

Al rato, Nora se voltea hacia la puerta del club.

—¿Entramos? —le pregunto nervioso.

Sus labios brillantes se curvan en una sonrisa, y asiente. Observo cómo sus ojos examinan mi vestimenta y no puedo evitar preguntarme si habré elegido bien. ¿Debería haberme puesto unos pantalones menos ajustados? ¿Me queda bien la camisa arremangada o es demasiado?

Sus ojos por fin abandonan mi cuerpo y se tornan hacia los ventanales del club.

—Sí, vamos adentro —dice. Luego señala hacia el interior y añade—: Ya tienen mesa.

Me parece que todo el mundo sabe que no estoy cómodo. Le mando un mensaje a Tessa para decirle que ya llegué mientras sigo a Nora. Me siento un poco mal por haberla perseguido por mensaje para que viniera con nosotros. Sé que preferiría estar en la cama, leyendo las páginas subrayadas de su libro favorito. Sería feliz bajo la cobija, llorando a moco tendido los errores y remordimientos de los personajes, deseando que su relación hubiera tenido un final de novela.

Pero hacerse bolita en la cama no es bueno para ella. Además, necesito un rostro amigo en este territorio hostil.

Cuando se abre la puerta del club, una suave música electrónica reverbera en la banqueta. Es agradable pero rápida, suave y complicada. Acelero y doy un paso extra para acercarme a Nora e intentar entablar conversación.

—¿Vienes mucho a bailar aquí? —pregunto cuando entramos.

Se voltea y me pasa el dedo índice por los labios.

—Nadie viene aquí a bailar. —Me sonríe igual que una madre a su hijo cuando tiene que explicarle una cosa de lo más evidente.

Miro a mi alrededor y me doy cuenta de que no es un club. ¿Por qué no se me habrá ocurrido buscar el nombre del local en Google? Es el típico bar de hipsters, y está lleno. Pequeñas mesas de madera, poca luz, ambiente industrial. Grupos de gente se congregan en la barra, riendo y bebiendo cocteles preparados al momento.

Un hombre de pelo canoso agita una taza de líquido neón y todo el mundo lo mira y lo anima mientras lo vierte en un lecho de hielo. Bulle, y una nube de humo brota de la taza. Estoy impresionado.

De camino a la barra, miro a Nora y observo cómo su expresión pasa de la curiosidad al escepticismo.

—¡Es el truco más viejo del mundo! —grita lo bastante alto para que el mesero la oiga pese a la música.

Miro a un lado y a otro, hacia todas las caras que han volteado hacia nosotros. Ella no voltea, sino que se queda mirando al hombre a los ojos cuando éste se da la vuelta para ver de dónde procede la queja.

—Debería haber sabido que eras tú —dice con expresión de enfado, pero todo es mentira. Por el modo en que no deja de mirarla, sé que la conoce bien, lo bastante para molestarla.

En un momento de desvarío, me pregunto si han salido juntos... O si están saliendo juntos.

Nora sonríe y se apoya en la barra.

—Hola, Mitch.

Usa la barra como soporte para las tetas y él se da cuenta. Le gusta. Observo cómo se las mira, sin ningún disimulo.

El escote es muy profundo, se lo cortó demasiado, y es fácil que lo distraiga a uno. Más aún combinado con esos *jeans*. Nunca he visto a nadie tan atractivo con un atuendo tan simple.

—No pongas cara de odio, no te queda —me susurra Tessa al oído.

¿Tan transparente soy? Pongo cara de inocente e intento racionalizarlo. Nunca he sido celoso. Dakota habría vuelto loco a un hombre celoso; le gustaba coquetear y el poder que parecía tener sobre todos los chicos del instituto. Se le daba bien hacerme sentir que no tenía que pelear por ella, que era mía. Por eso nunca tuve que ponerme celoso como un chico ni hacer numeritos.

—¿Cuándo llegaste? —pregunto para distraerme y dejar de mirar a Nora.

—Ahora mismo. Había poco trabajo. —Tessa suspira y se encoge de hombros, como si prefiriera estar en cualquier parte menos aquí. Trae el uniforme del trabajo: pantalones negros, camisa blanca y corbata verde. Las tiras del delantal le cuelgan del bolsillo. Hay que reconocer que es una gran amiga.

El mesero salido se acerca en dos zancadas, sonriendo de oreja a oreja y con el copete perfecto. Seguro que es buen chico. Tiene espalda de jugador de futbol americano, y de tipo se parece a Adam Levine. Es poca cosa, pero musculoso. Un combinación rara pero con encanto.

Nora se estira para darle un abrazo y él se deja caer en sus brazos. La barra es lo único que les impide pegarse como lapas. Desvío la mirada y finjo que me interesa el ambiente, pero con el rabillo del ojo puedo ver que siguen abrazados.

Miro a mi alrededor. La carta de cocteles está escrita con gis en una enorme pizarra que hay tras la barra y, cuando oigo a Nora pedir dos, levanto la vista. «Cartas a tu amante» lleva ginebra, frambuesa y algo que no consigo leer. El «No tan Manhattan» es puro fuego, una mezcla de whisky, vermut y bíter. Hay un pequeño nudo dibujado a mano junto a la lista de ingredientes.

Sigo leyendo la entretenida lista de cocteles artesanales. Como Nora tiene veinticinco y está claro que conoce al mesero, no tendremos problemas para que nos sirvan alcohol. No suelo beber, seis latas de cerveza me duran un mes, pero esta noche se me antoja tomarme una copa. Tessa y yo hemos salido un par de veces y nos han ofrecido la carta de bebidas y una copa sin pedirnos identificación. Sí, de vez en cuando, nos gusta vivir al límite.

Tessa parece un pez fuera del agua mientras se mete la camisa blanca por dentro del pantalón.

—Voy al baño —dice.

Asiento y permanezco de pie, incómodo, esperando que Nora se acuerde de que estoy aquí.

Me quedo mirando a Mitch, que cada vez me resulta más atractivo y más molesto. ¿No debería estar preparando las bebidas? Aquí estoy, a solas con Nora y con uno de los hombres más atractivos sobre la faz de la Tierra.

Esta clase de hombres han sido creados para hacer que los chicos como yo se sientan mal. Tiene los dientes perfectos y más blancos que unos tenis nuevos. Los miro otra vez, me pongo de puntitas e intento no quedarme embelesado. Puede que hubiera sido mejor que me hubiera ido al baño con Tessa, como suelen hacer las chicas.

Antes de empezar a caminar, Nora se aleja del Buenote(que está demasiado bueno para trabajar en un pequeño bar) y me toma del brazo. Cuando me toca, tiene las manos frías. Se las tomo y las froto con las mías. Me ruborizo al instante por haber sido tan directo. Menos mal que esto está oscuro.

Ella alza la vista con curiosidad. Mira nuestras manos, mi gesto, y sonríe. Las luces que cuelgan del techo se mueven, arrojan sombras y luces sobre su cuerpo. La piel desnuda del cuello y del escote brilla bajo el lento baile de luces. Me mira. La miro y no puedo parar.

Observo al Buenote, que no nos presta la menor atención. Qué desilusión. Ojalá pudiera ver esto...

«Pero ¿qué me pasa?». Tengo que dejar de hablar tanto con Hardin. Me está volviendo un imbécil.

Un imbécil neurótico.

Nora sigue mirándome a los ojos.

—¿Nos sentamos?

Es perturbador mirar a alguien a los ojos, sobre todo a una chica bonita a la que ya le confesé que me atrae. Cuando me besó esta mañana, mi cuerpo me convenció de que llevaba toda la vida esperándola. Fue un beso tremendo.

Se voltea hacia la barra, le da las gracias al tipo y me pasa una copa con un regaliz rojo hecho un nudo dentro. También lleva un palito con un pequeño rascacielos boca abajo en un extremo. Parece de madera. Es impresionante. La bebida de Nora lleva un pequeño sobre pegado a la copa. Imagino que es «Cartas a tu amante». Estoy doblemente impresionado.

Nora no deja de mirarme y entonces me acuerdo de que dijo que quería sentarse. Asiento, deseando desaparecer de la zona de la barra. La hilera de mesas también está muy concurrida, pero al menos podremos sentarnos. La música no está mal, suave, rítmica y constante. No hay pista de baile. Es un bar de copas con una pequeña carta, no un club. No entiendo por qué no lo busqué en Google en vez de imaginarme cosas.

Nora me toma de la muñeca y me lleva a la parte de atrás. Cuanto más nos alejamos de la barra, más oscuro está todo, hasta que paramos junto a una mesa llena de chicas que alzan la vista, sonríen y nos saludan. Me sigue sorprendiendo lo cerca que se sientan unos de otros en esta ciudad. Las pequeñas mesas están colocadas una al lado de la otra y se oye todo lo que hablan, aunque puede que la música amortigüe las voces y no haya problema. Hay varios lugares vacíos y Nora me indica que me siente en el último. Ella se coloca delante de mí y alza la copa. Brindamos, saco el regaliz rojo y el pequeño rascacielos y bebo.

¡Carajo, sabe a gasolina! Ya me lo imaginaba.

Le sonrío, pero meneo la cabeza y señalo la copa con ambas manos.

—Creo que no me lo tomaré.

Se ríe tapándose la boca y asiente.

—¡No te culpo! Están muy fuertes.

Empuja un vaso chato lleno de agua mineral hacia mí y sonríe. Luego toma mi copa y la huele, arrugando la nariz por el alcohol antes de dejarla al borde de la mesa, lejos de mí.

Me gusta que no le importe que prefiera no beber. Nora le da otro trago a su coctel y lame el azúcar rosa del borde. Agarra la carta y abre el sobre. Le doy un momento para que la lea, luego alargo la mano para tomarla. Resopla y pone los ojos en blanco de lo cursi que es. Juguetea con los dedos con la cadena que lleva al cuello mientras yo la leo:

Querido Amante: No abras una puerta nueva si algo se esconde tras la otra.

Me río y se la devuelvo. Es un buen truco publicitario. Me pregunto si las cartas son todas distintas y cada cuánto las cambian. Nora parece un tanto incómoda cuando me presenta a sus amigas...

—Melody —dice señalando a una chica asiática muy bonita. Lleva una gruesa raya negra de lápiz de ojos, recta y puntiaguda.

—Hola —dice Melody mirando primero a Nora y luego a mí.

La siguiente es Raine y luego Scarlett, Maggy..., y las caras se tornan borrosas porque la verdad es que yo sólo quiero hablar con Nora y a solas. Quiero preguntarle qué ha estado haciendo aquí desde que llegó de Washington, cómo toma el café, cuál es su estación favorita. Quiero conocerla un poco más porque, aunque nos presentaron hace tiempo, nunca hemos hablado.

Noto que Maggy dice algo y le da un toque en el hombro a la chica sentada a su lado... Y entonces me doy cuenta.

Maggy es Maggy.

Maggy.

Lo que significa...

La chica a la que le dio el toque en el hombro se voltea y tuerce el gesto al verme. Esto tiene que ser producto de mi imaginación...

Dakota me está mirando con unos ojos como platos y los labios apretados.

—¿Landon? —dice confusa. Suena raro, y tengo la impresión de que se había dado cuenta de que era yo mucho antes de que yo notara su presencia.

Me mira con firmeza, y toda la emoción que sentí al entrar por la puerta desaparece. Me encantaría tener un portal, saltar y aparecer en cualquier otro lugar. No me importaría que fuera en plena batalla del Abismo de Helm. Por desgracia para mí, no he encontrado el modo de transportarme a mis sagas cinematográficas favoritas.

Aunque a los dieciséis mi tía me regaló un lego de *El señor de los anillos* e intenté reproducir dicha batalla. Era demasiado compleja. Dakota aguantó más que yo, les puso arcos y flechas a más de cincuenta elfos. Cuando éramos pequeños, se le daba mejor el Lego que a mí. Ahora que es una adulta, se le da mejor que a mí encontrar las palabras adecuadas. Y aquí estamos. Me mira primero a mí y luego a Nora. Ata cabos, sabe que vine con ella.

Sus ojos almendrados se tornan finas líneas y voltea hacia Nora con un bufido.

—¿Él es el bombón?

«¿El bombón?».

Miro a la barra, quiero esconderme detrás. Esto no está bien.

Nora pone los ojos en blanco y se ríe.

Luego le saca la lengua.

—Gracias por aguarme la fiesta, Dakota.

Ay, no. No sabe lo que está pasando aquí. El tono de Nora es distinto cuando se dirige a Dakota, hay un matiz desagradable en sus palabras.

Tessa se acerca entonces a nosotros y se queda pasmada cuando ve a Dakota con Nora y conmigo. Parece tan confusa como mi ex. De repente pierdo la capacidad de resolver problemas y estoy aquí parado como un imbécil.

Dakota mira a Nora e intento pensar en algo que decir que explique todo esto. No tengo ganas de hacer una escena. Quiero un millón de cosas, cualquier cosa menos hacer una escena.

—¿Cuánto hace que salen? —pregunta.

—No estamos saliendo —respondo justo cuando Nora, con voz más potente que la mía, dice:

—No mucho. Estamos empezando.

Luego me mira y me cuesta respirar. No le gustó mi respuesta.

«¿No mucho?». ¿Qué quiso decir con eso? ¿Estamos saliendo? ¿Es eso lo que estamos haciendo?

Sólo me besó una vez y, aparte de unos minutos a solas mientras Tessa se baña o de camino al trabajo, no nos hemos visto siquiera. Apenas hemos hablado, la verdad.

Dakota parece estar a punto de llorar, y sé que está cargando los cañones. Está preparando acusaciones, una teoría que lo explique todo. Casi nunca he sido el blanco de su ira y, por algún motivo, una parte de mí se siente realizada. Apenas nos peleábamos. Ella gritaba mucho y a menudo, pero no a mí. A mí no me gritaba nunca.

—No estamos saliendo. —Siento la necesidad de repetírselo.

Las otras tres empiezan a cuchichear, a crear su propia versión del novelón que tienen delante.

Miro a Nora, que está empezando a comprenderlo.

—¿Ya se conocían?

—¿Si nos conocemos? —la voz de Dakota es grave, comedida. Con la mano, nos señala a Nora y a mí.

«Ábrete, portal. Ábrete para que pueda largarme de aquí.»

Dakota me mira como si fuera un depredador del que tuviera que escapar. Lo odio. Está sentada muy lejos de mí, pero noto lo enojada que está. Se agarra del borde de la mesa y me mira como si los ojos se le fueran a salir de las órbitas, picándome para que responda.

—Sí, nos conocemos. Nos conocemos desde hace mucho tiempo. —Dakota está haciendo teatro. Se ha distanciado emocionalmente. Intenta parecer tranquila y trata de que las demás, Nora y yo no sepamos lo mucho que esto la enoja. Toma una copa de encima de la mesa y se la bebe de un trago sin mirar ni cuál era.

Los hombros de Nora suben y bajan mientras respira hondo, sin decir nada. Todo el mundo me está mirando a mí.

Una mirada asesina.

Una mirada expectante.

Dos miradas asesinas.

Tessa está mirando el celular, no ayuda mucho.

Otra mirada asesina, ya llevamos tres...

Y alguien pone los ojos en blanco.

Dakota toma la bolsa que colgaba del respaldo de su asiento y me empuja para pasar. Intento detenerla, pero me aparta de un empujón y casi tropieza con el asiento de al lado.

La veo irse. Y, cuando me volteo, me encuentro cara a cara con Nora.

—Eres el chico de la nariz. Su ex, el nerd de Michigan —dice con voz monótona, poco impresionada, un tanto avergonzada.

Me levanto.

«¿Su ex, el nerd?». ¿Así es como me ve Dakota?

¿Así es como se refiere a mí? ¿Así me describe ante las nuevas amistades que ha hecho en esta ciudad?

Miro atrás, hacia la puerta, y veo cómo Dakota desaparece.

No quiero ni imaginar lo que siente. Cree que estoy saliendo con Nora y que le mentí cuando le dije que tenía que estudiar.

Por eso nunca miento. No sé por qué me pareció que mentir era buena idea. Debí haber sabido que me iba a salir el tiro por la culata. Las mentiras nunca traen nada bueno. Jamás le había mentido a Dakota, salvo un par de mentirillas cuando intenté fingir que sabía de qué me estaba hablando.

Una mano me toma del hombro y me da la vuelta. Estoy cara a cara con Nora otra vez. Me está desafiando, quiere que elija. Tiene las cejas levantadas por encima de su penetrante mirada. Y yo que pensaba que iba a pasarme la noche mirándola a los ojos... Creía que iba a conocer al fin a esa mujer cuya confianza en sí misma no cabe en este bar, que basta para iluminar toda la ciudad.

¿Cómo voy a elegir? Apenas la conozco.

Nora permanece inmóvil y en silencio, sólo me habla con la mirada. Si me voy con Dakota, ¿volverá a dirigirme la palabra?

¿Por qué la sola idea me preocupa tanto?

Pero no puedo permitir que Dakota se vaya sola, es muy tarde y de noche. Está enojada, y tengo la impresión de que no soy consciente de lo voluble que puede llegar a ser. Sus tendencias autodestructivas son su peor enemigo.

—Lo siento —es lo único que me da tiempo de decirle a Nora antes de seguir a Dakota hacia la noche.

CATORCE

Cuando salgo del bar, Dakota está en la banqueta, levantando el brazo para parar un taxi. Corro a su lado y le bajo la mano.

—No me toques —me espeta. Una nube de vaho sale de su boca. Hace frío.

La suelto y me planto delante de ella. Se cruza de brazos en actitud defensiva.

Empiezo a explicarme de inmediato. O, al menos, lo intento.

—No es lo que crees —le digo atropelladamente.

Ella se da la vuelta. No va a dejar que me explique. Nunca lo ha hecho.

La tomo del brazo con suavidad pero me rechaza con todo el cuerpo como si la estuviera quemando. Ignoro sus miradas castigadoras mientras la gente pasa junto a nosotros y por delante de ella.

—¡A la mierda! —grita—. ¿Me tomas por imbécil, Landon?

El aliento le huele a alcohol y le cuesta enfocar la mirada. Lleva encima unas cuantas. ¿Cuándo empezó a beber así? En realidad, ¿cuándo empezó a beber?

Para mí, vuelve a tener dieciséis años y a llevar el pelo rizado recogido en un chongo alto. Trae los *shorts* de gim-

141

nasia y unos calcetines largos con rayas rojas en la parte de arriba. Está sentada en su cama, con las piernas cruzadas. Estamos comiendo pizza y mirando folletos de universidades. Por una vez, no hay nadie en su casa. Su papá se fue. Carter salió con Jules. Me cuenta que nunca se ha emborrachado pero que le encantaría hacerlo.

Su primer experimento no salió como ella esperaba: el alcohol no sabe tan bien como dicen los personajes de «Gossip Girl». Diez minutos y tres tragos de vodka más tarde, estaba abrazada a la taza del escusado jurando que no iba a volver a beber mientras yo le sujetaba el pelo. Antes de guardar de nuevo la botella en el congelador de su padre, tiré la mitad y añadí agua, pensando con toda la ingenuidad del mundo que, si diluía el vodka, también diluiría su rabia.

Por lo visto, el vodka no se congela, pero el agua sí. A la mañana siguiente, Carter vino a la escuela con un ojo morado y las costillas molidas por culpa de mi error.

No volví a cometerlo.

—Es amiga de Tessa —digo—. Apenas la conozco. Sé lo que parece...

Dakota me corta sin mirarme siquiera.

—¡Lleva semanas hablando de ti sin parar! —replica casi a gritos, con un latigazo final—. «¡Es muy lindo!» —se burla imitando la voz aterciopelada de Nora.

Otros tanseúntes se nos quedan mirando y trato de tranquilizarla. Un chico con un gorro de lana me observa con cara de «Ojalá pudiera salvarte, colega», tomado del brazo de su novia. Su novia, que no le grita y no parece odiarlo. Es un tipo con suerte.

Intento defenderme, pero sólo balbuceo:

—No sé qué te habrá estado contando, pero no he...

Dakota levanta la mano para hacerme callar. Trae un vestido ajustado que se le ha enrollado en las caderas y le deja al descubierto la línea que separa la parte fina de las medias de la tela. Cuanto más se mueve, caminando arriba y abajo por la banqueta, más sube el vestido. Ella no parece darse cuenta, y yo disfruto con las vistas.

Tras unos segundos más de paseo, se voltea hacia mí con los ojos como antorchas. Se acordó de algo:

—¡Madre de Dios! ¡Te besó! ¡Nos lo ha contado todo!

Da otro par de vueltas por la banqueta y choca con un hombre que pasea a un san bernardo.

—¡Estaba hablando de ti! ¡Ha pasado todo este tiempo hablando de ti!

Carajo, ¿Nora ha estado contándole con todo lujo de detalles cada uno de nuestros encuentros?

Dakota vuelve a llamar a un taxi con la mano.

—¡No te acerques a mí! —me advierte cuando le toco el codo para que no se caiga.

No he dicho nada, y sé que tengo que andar con cautela. No esperaba que las dos estuvieran compartiendo anécdotas sobre un servidor. No pensaba que a Nora le gustara lo suficiente como para que les hablara de mí a sus amigas y, aunque así fuera, nunca me habría imaginado que Dakota fuera su compañera de departamento. ¿Cómo es posible que el mundo sea tan pequeño?

—Voy contigo. ¿Cuánto tomaste? —le pregunto.

Me lanza llamaradas con la mirada. Juraría que tiene los ojos incandescentes, al rojo vivo. No hay respuesta. Tampoco la esperaba.

Por esta parte de Brooklyn, los taxis brillan por su ausencia, por eso le digo:

—Voy a pedir un Uber. Indicaré que te deje en tu casa. —Me meto la mano en el bolsillo para sacar el celular.

No me lo impide. Buena señal.

Mientras esperamos a que llegue el coche, decido mantener la boca cerrada. Va a ser imposible razonar con ella mientras estemos rodeados de gente. Todo esto no es más que un malentendido y necesito estar a solas con ella y un poco de silencio para poder explicárselo.

Tras tres minutos de silencio, Daniel se acerca con su Prius azul y su valoración de cinco estrellas. Pongo las manos en los hombros de Dakota y la guío hacia el coche. Huye de mí y se tambalea al bajar de la banqueta para subir al coche por la otra puerta. Gruñe y murmura que no la toque y yo doy un paso atrás y subo por la puerta del lado contrario.

Va a ser una noche muy larga. Introduzco mi dirección, no la suya, en la aplicación. Estoy seguro de que no querrá ver a Nora, aunque sé que le va a sentar mal.

—¿Qué tal la noche? —pregunta Daniel.

Dakota lo ignora, se lleva la mano a la mejilla y la pega a la ventanilla.

—Bien —miento.

No hay por qué meterlo en esto. Parece buen tipo, y su coche huele a caramelo.

—Me alegra oírlo. Empieza a hacer frío. Hay agua, por si tienen sed, y también tengo cargador para el celular —nos ofrece.

Ahora entiendo por qué le han dado cinco estrellas.

Miro a Dakota y pienso que a lo mejor quiere agua, pero no parece que nada de lo que hay en este coche le interese.

—Estamos bien, gracias —respondo.

El conductor mira por el retrovisor, lo ha entendido. Sube un poco el volumen de la música y maneja en silencio el resto del trayecto. Yo también voy a darle cinco estrellas.

—¿Dónde le pediste que nos deje? —Tras varios minutos en el coche, Dakota vuelve a dirigirme la palabra.

Miro por la ventanilla. Acabamos de pasar por Grind y estamos a mitad de camino rumbo a mi departamento.

—En mi departamento. No sé dónde vives —le recuerdo.

No lo sé porque casi no hemos hablado desde que llegué a la ciudad y ella nunca se ha dignado invitarme a su casa. ¿Tiene derecho a ponerse como se puso porque me haya visto con Nora, si es que nuestra cita puede llamarse así? Me parece que Dakota está actuando de un modo totalmente irracional, y no merezco el trato de silencio.

Dakota resopla pero no se opone. Imagino que es porque yo estaba en lo cierto y no quiere ver a Nora ni a las otras compañeras de departamento, que han sido testigos de la incómoda conversación en el bar. No sé por qué, me parece que en ese departamento todas son amigas y enemigas a la vez, ese tipo de relación que Tessa me explicó una vez mientras nos dábamos un atracón de «Lindas mentirosas».

«Tessa... Ahhh... La dejé plantada.» Tomo el celular y le envío un mensaje para pedirle perdón. Cuando Dakota me mira de medio lado, pensando que le estoy escribiendo a Nora, le digo manso como un cordero:

—Sólo es para decirle a Tessa que me fui...

Daniel de las cinco estrellas nos deja en mi departamento y me dirige una mirada comprensiva cuando estoy saliendo del coche. Me apresuro a sacar la cartera y le doy un billete de cinco. Dakota tarda un segundo en bajar del coche y dar un portazo mientras yo subo a la banqueta.

—Deja que te ayude. —Me ofrezco a cargarle la bolsa gigante con la que se está peleando.

Se le enredan las asas de piel café en el brazo. Se encoge de hombros y se queda quieta. Me apresuro a desenredar las asas, evitando tocarla, y, cuando la libero, insisto en llevar yo la bolsa. No quiere, pero se apoya en mí mientras caminamos hacia la puerta de mi edificio. El musgo que crece en las paredes de ladrillo parece más denso esta noche, más sofocante.

Dakota se suelta y tropieza con la puerta. La abro y la sostengo para que ella pase primero. Suspira de alivio cuando entramos en el portal con calefacción. Mi departamento no tiene portero ni ningún tipo de medida de seguridad, pero está limpio, y los pasillos por lo general huelen a desinfectante. No sé si es bueno, pero hay cosas peores.

Avanzamos en silencio por el pasillo y me doy cuenta de que ella tampoco ha estado nunca en mi casa. Cuando me vine a vivir aquí, quedamos un día para cenar en mi departamento, sólo para hablar y ponernos al día, pero lo canceló en el último momento. Yo ya tenía la cena hecha, cuatro platos. Tessa me había ayudado a prepararla. Había recorrido todas las tiendas de Brooklyn en busca de su refresco favorito, gaseosa azul en botella de cristal. Tardé una hora en encontrarlo. Tuve que contenerme para no bebérmelo antes de que llegara. Bueno, me bebí dos, pero guardé cuatro para ella.

Los zapatos planos de Dakota rechinan contra el suelo de cemento. No recuerdo haber tardado nunca tanto en llegar a mi departamento. El elevador se está tomando su tiempo.

Cuando por fin estamos ante mi puerta, abro y Dakota me empuja para pasar primero. Dejo su bolsa en la mesa y me quito los zapatos. Ella sigue caminando hasta que está en el centro de la sala.

La sala de estar parece mucho más pequeña con ella dentro. Es como una tormenta de olas y de rabia, una belleza tomando impulso. Llena el pecho de aire y lo suelta con un rítmico enojo.

Doy un paso hacia ella, derecho al ojo del huracán. No debería saber cómo acercarme a ella. No debería recordar cómo hablar con ella ni cómo tranquilizarla.

Pero me acuerdo.

Recuerdo cómo acercarme a ella lentamente y rodear su cintura con los brazos. Cuando lo hago, deciden protegerla, intentando ampararla de todo y de todos. En este caso, de mí.

Mis dedos deberían haber olvidado cómo levantarle la barbilla orgullosa para que me deje mirarla a los ojos. Pero no lo han hecho, no pueden hacerlo.

—Tenemos que hablar de lo ocurrido —susurro en medio de la tensión que nos separa.

Dakota respira hondo e intenta desviar la mirada. Flexiono las rodillas para colocarme a su altura. Vuelve a mirar hacia otra parte, pero me niego a rendirme, no sin que me escuche primero.

—Conocí a Nora hace tiempo, en Washington —empiezo a contarle.

—¿En Washington? ¿Tanto tiempo hace que estás con ella? —Hipa al final de la pregunta y luego se libera de mi abrazo.

¿Debería ofrecerle algo de beber? No me parece el mejor momento, pero el hipo significa que uno va a vomitar a continuación, ¿no?

¿Dónde lo leí?

Éste es uno de esos instantes en los que me gustaría saber más sobre el alcohol y sus efectos en el organismo.

Dakota tropieza con una pila de libros de texto que hay en el suelo y, tambaleándose, da unos pasos en dirección al sillón. Como más vale prevenir, pienso en ir a por un vaso de agua.

—No, no, no —replico negando con la cabeza—. Vino un par de veces porque sus padres viven muy cerca de mamá y Ken.

Sé que suena a mentira, pero no lo es.

—Apenas la conozco. Solía preparar galletas con mi madre, y ahora ella y Tessa son amigas...

—¿Con tu mamá? ¡¿Conoce a tu mamá?! —aúlla Dakota.

Todo lo que digo hace más profundo el agujero en el que me estoy metiendo. De cabeza.

—No, bueno..., sí —suspiro—. Ya te lo dije: nuestros padres son vecinos. No es que la hayamos invitado a cenar con nosotros ni nada parecido.

Espero que comprenda que no es lo que ella cree que es.

Dakota voltea la cabeza y examina la sala de estar. Observo cómo se sienta en el sillón, cerca de la puerta. Me quito la chamarra y la cuelgo del respaldo de una silla. Extiendo la mano para tomar la chamarra de Dakota, pero no trae. ¿Cómo no me di cuenta? Recuerdo haberle mirado los muslos y las medias, el modo en que el vestido se le marca en el cuerpo. No estoy acostumbrado a verla así vestida, con ropa tan ajustada.

¿Es ésa mi excusa por haber sido un pervertido que ni se ha dado cuenta de que no traía chamarra? Tampoco me pasó por la cabeza ofrecerle la mía. ¿Qué me está pasando?

Mientras espero su respuesta, me acerco al termostato y lo subo. Con suerte, le dará sueño. Me meto a la cocina y lleno un vaso de agua para cada uno.

Cuando vuelvo, veo que menea la cabeza y mira la pared, conteniéndose.

—No sé por qué, pero te creo. ¿Hago bien? ¿Tan rápido? ¿Así, sin más?

Apoya la mejilla en el brazo y se queda mirando al infinito.

—No pensé que me fuera a importar que salieras con alguien —confiesa.

Sus palabras me toman por sorpresa y, mientras las sopeso, algo cambia en mi forma de pensar. Imagino que lo vi desde el comienzo de la casi pelea de chicas: estaba enojada porque estaba con Nora. Y yo que pensaba que el enojo era porque le había mentido sobre mis planes para esta noche... Lo primero que me pasó por la cabeza no fue que se le hacía raro verme con otra, aunque en realidad no esté con nadie. No se me había ocurrido porque no tiene sentido. Ella fue la que terminó conmigo hace más de seis meses y no me ha dado ni la hora desde entonces.

Una parte de mí quiere gritarle: «Y ¡¿eso qué lógica tiene?!». Aunque otra parte me recuerda que debe de sentir que su comportamiento está justificado por algún motivo. Hago lo posible por verlo desde su perspectiva antes de decir algo o de hacer algo porque sé que, si abro la boca, sólo empeoraré las cosas. Sobre todo si lo veo únicamente desde mi punto de vista. Si pienso en mí. Yo también estoy enojado. ¿Cree que, después de seis meses, puede gritarme por salir con alguien con quien ni siquiera estoy saliendo? Eso es lo que quiero decirle, que se equivoca y que yo tengo razón, ¡y que estoy enojado! Pero ése es el problema con los arrebatos, que si lo suelto me sentiré bien un instante y luego me sentiré como un mierda. La ira no es una solución porque sólo crea más problemas.

Sin embargo, una parte de mí quiere hablar. Pero me callo y bebo agua.

Sé lo que es la ira.

El tipo de ira que yo conozco no es esa punzada en el pecho que uno siente al ver a su ex con otra. Mi experiencia con la ira no consiste en enojarse porque el vecino te ha rayado el coche al salir del estacionamiento. La ira que yo conozco te parte en dos cuando ves cómo le revientan el ojo a tu mejor amigo porque ha oído en el bar que lo han visto poniéndole ojitos tiernos a otro chico.

La ira que yo conozco repta por tu interior y te convierte en lava que bulle lentamente mientras desciende por las colinas y quema la ciudad. Es cuando los moretones de tu amigo tienen forma de puño y no puedes hacer nada al respecto sin causar más destrucción.

Cuando has sentido ese tipo de ira, es muy muy muy complicado perder la calma por nimiedades. Nunca he sido capaz de echar más leña al fuego. Siempre he sido el agua que extingue las llamas, la salvia que cura las quemaduras.

Los problemas insignificantes van y vienen, y siempre he evitado las confrontaciones a toda costa, hasta que no puedo soportarlo más o hasta que es imposible mirar hacia otro lado. Las peleas se me dan fatal, soy incapaz de discutir. Mi mamá siempre dice que tengo un don, una empatía tremenda, y que eso puede pasar rápidamente a ser un defecto y no una virtud.

No puedo evitarlo, no soporto ver sufrir a nadie, aunque para impedirlo tenga que sufrir yo.

Me está costando entender el enojo de Dakota... Pero al fin rompe el silencio.

—No estoy diciendo que no puedas salir con nadie... —comienza a explicar.

Me siento en el reposabrazos, lo más lejos de ella que puedo.

—Pero no tan pronto. No estoy lista para que empieces a salir con alguien —añade, y le da un buen trago a su vaso de agua.

«¿Tan pronto?». Ya pasaron seis meses.

Por su expresión, sé que lo dice en serio. Y no sé si debería ponerle los puntos sobre las íes o dejarlo en paz. Está borracha, y soy consciente de que ha estado muy estresada con lo de la escuela de ballet y todo eso. Sé escoger mis batallas, y ésta no me parece tan importante como para convertirla en una guerra.

Lo que me pide no es justo ni de lejos, y me frustra lo poco que me ha costado volver a representar mi papel. La estoy consintiendo..., ¿tan malo es eso? Nos estamos comunicando. No hay gritos. Nadie pierde el control. Quiero seguir así. Si va a contarme sus secretos, quiero escucharlos.

—Y ¿cuándo estarás lista para verme con alguien? —le pregunto en voz baja.

Se sienta derecha, a la defensiva. Lo sabía. La miro fijamente, diciéndole con la mirada que no tiene por qué enojarse, que sólo estamos hablando. No la estoy juzgando.

Relaja la espalda.

—No lo sé. No lo he pensado. —Se encoge de hombros—. Imaginaba que tardarías más tiempo en olvidarte de mí.

—¿Olvidarme de ti? —pregunto preocupado por la cordura de esta mujer.

¿Qué le hace pensar que puedo olvidarla? ¿Un beso con Nora? La chica que tengo delante nunca me ha dado la opción de olvidarla. Aunque ojalá no se hubiera enterado de lo del beso. No porque quiera ocultarlo, sino porque, a veces, la ignorancia es una bendición.

Me mantengo lejos de ella, con dos cojines entre nosotros.

—No te he olvidado —digo con calma—, pero tampoco me has dado elección, Dakota. Casi no me has hablado desde que te mudaste aquí. Tú terminaste conmigo, ¿no te acuerdas?

La miro. Tiene la vista fija en el suelo.

—Te mudaste aquí y dijiste que querías centrarte en ti, y lo entiendo. Te he dado el espacio que me pediste y tú no has hecho nada para evitarlo. No has hecho nada por acercarte a mí. Siempre te llamo y nunca me contestas a la primera. Y ahora estamos aquí y tú te comportas como si yo fuera el malo de la película porque salí con otra chica.

¿Yo no iba a morderme la lengua y a dejarlo en paz?

De verdad que no quiero pelearme con ella. Sólo quiero comunicarme abierta y sinceramente.

Me mira con decisión.

152

—Entonces ¿sí era una cita?

Me frustra que, de todo lo que he dicho, sólo se haya quedado con eso. Estoy intentando encontrarle alguna lógica a sus acusaciones, pero juego en desventaja porque no sé qué le ha estado contando Nora. Llevo toda la noche repitiéndole que no estamos saliendo juntos, pero no me escucha. Y ahora me viene con la novedad de que no quiere que salga con nadie por ahora.

Si yo estuviera en su lugar, le creería. La conozco bien y sé que no me mentiría. Está complicándolo todo. ¿Por qué está complicándolo todo?

—Deja de mentirme —dice agitando las manos. Las pulseras de metal chocan entre sí—. Lo comprendo, Landon. Es muy guapa, es mayor, va a por lo que quiere, y eso a los hombres les gusta. A ti eso te gusta y, en lo que a mí respecta, una vez más han preferido a otra.

Puedo quedarme callado y dejar que ella sola se lo invente y se lo crea o puedo morderme la lengua y recordar que está borracha, molesta, y que ha estado bajo mucha presión últimamente.

Con un suspiro, me bajo del reposabrazos y me arrodillo en la alfombra, delante de ella. Alzo la mirada con gesto estoico.

—Nunca te mentiría a la cara sobre algo así. Te estoy diciendo la verdad.

Tiene las manos en el regazo. Se las tomo entre las mías. Están frías y me traen recuerdos. Vuelvo a cuando teníamos quince años y nos estábamos comiendo a besos en el jardín de atrás. Tenía las manos heladas y las metió debajo de mi camiseta para calentárselas con mi estómago. Nos besamos y volvimos a besarnos sin poder parar. Cuando regresamos a casa, estábamos congelados pero nos daba igual. Nos daba absolutamente igual.

—¿Puedo hacerte una pregunta? —dice con ternura, y me derrito por dentro.

Se me cae la baba.

Me pierde.

De siempre.

—Las que quieras.

Dakota respira hondo y retira una mano para apartarse el pelo de la cara. Volteo la otra mano y dibujo las líneas de su piel, la cicatriz. Se tensa un instante y noto el dolor que su recuerdo le inspira.

—¿Me extrañas, Landon?

Sus manos son suaves y ligeras.

Este momento me resulta familiar y desconocido a la vez. ¿Cómo es posible?

¿La extraño?

Pues claro que la extraño.

La he extrañado desde que me mudé a Washington. Le he dicho lo mucho que la he extrañado. Le he dicho lo mucho que la extrañaba muchas más veces de lo que ella me ha expresado algo parecido.

Me acerco un poco más y estrecho sus manos mientras le devuelvo la pregunta:

—¿Tú me extrañas? —Luego continúo sin darle tiempo para contestar—: Tengo que saberlo, Dakota. Creo que se nota lo mucho que te extraño. Llevo extrañándote desde que me fui de Michigan. Te extrañaba antes y después de cada una de tus visitas. Yo diría que el hecho de que me viniera a vivir a la otra punta del país para estar contigo demuestra lo mucho que te extrañaba.

Se queda asimilando mis palabras un instante. Me mira un segundo y luego mira más allá. El tictac del reloj marca el paso del silencio.

Por fin se decide a hablar.

—Pero ¿me extrañabas a mí o sólo a la idea de mí, a lo que resultaba seguro? Porque a veces sentía que era incapaz de hacer nada sin ti, y lo odiaba. Quería demostrarme que sabía cuidar de mí misma. Cuando Carter murió, me aferré a ti y, el día en que me dejaste, me quedé sin nada. Eras mi refugio y lo perdí. Entonces dijiste que te vendrías a Nueva York a vivir conmigo y sentí que iba a quedarme atrapada en ese refugio contigo. Que iba a ser una niña por toda la eternidad. Que, contigo a mi lado para rescatarme, en mi vida no habría lugar para la aventura ni para lo inesperado...

Sus palabras me abrasan mientras intento digerirlas. Golpean mi parte más insegura, esa vocecita que se preocupa de lo que los demás piensan de mí. No quiero ser el tonto. Llevo veinte años siendo un buen chico, incluso cuando no es fácil serlo, y sigo sin entender por qué las mujeres prefieren el drama a la normalidad.

Sólo porque un hombre no le parta la cara a un tipo por intentar ligar contigo no significa que no te quiera. Sólo porque un hombre no se empeñe en aislarte o no te mire mal cuando hablas de otro chico no significa que no le intereses o que no tenga sangre en las venas. Significa que sabe contener su temperamento, que te respeta y que sabe ser una persona capaz de convivir en sociedad. Que entiende que todo el mundo necesita su espacio y que toda mujer necesita poder desarrollarse y mantener su independencia.

Nunca entenderé por qué los buenos chicos la tienen tan difícil.

No obstante, si uno se detiene a pensarlo, los chicos buenos acaban siendo los maridos. Las mujeres pasan por una fase de ensayo y error con los chicos malos, pero al final casi todas aspiran a cambiar la moto por un Prius.

Ése soy yo.

La versión humana de un Prius.

Dakota es una Range Rover: robusta, lujosa y toda una belleza.

Nora es un Tesla: nuevo, rápido y elegante, con curvas de vértigo y garantía de...

—Hasta que terminé contigo —continúa Dakota—. Entonces llegó la aventura. Estaba sola para descubrir la ciudad y todas sus complicaciones...

«¿Qué demonios me pasa?».

Aquí estoy, a pocos centímetros de ella, con sus manos en las mías. No debería estar pensando en Nora. Es el peor momento para pensar en Nora, en que es imposible no perderse en sus ojos y en el modo en que su labio inferior sobresale más que el superior.

Entonces lo comprendo: pensar en Nora es menos complicado que intentar entender la lógica de las emociones de Dakota. No sé qué decirle ahora mismo a mi ex. Me está soltando que hice demasiado por ella, que en cierto modo le impedía hacer nada por sí misma, y me da tanto miedo enojarla que no se me ocurre nada que decir. Es evidente que no puedo destacar que yo no la metí en una caja. Que yo era un refugio pero no una prisión. No a propósito, al menos. Que lo único que quería era ayudarla en todo lo posible, a ella y a su hermano.

Se revuelve en el sillón y se sienta sobre los pies sin soltarme las manos, esperando mi respuesta.

Lo único que puedo decirle es la verdad, aunque intentando enojarme lo menos posible.

—No esperarás que te pida perdón por haber sido demasiado bueno contigo, ¿verdad?

Sus manos siguen entre las mías. Retira una para colocarse un mechón detrás de la oreja y me mira a los ojos.

—No. —Suspira y se humedece los labios con la lengua—. Sólo digo que, en ese momento, necesitaba pasar un tiempo sin ti, sin nosotros —explica moviendo nuestras manos hacia ella y hacia mí.

«¿En ese momento?». Está hablando en pasado, como si la ruptura fuera algo que estamos... ¿superando? ¿Olvidando?

La miro a los ojos.

—¿Qué quieres decir? ¿Que no necesitas más tiempo?

Se muerde el labio y se queda pensando.

Lo más raro de todo esto es que no sé cómo sentirme al respecto. Si hubiéramos tenido esta conversación hace una semana, mi reacción habría sido distinta. No sería tan evasivo. Me habría hecho feliz, estaría agradecido y emocionado. Ahora se me hace raro. No es como debería ser.

Dakota no contesta, y su respuesta me va a resultar forzada por el modo en que examina la habitación con la mirada y por cómo respira hondo, demasiado hondo como para que sean buenas noticias.

—¿Me traes otro vaso de agua? —pregunta, guardándose la respuesta.

Asiento, me levanto y la miro a los ojos una vez más, esperando su contestación. La mitad de mi cerebro me dice que debería volver a preguntárselo, que debería asegurarme de que no quiere cambiar la situación de nuestra relación. ¿Volveríamos a ser lo que éramos? ¿Cuántos días tardaría en caer de nuevo en mis brazos y olvidar sus ganas de libertad y aventura?

Tomo su vaso y, una vez en la cocina, abro el pequeño cajón que hay junto al refrigerador, donde guardo el paracetamol. Si el hipo y los pasos tambaleantes son un indicativo de cuánto ha bebido, lo va a necesitar por la mañana. Abro el frasco, dejo caer tres pastillas en la mano y lleno el vaso de agua. Hay un molde de pastel en el fregadero. Al lado, en la barra, está el pastel con flores y betún morado que Tessa y ella prepararon antes.

Nora dejó su huella en todo mi departamento.

Me pregunto si vale la pena partir un pedazo y comérmelo antes de volver a la sala de estar con Dakota. Podría partir un trozo para cada uno, aunque dudo que se lo coma: está a dieta y todo eso. Levanto un poco el plástico que cubre el pastel y tomo un poco de betún con el dedo.

Dakota entra a la cocina justo cuando me meto el dedo a la boca.

«Mierda.»

—¿En serio, Landon? —Sus labios dibujan una sonrisa. Me apoyo en la barra y volteo hacia ella. Veo que mira primero el pastel y luego a mí.

Sólo puedo encogerme de hombros y sonreír.

Tomo el vaso de agua y se lo ofrezco. Lo inspecciona un momento, pensando en algo que decir, estoy seguro. A continuación, bebe un poco de agua y yo me volteo hacia el delicioso pastel de nuevo.

—Siempre has sido un goloso con poca fuerza de voluntad —dice en un tono tan tierno y dulce como el betún que tengo en la lengua—. Eres irresistible.

—Hay muchas cosas a las que no puedo resistirme. —Miro a Dakota y ella se mira los pies descalzos.

Tomo con los dedos un pequeño pedazo de pastel. Las migajas y una plasta de betún caen a la barra. Miro a Dakota de nuevo e intento quitarle intensidad a la conversación.

—Al menos, ahora hago ejercicio —bromeo.

Era un niño regordete. De pequeño, siempre estaba más gordito que los demás. Era culpa de la afición de mi mamá por la repostería y de mis pocas ganas de salir a jugar a la calle. Recuerdo que prefería estar en casa, quería quedarme allí los fines de semana para estar con mi mamá. Comía muchos dulces y no era todo lo activo que debería ser a mi edad, y cuando el médico habló con mi mamá sobre mi peso, me dio tanta vergüenza que me negué a volver a escuchar una conversación como aquélla. Seguí comiendo como siempre, pero me volví más activo. Me daba pena pedirle ayuda a mi tía Reese, pero al día siguiente apareció con una bicicleta estática en la cajuela de su coche y unas pesas en las manos. Recuerdo que me morí de risa al ver las mallas rosas y amarillas típicas de los ochenta, con calentadores a juego.

A pesar de que parecíamos una extraña pareja, nos pusimos en forma. Mi mamá también se apuntó, por diversión, aunque a ella no le hacía falta. Reese siempre había sido más llenita que mi mamá, pero se volvió una máquina y los dos perdimos peso. Fue feliz el día que pudo abrocharse un vestido que había visto en una tienda cara y con el que llevaba soñando un año entero. Yo me sentía genial por no tener sobrepeso encima, por haberme librado del lastre.

Cuando Dakota empezó a darse cuenta de que el gordito de al lado ya no estaba tan gordo, se sorprendió. El problema era que a mis compañeros no les bastaba con que hubiera perdido peso. Perdí demasiado y no gané nada de músculo, así que pasé de ser Landon *el Gordo* a Landon *el Flaco*.

Primero estaba demasiado obeso, luego demasiado delgado. Nada iba a complacer a esos cretinos abusivos. En cuanto me olvidé de ellos, todo fue más fácil.

—¿En qué piensas? —pregunta Dakota.

Me toma la muñeca con los dedos para que baje el brazo. Ahora tiene las manos calientes. Su cuerpo se pega al mío y apoya la cabeza en mi pecho. Bebe otro sorbo de agua y deja el vaso en la barra.

Lo sé, aún no he contestado. Es que no sé qué decir porque ella no me ha respondido cuando le pregunté si quiere que volvamos a estar juntos.

¿Se lo pregunto otra vez o espero a ver adónde quiere llevar la conversación?

Bebo un poco de agua y decido esperar. No me fío de mi boca, podría soltar cualquier estupidez. No se me da bien saber lo que tengo que decir o cuándo debo decirlo. No soy el tipo duro que se reclina en la barra y suelta impasible: «Estaba pensando en que deberíamos volver y cabalgar juntos hacia la puesta de sol y ser felices para siempre, muñeca».

Puaj. Hasta en mis fantasías soy un cursi.

No sé mantener la mirada cuando estoy nervioso porque no me ha contestado. Se me da fatal lo de ser un tipo duro.

Seguro que de eso puedo culpar a mi papá. Llevo mucho tiempo esperando con paciencia que llegue el momento de poder usar como excusa que mi papá falleciera demasiado pronto para enseñarme a ser un hombre. Me pasa la idea por la cabeza, pero es del todo falsa e irracional. No fue culpa suya, sigue sin serlo, pero quiero poder echarle la culpa a alguien.

Si hubiera tenido a un hombre con el que poder tratar cuando era un adolescente, que me hubiera enseñado a hablar con las mujeres, sabría qué decir. Seguro que le doy mil vueltas a todo por su culpa.

—Landon —dice Dakota en un susurro, como si hubiera tomado una determinación. Y yo aquí, pasmado, decepcionado porque no me salió bien lo de echar culpas.

—Dakota —le contesto, y ella apoya su mejilla en mi pecho.

Le aparto el pelo de la cara y acaricio sus gruesos rizos con los dedos. He pasado horas, seguramente días, acariciando estos mechones, tranquilizando a esta chica. Una de las cosas que más me gustan de ella es su pelo. Se aferra a la espalda de mi camisa y casi puedo oír crujir la tela almidonada. Nunca jamás volveré a planchar bajo la atenta mirada de Tessa. El día que planché esta camisa, se me pasó la mano con el almidón.

Dakota me abraza con más fuerza, y le beso la coronilla.

Suspira y se derrite en mi pecho.

—Lo que he provocado —dice en voz baja.

Mantengo una mano en la barra para no caernos y, con la otra, la abrazo.

—Me muero de la vergüenza —añade—. Pues claro que no están saliendo.

161

Mi brazo se tensa. Hay algo en el modo en que dijo esa última frase que me cae mal. ¿Lo dice porque la estoy abrazando en la cocina?, ¿porque, si estuviera saliendo con alguien, no la abrazaría? ¿O es que no me ve saliendo con alguien como Nora?

Sea como sea, me recuerdo que no debe importarme. No estoy saliendo con Nora, y estoy seguro de que ella no quiere salir conmigo. Desayuna huevos como yo. Debo dejar de pensar en ella. Ya está.

Dakota despega la mejilla de mi pecho lo justo para decir:

—Me siento fatal.

—¿Por haber bebido demasiado o por haber hecho el numerito?

—Ahhh —protesta contra mi pecho—. ¿Las dos cosas?

Le doy unas palmaditas en la espalda. Está agotada, cansada y prolongando la agonía. Levanta la mirada hacia mí. Sus manos están en mi espalda, en la cintura de mis *jeans*. Jala mi camisa para sacarla de los pantalones. Noto su mano un poco fría contra la piel de la cintura. Los círculos que traza con las puntas de los dedos son una tortura que se mezcla con el perfume de coco de su pelo. Soy un hombre con una obsesión.

He estado antes aquí, sumergido en su perfume, en sus caricias. Noto sus dedos en mi cintura y me adapto a su cuerpo. Estoy demasiado acostumbrado a esto. A ella. Es natural que vuelva a caer. Me toca y sólo tengo ojos para ella.

—Vamos a tu cuarto —dice en cuanto sus labios rozan los míos. Los deja ahí, apenas tocándonos—. No hay nadie en casa, ¿verdad?

Tessa no está.

Por un segundo, me siento culpable. Tessa no está porque yo la dejé plantada. Pero cuando Dakota vuelve a besarme, con lengua, la culpa desaparece con rumbo desconocido.

Ya no tenemos que escabullirnos como cuando éramos unos niños. Nunca he podido tener sexo con el amor de mi vida en la intimidad de una casa vacía. Nuestros encuentros siempre han consistido en besos a escondidas y gemidos ahogados, manos apresuradas y lenguas torpes. Nunca he podido devorar su cuerpo con calma como soñaba con poder hacerlo. Quiero lamerlo entero, cada recoveco de su piel de color caramelo, y dedicarle un rato extra allá donde más lo necesita. Quiero saborearla, escuchar todos los sonidos que salen de su interior.

Ahora que tengo mi propio departamento, podría llevarla a mi cama y hacerle todo lo que ansío hacerle desde que éramos adolescentes. Recuerdo lo increíble que fue la primera vez que rodeó mi pene con los labios. Pienso en la de veces que insistió en probar cosas. Entonces todo era muy experimental, excitante, como de otro mundo, y nuestra lista de cosas favoritas que nos gustaba hacer juntos pronto se llenó de sexo. Durante un tiempo, fue todo cuanto hacíamos, todo cuanto queríamos hacer.

Las manos de Dakota se trasladan a la parte delantera de mi cuerpo, cerniéndose sobre mi obligo, y la punta de sus dedos se desliza al interior de mis calzones. Me empalmo con sus caricias, tan duro que ni siquiera puedo resistirme. Es biología, ¿no? Hace meses que nadie me toca, excepto por las breves caricias y el beso de Nora. Dakota demuestra que recuerda mi cuerpo cuando hunde el índice en la piel sensible de la parte de arriba de mis caderas. Me aparto huyendo de las cosquillas. Se ríe y me atrae hacia sí.

Está de mejor humor, pero tengo la sensación de que es como intentar apagar un incendio con una manta. Tarde o temprano empezará a arder otra vez.

Tarde o temprano..., pero no ahora.

QUINCE

Dakota me toma de las manos y me jala para sacarme de la cocina. La sigo como un perrito faldero.

—No olvides el agua —le recuerdo. Me hace una mueca, pero señalo el vaso con el dedo. Le va a hacer falta.

Con un suspiro, me suelta y vuelve junto a la barra para tomarlo. Mientras, busco el control de la tele y la enciendo para Tessa. Le quito la voz. Siempre procuro que haya una luz encendida cuando vuelve a casa más tarde que yo, y el foco de la lámpara de la mesita se fundió y no me he acordado de cambiarlo.

Sin embargo, mientras dejo el control en el sillón, oigo voces y el tintineo de un juego de llaves.

La llave encuentra la cerradura y la puerta se abre. Entra Tessa...

Con Nora.

Me quedo pasmado. Tessa se quita el gorro morado y cierra la puerta. Nora se quita la chamarra y las tetas casi se le salen de la camiseta cuando se arregla la melena.

Luego las dos se nos quedan mirando. Se han dado cuenta de repente de que no están solas.

«Por favor, Dios, convence a Nora de que la estaba mirando a la cara.»

Y lo que es aún más importante: «¿Dónde está ese maldito portal?».

—¿Landon? —dice Tessa.

—Hola, no sabía que... —empieza a decir Nora, pero se calla en cuanto Dakota sale de la cocina, ignorándola.

Dakota se me acerca y entrelaza su mano con la mía, jugueteando con mis dedos. Nora me mira fijamente a la cara. No baja la vista hacia las manos, aunque creo que quiere hacerlo.

—¿Nos vamos a la cama? —pregunta Dakota jalándome en dirección al dormitorio, sin mirar a ninguna de las otras dos.

Yo sí las miro. Nora tiene los ojos fijos en nuestras manos entrelazadas y Tessa se muerde el labio con unos ojos como platos.

Me volteo hacia Dakota. Me está observando. Es esa mirada. Esa que dice: «Ni se te ocurra pararte a hablar con ésa en vez de venirte a la cama conmigo».

Dirijo la vista otra vez hacia Nora y hacia Tessa. Estoy hecho un lío y, sin pedirme permiso, mi boca dice:

—Buenas noches, chicas.

Sigo a Dakota al dormitorio y, una vez dentro, ella cierra la puerta.

Cuando voltea hacia mí, está que echa humo.

—Hay que tener agallas —ruge. Agita las manos en el aire y luego se masajea las sienes.

Doy un paso hacia ella y le tapo la boca con la mano.

—Eh, no seas así —le aconsejo en voz baja.

Dakota habla pese a mi mano, y extiendo la otra y con los dedos le masajeo los hombros y la tensa musculatura del cuello hasta que se calla.

—Lo sabía —medio susurra—. Sé que lo sabía. Sabía cómo te llamabas, seguro.

Intento ser la voz de la razón. Tal vez supiera mi nombre, pero la verdad es que parecía tan sorprendida como los demás.

Me encojo de hombros.

—¿Seguro que le habías dicho mi nombre? ¿Tienes fotos de nosotros en tu cuarto?

Tuerzo el gesto después de preguntarlo porque creo que prefiero no saber la respuesta a eso.

No conozco bien a Nora, pero no me parece la clase de persona que sale a propósito con el ex de su compañera de departamento, puesto que todo acaba por saberse tarde o temprano. Además, hay otros tres millones de chicos en la ciudad dispuestos a prestarle toda su atención.

Dakota resopla. El vestido gris se desliza por su hombro y parece diminuta a mi lado.

—No creo haber dicho nunca tu nombre exactamente. —Examina mi cuarto. Sus ojos se detienen en la foto de nosotros que hay encima de la cómoda—. Y tampoco tengo fotos nuestras en casa.

Lo dice con un deje de culpabilidad. No esperaba que tuviera un altar dedicado a mí ni nada parecido, pero ¿ni siquiera les ha dicho mi nombre a sus compañeras de departamento? ¿Nunca?

—¿Ni una vez? —pregunto.

Menea la mano como para quitarle importancia y mejala de la camisa. Le cuesta quitármela por encima de la cabeza y decide pasar a los botones de mis *jeans*. Le tomo las manos para que se estén quietas y me las llevo al pecho.

—Esta noche no —susurro contra su mejilla.

Con un gruñido de disgusto, libera una mano y la hunde en mis pantalones. Gimo cuando me atrapa y mueve lentamente la mano arriba y abajo.

«Piensa con la cabeza», me digo.

Tengo que pensar con la cabeza. No puedo hacer lo que Dakota me está incitando a que haga. Así no. Busco la mano y, con cuidado, despego sus dedos de mí. Ella me mira confusa.

—Has bebido demasiado —digo tomándola del codo y llevándola a la cama.

Se queda de pie en silencio mientras intento encontrar el cierre de su vestido. Luego levanta los brazos para sujetarse el pelo y que yo pueda bajar el cierre del tejido aterciopelado. Cuando empieza a descender, lo sujeta contra su pecho y yo le bajo las medias por las piernas. Levanta un pie y luego el otro para librarse de ellas y deja caer el vestido. No trae brasier.

Carajo. No trae brasier.

Ésta es la noche de las tentaciones. En vez de calzones, trae una tanga roja de encaje. Su trasero parece un monumento, pequeño y terso. Se voltea y me mira con sonrisa juguetona.

—No la conozco —digo deslizando un dedo por la tira de la cadera, y ella gime cuando la suelto y choca contra su piel.

Me aparto y me lanza una mirada asesina.

—Qué malo eres —dice sacándome la lengua y meneando el trasero.

Tiene ganas de fiesta, y soy demasiado consciente de la que me espera. Pero no puede hacer nada para que me acueste con ella esta noche, por muy sexi que esté en tanga.

Llevamos meses sin tocarnos y no estamos saliendo juntos. Ésta no es la noche para cambiarlo. No mientras ella esté borracha y los dos estemos hechos un lío.

Lo entenderá por la mañana.

Le rodeo los hombros con los brazos y la llevo hasta la cómoda.

—Es hora de acostarte.

Oigo a Tessa y a Nora hablando en la sala de estar, pero no distingo las palabras. Dakota toma la foto enmarcada de la cómoda y la mira de cerca.

—¡Estábamos supertontos! —Se ríe y pasa un dedo por la espantosa camisa de cuadros que traigo en la foto.

Sus tetas desnudas me tienen distraído, pero consigo acordarme de que debo sacar una camiseta del cajón. A tientas, jalo la primera que alcanzo, que resulta ser mi camiseta del equipo de atletismo de la escuela. No podía ser otra porque estamos en una tierra mística en la que, por lo visto, no podemos escapar de nuestro pasado por más que nos empeñemos.

Dakota me la quita de las manos y se la lleva primero al pecho y luego a la cara. Huele la tela gastada.

—¡Esta camiseta...! ¡Madre mía! —Está contenta, y creo que ni se da cuenta de que las voces de la sala han vuelto a callarse. Yo sí.

»La hemos pasado tan bien en esta camiseta —musita relamiéndose.

Aparto la vista de su tonificado cuerpo.

—Póntela y deja de torturarme, por favor —le suplico.

Se ríe como una colegiala, está disfrutando con mis cumplidos y con la admiración que despierta su cuerpo de bailarina. Hace bien. Debería sentirse siempre así, bonita y poderosa. Sigue un poco borracha, pero se le ilumina la mirada con mis palabras. Cosa que hace que quiera ser más salvaje.

—Eres preciosa, ¿lo sabías? —digo. Deseo que se bañe en mis palabras, que se envuelva en la clase de halagos que merece oír. Con cara seria, sigo experimentando—: Estás para comerte y, si no te hubieras emborrachado, ya te tendría mirando a La Meca.

Parezco imbécil pero, según las novelas eróticas de mayor éxito, eso es lo que les gusta oír a las chicas.

Dakota se ríe. Levanta una mano y me mira.

—¿«Mirando a La Meca»? —Se muere de risa. Cierra los ojos y no puedo evitar que me contagie.

—¡Oye! —Intento recobrar el aliento pero me duele la barriga de tanto reír—. Lo leí en un libro y quería ver cómo sonaba dicho en voz alta.

Dakota para un momento, pero le cuesta contener la risa.

—Tú dedícate a las cosas normalitas que haces bien y deja las bromas sexis para los libros —dice tapándose la boca y muriéndose de risa.

«¿Las cosas normalitas que hago bien?». Bueno, sé que no he experimentado mucho, o nada, pero no ha sido por falta de ganas. Nunca ha dicho que le gustara, y una vez intenté hablar de porno con ella y cortó conmigo durante tres días. Las cosas «normalitas» que se me dan bien son el producto de nuestra rutina.

—No soy tan normalito —replico defendiendo mis habilidades, pero en voz baja. No quiero que ni Tessa ni Nora nos oigan.

Me siento en la cama, Dakota se acerca, riéndose todavía. Se muerde el labio.

—Puede que ya no lo seas, pero conmigo lo eras.

Quizá esté exagerando, pero siento que me está robando todo lo que tuvimos juntos. El sexo entre nosotros era de adolescentes, silencioso y apresurado, pese a que yo estaba enamorado a más no poder. Tampoco es que pudiera hacérselo como se me antojaba, con Carter en el cuarto de al lado o con su papá durmiendo abajo. Nunca sentí que me estuviera perdiendo nada por estar con ella ni recuerdo haber pensado que a nuestra vida sexual le faltara algo. Pensaba que éramos felices, que nos gustábamos y que estábamos satisfechos.

Pero parece ser que no.

Dakota se sienta en la cama, a mi lado, y cruza las piernas. Entre provocarme y reírse de mí, encontró un momento para ponerse unos calcetines. Míos.

Se aclara la garganta.

—¿Con cuántas has estado desde que terminamos?

Cuando la miro, se está retorciendo un mechón de pelo con el índice y el pulgar.

—¿Con cuántas? Con ninguna —me burlo tratando de forzar una risa que no suene demasiado forzada.

Ella levanta una ceja y ladea la cabeza.

—¿En serio? Vamos, sé que...

—¿Y tú? —la interrumpo.

Parece sorprendida de que no me haya acostado con nadie. ¿Con cuántos se habrá acostado ella?

Dakota niega con la cabeza.

—No. Nadie. Pero imaginaba que tú sí.

—¿Por qué pensabas eso?

Sentado aquí en plena noche, hablando de estas cosas, empiezo a pensar que esta mujer no me conoce en absoluto.

Dakota no dice nada, sólo se encoge de hombros y se acuesta apoyándose en la cabecera. Luego mira al techo y anuncia:

—Lo de hoy no fue divertido.

Debería cambiar de tema. Por fin la tengo en la cama, tranquila y prácticamente sobria.

—Ya pasó todo y ahora son casi las dos —le digo.

Sonríe, me acuesto y apago la lámpara del buró.

—Gracias por todo, Landon. Eres mi refugio. Siempre —susurra en la oscuridad.

Aunque no pueda verla, sé que me está mirando.

—Siempre —contesto estrechándole la mano con ternura.

Tiene toda la razón: no fue nada divertido. Fue estresante.

Empecé el día pensando que iba a tener mi primera cita, o algo por el estilo, con Nora, pero acabé con Dakota borracha y en mi cama, y con Nora instalada en mi sala de estar, escuchando la conversación más vergonzosa del mundo. El pasillo es muy corto, y las paredes son de papel.

Y, lo que es peor, me siento fatal por haber dejado a Nora en el bar. No sabía qué otra cosa hacer. Conozco a Dakota de toda la vida. Con ella ya he pasado por las primeras fases agónicas del amor. Juntos hemos sobrevivido a la extraña fase del sexo adolescente, cuando no sabes dónde meterla y te vienes en cuanto la tienes dentro. Sabemos de dónde venimos y hemos pulido nuestras aristas. Entre nosotros no hay secretos ni mentiras. Hemos compartido la tragedia. A Dakota ya le he confesado mi amor, y volver a empezar es aterrador. Sobre todo si ella me ha extrañado tanto como dice.

Justo cuando pienso que ya se durmió, me toma la mano y se la lleva a la cara. Entonces me doy cuenta de que está llorando.

Me incorporo. La tomo de los hombros y le pregunto una y otra vez por qué llora. Niega con la cabeza e intenta recobrar el aliento. No enciendo la luz porque sé que a oscuras es más fácil decir la verdad.

—Yo... —solloza—, me he acostado con dos.

Sus palabras me atraviesan igual que su llanto atraviesa la oscuridad. Es como si me quemara y, de repente, no quiero tenerla cerca.

Quiero echarme a correr. Quiero huir lejos, muy lejos.

Me duele el estómago y ella rompe en llanto otra vez, tapándose la boca. Toma la almohada y se cubre la cara para ahogar el llanto. Pese al dolor que me devora, no soporto verla así. Hago lo que hago siempre: olvido mis sentimientos. Entierro la rabia. Le digo a mi deseo de salir corriendo que se vaya sin mí. Tomo la almohada y se la aparto de la cara. La tiro al suelo, tomo a Dakota en brazos y nos acostamos entrelazados.

—Lo siento mucho —dice entre sollozos.

Tiene las mejillas bañadas en lágrimas y las recojo con el pulgar antes de que caigan de su cara. Le tiemblan los hombros y puedo percibir lo mucho que le duele, o puede que sea sentimiento de culpa o el haber perdido nuestra historia, y a mí también me mata por dentro. Con delicadeza, empujo sus hombros para sujetarla y llevo una mano a su frente. Le aparto el pelo y acaricio con dulzura los mechones. Le masajeo la nuca.

—Ya está... —le digo.

»Ya está por hoy —añado.

»Lo solucionaremos mañana. Duerme un poco.

Y sigo masajeándole la nuca hasta que se queda dormida.

Si quiere que lo arreglemos, estoy dispuesto a escucharla. Debe de haber una explicación lógica y, ahora que fue sincera, podrá contarme lo que pasó. En cuanto se despierte, me lo dirá todo.

O no... Porque al día siguiente, tan pronto como abre los ojos, se va de puntitas de mi departamento sin decir palabra.

DIECISÉIS

Salgo de mi cuarto sin hacer ruido para no despertar a Tessa. Sé que va a querer hablar de lo de anoche, pero yo necesito tomarme un café antes.

Mientras recorro a escondidas el corto distribuidor, miro los marcos cuadrados que Tessa se pasó horas colgando con el fin de disponerlos perfectamente en paralelo por toda la pared. Dentro de cada marco hay una foto distinta de un gato vestido con diferentes tipos de sombreros. El que tengo más cerca es un gato atigrado y lleva un sombrero gris estilo Panamá con rayas negras y cafés a juego con su pelaje. Una gran pluma sobresale en la parte delantera.

La verdad es que nunca he puesto mucha atención a estas fotos, pero hoy me encuentro de un humor extraño y siento el impulso de examinarlas, y lo cierto es que me parecen bastante entretenidas. Me había fijado en que tenían relación con los gatos, pero eso es todo. El siguiente felino también es atigrado, pero en lugar de gris y blanco es naranja y crema. Éste está gordo, y me río al ver el bombín que trae. Otro usa un esmoquin, complementado, cómo no, con su chistera. Están muy bien, y me gustaría estrecharle la mano a quien fuera que se le ocurriera la idea por haber hecho de algo tan sencillo algo tan peculiar y por haberme proporcionado la distracción perfecta esta mañana. Miro el resto de las imágenes y me quedo lo más quieto que puedo cuando llego al final del pasillo.

Me sorprendo un poco al encontrarme a Nora dormida en el sillón. Creía que se había ido después de saber que Dakota y yo no estábamos en su casa.

Y, sin embargo, aquí está, con el brazo colgando por el borde del cojín y rozando con las puntas de los dedos el suelo de cemento teñido. Trae el pelo recogido en lo alto de la cabeza y tiene las rodillas flexionadas a un lado. Sus labios están ligeramente entreabiertos, como si estuviera suspirando. Tiene los ojos bien cerrados. Avanzo de puntitas y, gracias a mis calcetines acolchonados, apenas hago ruido de camino a la cocina.

Después de ver que Dakota se fue antes de que saliera el sol, volví a dormirme un rato. En realidad no me sorprendió que se fuera. Estaba, más que nada, decepcionado conmigo mismo por haberme hecho ilusiones de despertarme con ella a mi lado. Anoche no era ella misma; era la antigua versión de su persona, aquélla a la que le gustaba estar conmigo, aquella alocada a la que he querido durante la mitad de mi vida. Pero ahora salió el sol y ella desapareció de mi cama, llevándose la luz consigo.

En algún momento de la noche se levantó un fuerte viento que ahora aúlla a través de la ventana abierta de la cocina y hace que la cortina golpetee contra el cristal. Conforme me acerco, oigo cómo empieza a llover con más fuerza. Y, cuando me asomo por la ventana y miro hacia la calle, veo un desfile de paraguas en medio del aguacero. El verde con lunares blancos avanza más rápido que el verde militar, y el rojo es el más lento de todos ellos. Desde aquí, parecen flores, y me sorprende ver la cantidad de gente que hay en la calle a pesar de la lluvia.

Echo un vistazo a Nora y cierro la ventana despacito para que el sonido de la lluvia y el viento no la despierten. Iba a preparar algo de desayuno, pero haría demasiado ruido, así que supongo que bajaré un momento y me compraré un pan en la tienda de la esquina.

Aunque..., si me voy ahora, a lo mejor no estoy aquí cuando se despierte, y me gustaría hablar con ella sobre lo de anoche. Quiero disculparme por haberme ido tan deprisa con Dakota sin darle una buena explicación. Creo que en una ocasión dijo que no es la clase de mujer que tiene celos de otra; mientras veía programas como «The Bachelor», decía que ella sería la candidata perfecta precisamente porque no es nada celosa. No es que quiera que se muera de celos, pero no me gustaría pensar que le dio igual que Dakota fastidiara nuestra cita y que yo fuera un patán y me fuera con ella.

Sin embargo, por otro lado, no quiero que se sienta mal ni incómoda conmigo, y necesito asegurarme de que no está enojada por lo de anoche. Fue un gran malentendido y estoy convencido de que lo entiende.

Pero ¿y yo? ¿Lo entiendo yo?

Lo cierto es que creo que no entiendo nada de lo que me ha sucedido con estas dos mujeres en las últimas veinticuatro horas... En estos momentos, mataría por que ambas me explicaran cuál es la situación, o la «no situación», para mí, para los profanos en la materia. No entiendo cómo funcionan las relaciones en esta ciudad, a pesar de que

177

siempre oigo que son los hombres los que tienen un poco el «control».

Intento analizarlo todo con la mirada fija en la cortina amarillo chillón que cubre ahora la ventana.

Uno, Nora me tocó el estómago cuando pasó lo de la regadera, después me besó, y luego me invitó a salir con sus amigas.

Dos, me fui con Dakota en plena «cita», delante de sus amigas; incluso si no le gusto como pareja, seguro que eso hirió su ego.

Tres, vio cómo Dakota entraba a mi cuarto anoche, seguramente oyó al menos parte de nuestra conversación y es probable que diera por hecho que hubo sexo.

Esto es muy incómodo. Ni siquiera sé si a Nora le gusto. Le encanta coquetear.

Suspiro y pienso que ojalá supiera algo sobre las mujeres y su manera de pensar.

Abro el refrigerador despacito y me encojo cuando dos botellas de refresco chocan entre sí en la inestable bandeja de la puerta. Tomo la que tengo más cerca y la sujeto apoyando la puerta del refrigerador en mi cadera. Saco una caja de comida para llevar de hace dos días, con tallarines con una especie de salsa de cacahuates y unos trozos de algo que representa que es pollo, y cierro el refrigerador.

Cuando volteo, Nora está ahí de pie, con cara de sueño y el pelo revuelto. Sorprendido, doy un brinco y casi dejo caer las sobras al piso, pero ella me está sonriendo. Es una sonrisa vaga, matutina. Unas manchas de maquillaje café rodean sus ojos como un panda.

—Me despertaste —dice, y se arremanga la sudadera hasta los antebrazos.

Los *shorts* negros que trae son tan cortos que, cuando se voltea y se dirige al refrigerador, veo la curva donde el trasero y el muslo se unen.

Los jala para intentar taparse un poco, pero no hay suficiente tela.

No me quejo.

Aparto la vista cuando abre el refrigerador y se inclina hacia adelante. Con esos *shorts* tan cortos se le debe de estar viendo medio trasero, y tengo que obligar a mis pies a quedarse plantados aquí para no ir a agarrárselo. Esto es algo nuevo para mí, esta adrenalina, este constante latir desde mi pecho hasta mi entrepierna. Saca un Gatorade rojo y yo la miro con una ceja levantada. La señalo con el índice.

Nora sonríe, pone un gesto serio y tapa la marca de la botella con la mano.

—Dos c-cosas... —empiezo, y me aclaro la garganta cuando se me rompe la voz.

Ahora que se despertó, ya me da igual hacer ruido. Además, Tessa seguramente lleve despierta en la cama desde las siete. Las sobras tienen un aspecto sospechoso, así que las tiro a la basura. Abro el refrigerador otra vez y saco el cartón de huevos y la leche y los dispongo sobre la barra.

—Bueno, tres —me corrijo—. ¿Quieres omelette?

Abro el cartón de huevos y la miro. Ella mira hacia la sala y vuelve a mirarme como si estuviera buscando a alguien.

—Se fue a casa —digo.

O, al menos, eso creo. Aquí no está, y no tiene muchas otras opciones, que yo sepa. Es probable que tenga un montón de cosas de las que no me ha contado nada. Por ejemplo, podría estar ocultando un hipogrifo en su departamento y yo no lo sabría, porque nunca he estado allí. De hecho, ni siquiera he visto el edificio en el que vive.

—Uy —dice Nora sorprendida—. Anoche... —empieza, pero yo quiero terminar mis tres cosas, o de lo contrario se me olvidarán.

—Espera. —Levanto un dedo.

Ella sonríe y cierra la boca con un gesto exagerado.

—Lo primero es lo primero. ¿Omelette?

Abro el anaquel que tengo delante y tomo un sartén con una mano mientras enciendo el fuego con la otra. Es el movimiento más fluido y coordinado que he hecho en las últimas veinticuatro horas.

—Sí, por favor —responde Nora con voz de que debería estar durmiendo todavía.

No me imagino cómo sería despertarse al lado de esta mujer todas las mañanas. Llevaría el pelo alborotado y seguramente recogido en lo alto de la cabeza. Sus piernas serían suaves y bronceadas, y apuesto a que ni siquiera tiene marcas de bronceado.

—Pero soy vegetariana, así que el mío sólo con queso.

—Tengo un par de cebollas y un chile, si quieres —sugiero.

Asiente y me sonríe impresionada.

—No me digas obscenidades tan temprano.

Su sonrisa es contagiosa, y me sorprende haber cachado su broma sobre los alimentos que mencioné al instante. Aunque mi omelette de dos huevos no es para echar cohetes, como pastelera supongo que apreciará que los hombres sepan desenvolverse en la cocina.

Tomo un tazón pequeño y rompo dos huevos en el borde.

—Ahora, la segunda cosa. —La miro para comprobar que me está poniendo atención.

Me mira a los ojos mientras se suelta el pelo, y unas densas ondas de cabello castaño caen alrededor de sus hombros. Cuando sacude la cabeza, me siento como si estuviera en un anuncio de *shampoo*.

«¿Sería raro decirlo? ¿Daría la impresión de que me estoy esforzando demasiado?».

Opto por no decir nada. Seguro que no es un cumplido normal, y no necesito proporcionarle más motivos para que piense que soy patético.

De modo que, en lugar de hacerlo, me hundo de lleno en el montón de cosas que me gustaría aclarar entre nosotros.

—No sabía que vivían juntas —empiezo a explicarle—. No sabía que Dakota estaría allí. Lo siento si el hecho de que me fuera te avergonzó delante de tus amigas. Estaba deseando... —se me seca la garganta y, aunque puede que me atragante a mitad de frase, continúo— pasar un rato contigo. No sé cuánto sabes sobre Dakota y yo, pero...

Ella levanta la mano. Cierro la boca, vierto un chorrito de leche en el tazón de los huevos batidos y abro el refrigerador otra vez. Nora se acerca a la cocina y baja el fuego. Seguramente hace bien.

Mira el suelo y después a mí.

—Ya sé que no lo sabías —responde—. Y yo no tenía ni puta idea de que tú eras el chico del que ella hablaba. Nunca nos dijo nada de ti que me llevara a pensar siquiera que tú pudieras conocerla. Nunca nos dijo tu nombre.

Eso último lo dice en un tono que no sé cómo interpretar. Se sube de un salto a la barra de la cocina, a escasos metros de mí, con los pies colgando sobre los anaqueles de madera.

—Pero no estoy enojada ni nada —añade en un tono total y absolutamente plano—. Así que no te preocupes. Lo entiendo, no pasa nada.

Nora se acaba de mostrar muy comprensiva conmigo, y lo ha hecho con ese aire que la envuelve de nuevo. Ése en el que parece estar tan aburrida que empieza a mirarse el barniz de uñas.

Bueno, y ahora empezó a rasparse el barniz negro de un pulgar con la uña del otro.

—No hemos vuelto a estar juntos —le digo.

La confesión de Dakota todavía me arde en el fondo de mi alma.

Nora sonríe y levanta la vista de las manos.

—Eso no es asunto mío. —Se encoge de hombros como si acabara de decirle algo tan obvio como que el cielo es azul, y yo ladeo la cabeza.

Los huevos se están cocinando y sisean en el sartén, el queso está casi derretido, así que tomo una rebanada de jamón del paquete.

—Carne —dice con cara de asco—. Y encima embutido. Había empezado a impresionarme demasiado pronto. Menos mal que el engaño no ha durado mucho.

Cuando se ríe, me doy cuenta de que no quiero que cambie de tema. Quiero saber por qué cree que mi relación no es asunto suyo.

¿Acaso no salimos juntos anoche? Durante cinco minutos estuvo todo bien, antes de que estallara. Además, éste no es el típico embutido envasado. Es de la salchichonería, y pagué bastante más por la calidad.

—¿Es así como te mantienes tan en forma? —Señalo su cuerpo con la espátula con la que acabo de dar la vuelta al omelette.

—¿No comiendo carne procesada?

Asiente y se encoge de hombros. Entonces se inclina hacia adelante y se acerca un poco a mí.

—No, no como carne, pero tengo que cuidar mi alimentación. Podría comerme un paquete entero de queso ahora mismo —dice señalando el que hay sobre la barra.

Sirvo el omelette en un plato de papel y observo cómo ella me resta un punto más en su hoja. Y, por hoja, me refiero a esa lista mental que hacen las mujeres cuando conocen a un chico.

Atractivo: 8 puntos. (Si he de ser realista, cualquier punto entre 6 y 10. Yo diría que soy un 7,5.)

Altura: 8 puntos. (Algunas, con un metro ochenta, me darán 8 puntos.)

Habilidades culinarias: 5 puntos.

Usar embutido en un omelette: -2 puntos.

Usar platos de papel: -1 punto.

Decido pasar por alto el hecho de que anoche debí de perder al menos diez puntos. Bueno, seguramente ahora mismo tendré una media de dos.

—Pero con la edad me he ido dando cuenta de que para mantenerme en forma tenía que esforzarme un poco más que la mayoría de la gente. —Se toca la pierna con un dedo y me quedo mirando una pequita que tiene en el centro del muslo.

Sus *shorts* son cortísimos, y mis ojos saltan de esa peca a otra, y después a otra. Es como si las manchitas cafés se hubieran alineado a la perfección para formar un camino hasta el extremo de sus pantalones. Seguir los puntos es algo inevitable.

Ella se voltea un poco y se mira el trasero y los muslos.

—Pero me gusta dejar algunas cosas tal y como son.

Estoy sudando.

Mueve ligera y sutilmente el trasero, y la temperatura del ambiente asciende de tal manera que creo que voy a desmayarme. Y, puesto que estoy mirándole la parte de atrás de los muslos, se agarra el trasero y me mira.

Aparto la mirada, tengo que hacerlo.

Debería hablar.

Debería decirle algo con chispa.

El problema es que no se me ocurre nada y no quiero que piense que estoy pensando que ella está pensando...

Maldita sea, estoy dándole demasiadas vueltas.

—Y más teniendo en cuenta que la pastelería es mi profesión y también mi afición —continúa, como si no acabara de dejarme desconcertado—. Preferiría vivir sin wifi antes que sin pasteles.

Se voltea hacia mí y, no sé cómo, consigo no volver a mirar las pecas que tiene encima de los muslos.

Lo dice en serio, y lo sé por el modo en que abre los ojos y frunce los labios.

Estoy a punto de fingir que soy una de esas personas tecnomodernas que preguntan la clave del wifi allá adonde van, pero, después de lo de anoche, no tengo energías para fingir nada.

—Haces que parezca que se trate de una cuestión de vida o muerte —bromeo.

Ella me sonríe con aire despreocupado, y entonces retomo la conversación:

—Segunda cosa: si quieres hablar sobre Dakota, podemos hacerlo.

Nora frunce los labios y me fulmina con la mirada. No hago caso. Quiero que sepa que no soy uno de esos tipos que no te dicen lo que piensan y que te hacen adivinarlo, y que, para cuando lo haces, ya se te olvidó cuál era el problema en un principio. No, yo no soy así.

Me crié con una madre soltera a la que debo mis habilidades comunicativas.

No soporto las medias verdades, y no las ofrezco. Jamás me iría con mi ex sin dar ninguna explicación a la chica con la que había quedado. No quiero que se forme una versión de mi persona a partir de lo que ella cree que sabe. Quiero que base su opinión sobre mí en hechos y experiencias.

Pero, hasta ahora, no le he demostrado muy bien la clase de hombre que soy. Le paso un trapo al sartén antiadherente y rocío un poco de spray antiadherente. Ningún producto funciona bien del todo, pero sólo se me pegan la mitad de las comidas que preparo. Eso es todo un logro, teniendo en cuenta la suerte que tengo con todas las demás cosas.

—Vamos. —La animo a entrar en el tema.

Ella me mira con vacilación.

—Como tengo la sensación de que no vas a dejarlo en paz, hablaré sobre lo fuerte que es que ella sea mi compañera de departamento y tú el de Tessa. El mundo es un puto pañuelo.

Echa la cabeza atrás y la sacude.

El mundo es muy pequeño, demasiado pequeño para mi gusto. Tengo curiosidad por saber cómo acabó mi ex viviendo con mi... amiga Nora.

185

—¿Cómo se conocieron? Si ella va a la academia de ballet y tú eres pastelera...

Ella sube la cabeza y levanta una mano.

—No soy pastelera. Soy chef.

Su tono me indica que le pasa muchas veces y que no le gusta esa generalización. Ups.

—Pero bueno —continúa—, mi antigua compañera de la facultad, Maggy, puso un anuncio buscando una tercera persona. Dakota apareció un día con una maleta y con la peor actitud que he visto en mi vida.

Por su expresión, sé que se arrepiente de haber dicho eso delante de mí.

—Sin ánimo de ofender... —añade vacilante.

—Tranquila.

Tal vez debería defender a Dakota, pero no quiero hacerlo todavía. Nora tiene derecho a tener su propia opinión sobre ella, y yo no soy quién para defenderla. ¿Quiénes son los dos tipos con los que se acostó? ¿Los conozco? Lo más seguro es que no. No conozco a muchos tipos en Nueva York, y ella ha estado soltera todo el tiempo que lleva viviendo aquí. No quiero empezar a pensar que se acostó con todos los hombres que conocíamos en Michigan.

—Bueno, pues ya es casualidad que fuera a salir con la compañera de departamento de mi ex. Lo siento —digo entre risas, intentando relajar el ambiente.

Su expresión se torna tensa y ella se encoge de hombros otra vez.

—Da igual. Tampoco es que fuera una cita. La verdad es que no tengo mucho tiempo de salir con nadie de todas formas. Bueno, ¿cuál es la tercera cosa? Está el omelette, la incómoda cita que no era una cita, y había algo más.

186

Cuando me detengo un momento para pensar, ella se inclina hacia adelante y me hunde el dedo en la mejilla. El corazón me da un brinco.

—¿Cuál-es-la-tercera-cosa?

Cuando se aparta de nuevo y apoya la cabeza contra los anaqueles superiores, abre la botella de Gatorade y bebe un trago. Justo a tiempo.

—¡Ésta! —Digo y señalo la botella roja que tiene en la mano.

Nora cierra la boca con las mejillas llenas de Gatorade y abre unos ojos como platos.

—¡El otro día dijiste que lo odiabas, y ahora mira! —Le doy un golpecito a la botella con los dedos y ella da un sonoro trago.

Un chorrito desciende por su barbilla. Ella intenta evitarlo. Me río y me inclino delante de ella. Separa los muslos y no se aparta cuando tomo el trapo de la barra y le seco la barbilla dándole suaves toquecitos.

Ahora estoy entre sus muslos, y todo mi cuerpo es muy consciente de ello. Traga, levanta la mano y se agarra de mi antebrazo con ambas manos. Me clava los dedos y yo me inclino más cerca. Mi pecho está rozando el suyo, y sus tobillos empiezan a enroscarse alrededor de mis piernas. Me atrae tanto que me duele, física y mentalmente, en todas partes. Es un dolor punzante, de deseo y de necesidad mezclados en un coctel de confusión.

La que está sentada sobre la barra de la cocina ya no es la chica loca de las risitas que pestañea coqueta. De forma temporal se ha convertido en una mujer seductora que me rodea el cuello con los brazos y que arrastra las uñas tras las suaves yemas de sus dedos. Se me pone todo el vello de punta, y es imposible que no haya notado el escalofrío que me dio, y es imposible que yo vaya a preocuparme por eso cuando ella me está agarrando de esta manera. Soy sólo un poco más alto que ella ahora que está sentada ahí, pero en cuanto bajo la vista para mirarla, veo que respira con dificultad y que sus oscuras pestañas descansan sobre sus mejillas porque está mirando hacia abajo.

Desplazo la mano hasta su barbilla y se la levanto un poco hasta que me mira a los ojos. Se acerca. Siento su respiración en mi boca y, de manera instintiva, la agarro de los muslos. No debería ser un instinto, porque sólo he tocado a esta mujer una vez antes, aunque no logro convencer a mi cuerpo de lo contrario. Tiene voluntad propia y no soy capaz de detenerlo.

Ella exhala mi nombre y yo inspiro hondo, disfrutando del modo en que su lengua parece cubrir mi nombre de azúcar. Mis manos ascienden más y más, hasta que alcanzan la parte de sus muslos donde empieza el trasero. Su piel es tan sensible que mis manos han dejado unas marcas rojas a su paso. Su respiración se acelera de nuevo cuando baja la vista hasta sus piernas y vuelve a mirarme a los ojos. Empujo suavemente su mejilla con el mentón y ella gira la cabeza. Mi boca acaricia su cuello con delicadeza, dejando diminutos besos de adoración y de necesidad.

Nora gime y aprieta las piernas, que envuelven mi cintura con fuerza. Entonces levanta la mano y me agarra la mía con su puño. Mece su cuerpo contra el mío y yo deslizo mi boca hasta su oreja, embriagado de pasión por ella. Es una pasión que me envuelve y me domina.

Me toma de las manos y las guía con determinación entre sus piernas. Desplaza nuestras manos unidas más cerca de donde acaban sus muslos y el cordón de mis pantalones se restriega contra ella. Gime de nuevo, me clava las uñas y casi pierdo el sentido. Esta mujer, de la que apenas sé nada, ha conseguido que me la esté tirando con ropa en la barra de la cocina, con Tessa en casa y después de que Dakota se fue a escondidas esta mañana y, a pesar de todas esas cosas, me tiene completamente a su merced. Es como si estuviera aspirando gas de la risa, como si no supiera distinguir el blanco del negro o las caricias inocentes de las insinuaciones sexuales. Este beso es lo bastante intenso como para postrarme de rodillas. A través de mis ojos entornados, la veo como un ángel oscuro, y nunca he sido religioso, pero ahora le profeso devoción.

No debería estar haciendo esto, y ella no debería estar haciendo esto, pero quiero seguir haciéndolo. Lo deseo, lo necesito. En esta barra, sobre la mesa de la cocina, e incluso en el suelo.

Noto cómo se aparta cuando mis dientes rozan su oreja.

—Esto... es... —Exhala—. Esto no me conviene. A ninguno de los dos.

Me empuja y yo me aparto.

—Carajo. —Se lleva la mano al pecho e inspira hondo unas cuantas veces—. No me convienes naaada. Y yo a ti menos aún.

Se baja de la barra de un salto y jala los *shorts* en un desesperado intento de ocultarme su cuerpo.

Trato de no mirar, pues sé que, con cada segundo que pasa, la duda aumenta en su interior y empieza a detallar la lista de los motivos por los que el patético compañero de departamento de Tessa no es lo bastante bueno para ella. Está intentando no decirme algo, y yo estoy haciendo eso que suelen hacer todos los hombres de quedarse mirando en lugar de escuchar lo que tiene que decir.

Pero yo no soy así. Estoy tratando de entender qué es lo que está pasando entre nosotros. Afortunadamente no soy ningún patán, y me siento del todo capaz de volver a mirarla a los ojos y de escuchar su lista de motivos por los que no podemos devorarnos el uno al otro cada vez que nos encontremos a solas en la cocina.

DIECISIETE

—Es la cocina —añado cuando alude a la tercera razón por la que no podemos acostarnos juntos.

Me perdí las dos primeras que dijo porque no podía dejar de ser uno de esos tipos que se quedan mirando, la clase que tipo que acabo de decir que no soy. En mi defensa, he dc afirmar que ella no paraba de balbucear excusas a gran velocidad mientras se ajustaba el brasier. Me resultaba difícil no mirar cómo sus suaves pechos empujaban hacia adelante, primero uno, y después el otro.

—Esta cocina nos vuelve locos —digo, y luego me volteo y rompo dos huevos más en el tazón y los remuevo con una cuchara.

Si no quiere que la bese, no lo haré. Puedo pasar por alto la sed que mi cuerpo tiene por clla.

Puedo.

Estoy bastante convencido.

Nora me observa y parece satisfacerle el hecho de que siga preparando el desayuno a pesar de todo. Alargo la mano y tomo un tercer huevo. Cuando vierto el aceite en el sartén, ella se acerca y agarra la jarra de leche de la barra. Añade al menos ciento veinte mililitros de leche más y abre el cajón de los cubiertos. Saca un tenedor y bate los huevos con él. Su tenedor se mueve a mucha más velocidad que mi cuchara, y me aparto, inclinándome ligeramente ante su maestría de chef.

Ella agradece el gesto y se ríe, aunque la lluvia casi ahoga el sonido. Ojalá dejara de llover para poder oír mejor su preciosa risa.

Nora quita la tapa de uno de los recipientes de plástico que contiene verduras troceadas. Añade un puñado de cebollas al sartén. Después añade los chiles y aguarda para incorporar los huevos.

Mientras me da una buena paliza en la cocina, se apoya contra la barra y me mira.

—Tessa es mi amiga y, si esto no sale bien, podría acabar mal con ella.

¿Ésa es la cuarta razón? ¿O es ya la quinta?

—Ambos tenemos una gran carga emocional a nuestras espaldas —añade.

Ya van siete. U ocho, si contamos sus razones y las mías por separado.

—¿Cuántas razones tienes? ¿Diez? —digo en tono de broma—. ¿Quieres venir a correr conmigo y así terminas de darme todas tus razones por las que no podemos ser amigos?

—Yo no he dicho que no podamos ser amigos. Estaba hablando de todo esto —replica, y agita las manos haciendo referencia a nuestros cuerpos.

Me la imagino corriendo a mi lado, al tiempo que enumera sus razones una a una. Yo también tengo unas cuantas, sin embargo no estoy tan ansioso como ella por pronunciarlas. Sigue agitando las manos entre nosotros, y decido tomarle el pelo, sólo un poquito.

—¿El aire? ¿Te refieres al nitrógeno, al oxígeno y...?

Acerca la mano y me tapa la boca con ella. Mientras, me lanza una de esas miradas de «Cierra la puta boca, cerdo encantador» que me atraviesa como una flecha de Cupido.

Uf, menos mal que no he dicho eso en voz alta.

—Me refería a prendernos. A las caricias... —Me mira los labios un instante y me quedo inmóvil.

—No veo cuál es el problema de acariciar animales... —empiezo, pero vuelve a taparme la boca.

—No podemos seguir haciendo eso y dejando que las cosas se descontrolen. Comparto departamento con tu ex, vive conmigo, sabe dónde duermo. —Sonríe, y creo que está medio bromeando—. Sólo pensaba que podíamos ayudarnos mutuamente a desconectar de la carga emocional que teníamos. Tessa me contó lo de su ruptura.

Su mirada se llena de compasión...

Y odio que la gente me compadezca.

Pero asiento.

—Ya. No entendía muy bien en qué estabas pensando ni lo que sentías, y yo estaba intentando superar lo de Dakota —le explico.

Ella asiente.

—Y me alegro de que lo hicieras, pero seamos sólo amigos. Nada de tocarnos ni de besarnos. —Su voz se ralentiza y su mirada se torna ausente—. Nada de agarrarnos los muslos... Y nada de mordisquitos en la oreja ni de besitos en el cuello. —Se aclara la garganta y se pone derecha.

Yo también me aclaro la garganta. Me sudan las manos, y busco un trapo con el que secármelas.

Me dejo llevar por sus palabras y retrocedo a hace un par de minutos, cuando me ha poseído el espíritu de uno de esos tipos de las novelas románticas. Otro gemido por su parte y habría acabado diciéndole «Voy a poseerte» con mi mejor intento de voz seductora.

De repente me viene a la cabeza una lista de comedias románticas que guían mis pensamientos.

—El siguiente paso en este acuerdo es que propongas una relación de amigos con derecho, y entonces discutiremos sobre ello durante treinta segundos antes de acceder —digo—. Un mes después, uno de nosotros se habrá enamorado y todo será un lío. Un mes más tarde, tendremos una relación perfecta y todo se habrá ido al diablo. No hay término medio. Es un hecho científico demostrado en las películas.

Me gusta poder hablar sin filtros cuando estoy con ella. He hecho el ridículo en su presencia más de una vez, así que ya debe de estar acostumbrada. No tenemos ningún pasado y no espera nada de mí. Se ríe y asiente. Su omelette ya se doró, y huele de maravilla en la cocina. La sirve en el plato y sopla el ligero vapor que humea de aquel delicioso manjar.

—Es verdad. —Nora se coloca un mechón de pelo suelto detrás de la oreja—. Podemos evitar todo eso desde ya si accedemos a ser sólo amigos. No tengo tiempo para pelearme en los restaurantes con chicas de veinte años que no deberían estar bebiendo en público en primer lugar.

Por su manera de hablar, suena mucho mayor de lo que es, y me siento como un niño al que lo regaña su mamá.

—Estoy iniciando una carrera en una ciudad próspera, y no quiero echarlo todo a perder por un niño universitario.

Su uso de la palabra *niño* me hiere en lo más profundo de mi ego. Tengo casi veintiún años y tengo más en común con las personas de la edad de mis papás que con los «niños» universitarios. En el campus, los estudiantes me han detenido un par de veces pensando que era un profesor. Tengo un aspecto maduro. Es verdad, mi mamá también lo dice.

Uf... Si uso a mi mamá como referencia, tal vez sí que sea un niño. Eso me duele un poco.

Siempre había pensado que Nora me vería como un igual, pero, al parecer, para ella no soy más que un niño universitario que puede suponer una distracción negativa en su vida.

—Amigos entonces. —Le sonrío, y ella asiente.

De ahora en adelante seré sólo amigo de Nora y de Dakota.

No voy a dejar que se arruinen las cosas.

Ni hablar.

DIECIOCHO

Han transcurrido varios días desde la última vez que supe algo de Dakota. No se ha puesto en contacto conmigo desde que se fue de mi cama a la mitad de la noche, ni ha respondido a ninguna de mis llamadas ni a los dos mensajes que le he mandado. Puede que me haya pasado, que la haya molestado demasiado cuando está claro que no desea hablar, pero quiero asegurarme de que está bien. Por más que intento recordarme que ése ya no es mi trabajo, mi cabeza no lo asimila. O tal vez sea mi corazón, o ambos. Conozco a Dakota lo bastante bien como para saber que, cuando necesita espacio, se aísla y nadie puede cambiarlo.

Lo que ocurre es que no estoy acostumbrado a que sea de mí de quien necesite distanciarse.

Desde que decidimos ser amigos, he visto a Nora en dos ocasiones, pero sólo he hablado una vez con ella. Amigos sin besos. Los amigos no se besan y, definitivamente, los amigos no piensan en besarse.

Sigo trabajando en esa parte. No es que haya empezado a venir menos aquí; es que se va antes, y yo llego a casa más tarde que antes. Suelo salir tarde de trabajar porque me quedo a ayudar a Posey a cerrar. Ha estado haciendo tantos turnos de Jane estos últimos días que tengo la sensación de que no le caerá mal que le eche una mano. Parece un poco agobiada. No quiero insistirle demasiado y que piense que me meto en su vida, pero siempre se me ha dado bien adivinar el estado de ánimo de las personas. Nos hemos hecho un poco amigos después de tantos largos turnos juntos, y cada vez me ha ido contando más cosas de su vida mientras lavábamos platos y dejábamos hasta el más mínimo rincón de la cafetería brillante como el oro.

Estoy disfrutando de las horas extras y de su compañía. Me siento solo, y absorbo nuestras conversaciones como si fuera una esponja. Es como si los detalles de su vida me hicieran sentir que formo parte del mundo. Nació y creció aquí, es neoyorquina de raza pura, algo que millones de personas en esta ciudad se esfuerzan por imitar. Su familia vivía en Queens y, cuando tenía quince años, su mamá falleció, y Lila y Posey se mudaron a Brooklyn para vivir con su abuela.

Está bien tener a alguien con quien hablar de cualquier cosa. Me resulta agradable escuchar la vida y las opiniones y los pensamientos de otra persona cuando no quiero pensar en los míos propios.

No quiero pensar en Dakota, y no quiero añorar a Nora. ¿Soy una mala persona porque me gustan dos mujeres?

Aunque en realidad no sé si me gusta Nora o si sólo me siento atraído por ella. No la conozco lo suficiente como para comparar mis sentimientos por Nora...

Digo..., Dakota.

Carajo, estoy hecho un lío.

¿Estoy siendo demasiado duro conmigo mismo al mantener las distancias con ambas? He querido a Dakota durante años; la conozco muy bien. Es mi familia. En el fondo de mi corazón, ella posee la mitad de mi propiedad.

Lo de Nora es otra historia. Es innegablemente sexi y le encanta el coqueteo, pero no es clara, no para de andar con medias tintas. Siento tanta atracción como curiosidad hacia ella, y no dejo de repetirme que liquidamos nuestra posible relación antes incluso de que llegara a florecer, así que no puedo lamentarme por haber perdido algo que nunca llegó a ser mío.

De modo que han pasado dos semanas de evitar a esas mujeres en cuestión: he tomado turnos de última hora en el trabajo, me he unido a más grupos de estudio o me he quedado en casa viendo programas de cocina con Tessa. Últimamente está obsesionada con ellos, y son un buen sonido de fondo mientras hago las tareas para la facultad. Les dedico algún rato de vez en cuando, pero no me importan lo suficiente como para requerir toda mi atención, y creo que a ella tampoco.

Una noche, durante «Guerra de *cupcakes*», mi teléfono empieza a sonar sobre el sillón de piel y el nombre de Hardin aparece en la pantalla. Los ojos de Tessa siguen el sonido y se abren como platos al ver su nombre. Entonces se voltea corriendo hacia la pantalla de la televisión y se muerde el labio inferior.

Está destrozada, y detesto verla así. Hardin también lo está, y se lo merece, pero aun así odio que esté sufriendo. No sé qué clase de montaña va a tener que mover Hardin para ganarse su perdón, pero sé que sería perfectamente capaz de construir una si fuera necesario, o toda una cadena, y de esculpir el rostro de Tessa en la roca antes de vivir toda una vida sin ella.

Esa clase de desesperación, ese ardor, ese latir, ese amor... nunca lo he conocido.

He amado de manera pausada y profunda a Dakota. Era, y sigue siendo, un amor constante. Teníamos nuestros problemas y nuestras peleas, pero el noventa por ciento de las veces luchábamos juntos contra el mundo. Yo aguardaba blandiendo mi espada, con el cañón cargado, dispuesto a arremeter contra cualquier enemigo que osara traspasar cierta línea. Generalmente el enemigo era su papá, el trol más grande y más desagradable de todos. Pasé muchas noches rescatando a mi princesa de las paredes amarillentas y las viejas cortinas de estampado de Cenicienta que cubrían las ventanas de su casa. Trepaba por el sucio revestimiento desgastado por el sol, abría la ventana cubierta de polvo y la llevaba hasta la seguridad de las templadas galletas con chispas de chocolate y la suave voz de mi mamá.

Las cosas estaban mal en su casa y, cuando Carter murió, ni las mejores galletas, ni las voces más cálidas, ni los abrazos más fuertes lograron consolar a Dakota. Compartíamos el dolor y los buenos momentos, pero cuanto más lo pienso y más lo comparo con las relaciones que me rodean y que leo en los libros, más me doy cuenta de que, además de ser familia, no éramos más que unos niños.

¿Se supone que tenemos que pasarnos toda la vida con esa persona que nos ayuda a crecer? ¿O es sencillamente un alto en el camino de nuestro desarrollo como seres humanos? ¿Termina su papel cuando aprendemos lo que necesitamos aprender de ellos para lograr llegar a la siguiente parada? En su momento, creía que Dakota era mi trayecto entero y mi destino, pero estoy empezando a sentir que yo no era más que un alto en su camino.

«Landon Gibson, participante amateur en relaciones, ¿tienes la menor idea de qué estás hablando?».

Contesto la llamada justo cuando entra el buzón de voz. Llamo a Hardin de inmediato y contesta al instante.

—Hola —digo, y miro a Tessa, que se está cubriendo con la cobija hasta el cuello como si eso fuera a protegerla de algo.

—¡Estoy a punto de reservar el vuelo. Es para el mes que viene! —dice Hardin gritando.

Con cada palabra que sale de su boca, Tessa tiembla visiblemente. Se levanta y se va a su cuarto sin decir palabra.

—No sé si es buena... —susurro para que ella no me oiga.

—¿Por qué? —me interrumpe él—. ¿Qué pasa? ¿Dónde está Tess?

—Acaba de irse a su cuarto después de temblar como si alguien le estuviera gritando en cuanto oyó tu voz. —Siento decírselo así, pero es la verdad.

Hardin emite un sonido que me duele.

—Si quisiera hablar conmigo... Odio esta puta mierda.

Suspiro. Sé que lo odia. Y ella también. Y yo. Pero es él quien se hizo esto a sí mismo, y a ella, y no es justo que la fuerce a hablar con él si ella no quiere hacerlo.

—Intenta darle el teléfono —me exige.

—Sabes que no puedo hacer eso.

—Carajo.

Me lo imagino pasándose la mano por el pelo.

Me cuelga y no vuelvo a llamarle.

Al cabo de unos minutos, toco la puerta de Tessa. La abre casi inmediatamente, y yo doy un paso atrás hacia el distribuidor. Me quedo mirando el cuadro del gato atigrado y sigo sin entender cómo es posible que hasta el otro día no me hubiera fijado en esas imágenes tan singulares.

—¿Estás bien? —le pregunto a mi amiga.

Ella se mira los pies y luego vuelve a mirarme a la cara.

—Sí.

—Mientes fatal —replico.

Ella retrocede hacia su cuarto y deja la puerta abierta para que pase. Se sienta en el borde de la cama y yo echo un vistazo a mi alrededor. El cuarto está perfectamente limpio y ordenado, como de costumbre, y lo ha decorado un poco más desde que estuve aquí por última vez. La tele ya no está sobre la cómoda y, en su lugar, hay un montón de libros dispuestos por autor. Me llama la atención ver tres copias muy usadas de *Orgullo y prejuicio*.

Tessa se acuesta en la cama y se queda mirando al techo.

—De verdad que me parece bien que venga de visita. Es tu hermanastro y no voy a impedirle verte.

—Tú también formas parte de mi familia —le recuerdo entonces.

Me siento en el otro extremo de la cama, cerca de la cabecera tapizada de azul. El color hace juego con las cortinas, y no se ve ni el polvo en la repisa.

—No hago más que esperar y esperar, y no sé cómo lograr... —dice con voz plana y distante.

—¿Esperar a qué?

—A que deje de ser capaz de hacerme daño. El mero hecho de oír su voz...

Aguardo a que recobre el aliento y entonces digo:

—Supongo que necesitas tiempo.

Ojalá lo odiara también para poder decirle lo poco que le conviene y que está mejor sin él, pero no soy capaz. Y tampoco soy capaz ni voy a fingir que ambos están mejor cuando están juntos.

—¿Puedo preguntarte algo? —dice Tessa con voz suave.

—Claro. —Subo los pies a su cama, los apoyo en su blanco edredón y espero que no se dé cuenta de lo sucios que traigo los calcetines.

—¿Cómo superaste lo de Dakota? Me sabe fatal pensar que tú te estabas sintiendo así y que yo apenas te serví de consuelo. Estaba tan sumida en mis propios problemas que en ningún momento me pasó por la cabeza que tú te estabas sintiendo como yo me siento ahora. Lamento haber sido tan mala amiga.

Me río suavemente.

—No eres mala amiga. Mi situación era muy distinta de la tuya.

—Eso es muy típico de Landon. Sabía que me dirías que no soy mala amiga. —Sonríe, y no recuerdo cuándo fue la última vez que lo hizo—. Pero, en serio, ¿cómo lo superaste? ¿Todavía te duele cuando la ves?

Buena pregunta. ¿Cómo lo superé?

Ni siquiera sé cómo responder. No quiero admitirlo, pero creo que nunca llegué a sentirme tan mal como se siente Tessa. Me dolió cuando Dakota terminó conmigo, sobre todo por el modo en que lo hizo, pero no me hundí en la miseria. Mantuve la cabeza alta, intenté seguir siendo un apoyo para ella y continué con mi vida.

—En mi caso fue muy diferente. Dakota y yo apenas nos habíamos visto en los últimos dos años, así que no estaba siempre con ella como tú con Hardin. No llegamos a vivir juntos, por lo que supongo que ya me había acostumbrado a sentirme solo.

Tessa se voltea, quedándose de lado, y apoya la barbilla en el codo.

—¿Te sentías solo mientras estaban juntos?

Asiento.

—Vivía al otro lado del país, ¿recuerdas?

Ella también asiente.

—Sí, pero no deberías haberte sentido solo.

No sé qué decir. Me sentía solo, incluso a pesar de que hablábamos todos los días. No sé qué dice eso sobre mí, o sobre nuestra relación.

—¿Te sientes solo ahora? —me pregunta Tessa, y me mira fijamente con sus ojos grises.

—Sí —respondo con sinceridad.

Vuelve a acostarse boca arriba y a mirar al techo.

—Yo también.

DIECINUEVE

Hoy las clases se me han hecho eternas. Bueno, hoy y toda la semana. No lograba concentrarme después de lo que pasó con Dakota. Y encima Hardin me llama para decirme que va a venir el próximo fin de semana.

El próximo fin de semana.

Tessa no tiene mucho tiempo para hacerse a la idea de que él va a estar aquí, en su espacio.

Cuando me llamó anoche, no le contesté. Tessa y yo estábamos demasiado ocupados regodeándonos en nuestra soledad, y era la primera vez que conectábamos de verdad desde hacía mucho. Era triste pero agradable al mismo tiempo estar ahí con ella.

Y, milagro de los milagros, en lugar de llamar sin parar, Hardin se dignó a dejar un mensaje de voz. Todavía no lo puedo creer. Pero, ahora que lo pienso, dijo que tenía que venir porque debía acudir a una cita en la ciudad a la que no podía faltar.

Seguro que está solicitando empleo aquí; ¿por qué, si no, iba a tener una cita inamovible en Nueva York? Tiene que ser algo de trabajo...

O ya se hartó de estar lejos de Tessa. No puede estar demasiado tiempo alejado de ella, necesitará su dosis.

Cuando llego a mi edificio, veo que un ruidoso camión de reparto está parado en medio de la calle. El establecimiento de comidas para llevar que tenemos debajo de casa hace repartos durante toda la noche. Al principio, las voces y el ruido de las puertas cerrándose, abriéndose y cerrándose de nuevo me sacaban de quicio porque estaba acostumbrado al silencio absoluto de los barrios de la periferia del estado de Washington, en el castillo Scott en lo alto de la colina. Todavía recuerdo lo grande que me pareció esa casa cuando llegamos en el coche de mi mamá. Decidimos atravesar el país en coche hasta allí a pesar de los intentos de Ken de pagar nuestros vuelos y contratar un servicio de mudanzas. Volviendo la vista atrás, creo que mi mamá era demasiado orgullosa como para dejar que él pensara que estaba con él por otra cosa que no fuera amor.

Me acuerdo de la primera vez que la oí reírse delante de él. Era una risa nueva, una risa que le cambiaba la cara y la voz. El rabillo del ojo se le curvaba hacia arriba y las carcajadas salían de ella e inundaban la habitación de luz y de aire fresco. Tenía la sensación de que era una persona distinta, una versión más alegre de la madre que conocía y a la que adoraba.

Por supuesto, cuando hablo con ella ahora, siempre menciona algo que le preocupa sobre mí. Me refiero a mis hábitos de sueño desde que me mudé a esta ciudad. No para de preguntarme cuándo voy a ir al médico para tratármelo, pero no estoy preparado para enfrentarme a todas las partes prácticas que conlleva vivir en un nuevo lugar. Lo de los médicos y lo de renovar la licencia de manejo pueden esperar. Además, no quiero manejar en esta ciudad, y, respecto al sueño, mi auténtico problema son los camiones de basura que pasan cada día a las tres de la madrugada.

Por eso, en lugar de ir al médico, tengo mi reproductor de ruido blanco. Me ayudó muchísimo. A Tessa le gusta la máquina, pero dice que ella creció al lado de unas vías de tren y que extrañaba su sonido por las noches. Últimamente ambos parecemos estar aferrándonos a cualquier cosa que nos recuerde a nuestro hogar. Estando en Nueva York tengo la sensación de que tu casa es en realidad tu fortaleza, o al menos un cuchitril que puedes controlar dentro de esta ciudad. Por lo visto, controlar los sonidos que oímos nos ayuda tanto a Tessa como a mí a sentir que tenemos el control, y no al contrario.

Dentro, los rellanos de mi edificio están vacíos y silenciosos. Espero pacientemente a que el elevador descienda y me meto en él. Por lo general subo y bajo por la escalera, pero, como esta mañana me esforcé más de lo normal corriendo antes de clase, ahora mis pantorrillas lo están pagando.

Cuando salgo del elevador y recorro el descanso de mi piso, huele a azúcar y especias. Nora debe de estar aquí, y ella y Tessa deben de estar preparando algo dulce y harinoso en mi cocina.

Oigo música; la voz melodiosa de Halsey, una cantante alternativa posicionándose a favor de la juventud ignorada que inunda el departamento cuando abro. Me quito los zapatos y los dejo al lado de la puerta. Cuando entro a la cocina, dejo la botella de leche en la barra, cerca de Tessa, pero es Nora quien me da las gracias primero.

—De nada —respondo, y me quito la chamarra.

Tengo que hacer algo para Ellen, por su cumpleaños.

Hoy parecía aún menos emocionada al respecto que cuando le pregunté por su gran día la semana pasada.

—Caminaba justo por delante de la tienda cuando Tessa me mandó el mensaje —añado.

Aun así, Nora me sonríe.

Madre mía, es todavía más guapa de lo que la recordaba, y sólo ha pasado una semana desde la última vez que la vi.

Nora toma la leche y se acerca al refrigerador.

—Te perdiste un fracaso de la repostería épico. Tessa agregó crema ya batida en lugar de crema para batir a la receta de los *muffins*.

—Habíamos quedado en mantenerlo en secreto —protesta Tessa en broma, y me mira—. La masa se quedó plana.

—Sí, después de quemarse —dice Nora por encima del hombro.

Creo que me gusta lo cómoda que parece sentirse aquí. Me gusta que se desenvuelva con facilidad en mi cocina, con la espalda erguida y la boca relajada, sin tensiones. Abre el refrigerador y mete la leche. Aparto la mirada cuando se inclina para tomar una jarra llena de agua fresca del estante inferior. Me esfuerzo por no centrarme en lo pegados que son sus pantalones blancos. No son pants, pero tampoco son para yoga. Me da igual qué clase de pantalón sea, le hace un trasero fantástico cuando se agacha y acentúa su figura de pera.

Trae una camiseta de manga larga tipo beisbol, de ésas en las que las mangas son de un color distinto del resto, con las mangas azul oscuro subidas hasta los codos. Tiene el pelo, negro y denso, recogido en una cola de caballo alta y trae unos calcetines estampados con dibujos de tiras de tocino y huevos. La piel de su vientre se asoma, pero me niego a mirar, porque, de lo contrario, sé que no podré dejar de hacerlo.

Nora se acerca al horno y saca una bandeja de galletas; ¿o son los *muffins*? Es muy posible que lo sean. No suelo comerlos. En Grind vendemos unos *muffins* saludables que saben a cereales cubiertos de aceite de oliva y elaborados con pan integral, pero no son lo mío.

Todo es culpa de mi mamá, por haber tenido tan buena mano para la cocina. Mi casa estaba siempre repleta de dulces, lo que con toda probabilidad explica por qué yo era un niño gordito. Tengo que esforzarme un poco más que el resto de la gente para poder permitirme comer las cosas que me gustan. Tardé un tiempo en darme cuenta, pero me alegro de haberlo hecho. Recuerdo cómo me sentí cuando los cretinos de mi escuela dejaron de tener motivos para burlarse de mi peso, aunque no tardaron en encontrar otras cosas con las que meterse conmigo, pero yo me sentía mejor, mental y físicamente, y empecé a desarrollar una seguridad en mí mismo que nunca había tenido.

Las dos chicas han estado en la cocina todos los días de esta semana, pero yo me he refugiado en mi cuarto para intentar avanzar trabajos para la facultad o quedándome dormido después de trabajar. Incluso en sueños oigo las voces de clientes insatisfechos mientras miran el cartel con el menú que tenemos colgado en la pared.

«Hum, ¿tienen *frappuccinos* como en Starbucks?».

«¿Por qué no tienen leche de almendras?».

«¿Qué diferencia hay entre un *cappuccino* y un *latte*?».

Hoy sólo trabajé tres horas, pero esta semana me dejó agotado. Aunque, por muy cansado que esté, esta noche no quiero encerrarme en mi habitación. Me apetece hablar con Tessa, e incluso con Nora. Detesto el modo en que mi pecho se tensa cuando me mira directamente a los ojos. Sin embargo, he decidido que esta noche quiero socializar. Está bien relacionarse con la gente de vez en cuando, aunque sólo sea con ellas dos.

Nora retira los *muffins* de la bandeja caliente y los coloca en una rejilla para dejarlos enfriar. Huelen a arándanos. Me siento en la pequeña mesa de la cocina y observo cómo Nora se desplaza por la estancia. Toma una bolsa de plástico llena de un brebaje amarillo y retuerce el extremo para formar un abultado triángulo de cremoso glaseado. Coloca la pequeña punta de metal en el puntiagudo extremo, aprieta y cubre de glaseado la parte superior de cada uno de los *muffins*.

Nora dice algo acerca de que añadir la cobertura hará que estén más buenos, pero yo estoy muy ocupado intentando asegurarme de que mis ojos no permanezcan demasiado tiempo fijos en ella como para ponerle atención.

De repente me pregunto si debería quedarme aquí con ellas o no. No quiero molestarlas.

—¿Qué tal te fue en el trabajo? —me pregunta Tessa.

Introduce los dedos en un tazón de masa densa repleta de unas bolitas azules. Parecen arándanos. Abre la boca y se chupa un dedo.

Miro hacia Nora, que se está arremangando otra vez. Entonces me fijo en la tela del extremo inferior de su camiseta. Parece que alguien la cortó con unas tijeras para dejar al descubierto diez centímetros de vientre.

Normalmente no es algo que me moleste en absoluto. No creo que a nadie pueda molestarle, a menos que los torture demasiado la idea de que esté delante sabiendo que no pueden tener nada con ella.

Su piel es algunos tonos más oscura que la mía, y a simple vista no sabría decir de qué etnia procede. Es una mezcla de algo bello y único. No podría describirlo exactamente, pero la forma almendrada de sus ojos verdes es hechizante, y sus cejas oscuras y sus gruesas pestañas hacen sombra a sus marcados pómulos. Esa camiseta le queda de maravilla, como todos los conjuntos modernos que le he visto usar. Sus caderas al aire son generosas, y es difícil apartar la vista de esos pantalones blancos de algodón que se pegan a su trasero.

¿Me había fijado en eso ya?

Me permito observarla durante unos segundos, observarla de verdad. No va a pasar nada porque la mire un segundo o dos..., ¿no?

Ella permanece ajena a mi mirada, a mi deseo de recorrer la piel desnuda de su espalda con los dedos. Mis pensamientos me llevan ahí, a un mundo en el que Nora está acostada a mi lado y mis dedos acarician su piel bronceada. Me encantaría verla recién salida de la regadera, con el pelo húmedo y ondulado en las puntas, con la piel mojada y sus oscuras pestañas aún más negras en contraste con su piel al parpadear...

—¿Tan mal te fue? —pregunta Nora.

Sacudo la cabeza. Estaba tan sumido en mis pensamientos que no he respondido a la pregunta de Tessa sobre mi jornada. Le digo que fue un día más, ajetreado y estresante. Durante las primeras semanas de facultad, las cafeterías suelen estar llenas, incluso al otro lado del puente de Brooklyn.

No las aburro con los detalles de que se rompió la llave del fregadero y el agua sapicó a Aiden en toda la cara. No voy a decir que me reí cuando no me veía. Se enojó mucho porque se le estropeó el peinado. Y lo más gracioso es que fue él mismo el que estaba manipulando a llave, mientras alardeaba de que sabía cómo reparar el goteo.

Draco volvió a fracasar.

Tessa me cuenta que pidió hacer turnos extras durante los próximos dos fines de semana, y sé que en realidad está deseando saber cuándo va a venir Hardin para poner distancia de por medio. Debería decirle que vendrá el fin de semana que viene, pero prefiero esperar a que Nora se vaya para que Tessa pueda quedarse un rato a solas para hacerse a la idea y prepararse.

He sido testigo de cómo la luz de Tessa se ha ido apagando cada día que pasa sola en la ciudad mientras que Hardin va prosperando gracias a la influencia de su grupo de amigos y el consejo de su terapeuta. Creo de verdad que está mejorando y que este tiempo separados es necesario para él, aunque lo deteste.

Si estos dos no acaban casados y con unos niños testarudos de pelo rebelde, dejaré de creer en el amor.

Odio la palabra *terapeuta*. Le da cierta connotación negativa a alguien que pasa la vida intentando sanar a los demás.

Por alguna razón, no es adecuado hablar de que vas a terapia en los garrafones de agua del trabajo, pero difundir rumores sobre tus compañeros es totalmente aceptable. A veces, en este mundo, las prioridades de la gente dan asco.

—¿Sabes algo de tu mamá? —me pregunta Tessa.

Nora se desenvuelve de nuevo como pez en el agua por la cocina. Lava las rejillas de enfriamiento y humedece una esponja para limpiar la barra mientras yo le explico a Tessa que mi hermanita está usando la barriga de mi madre para entrenar futbol.

—Dice que seguro que la pequeña Abby es una de las primeras seleccionadas en el SuperDraft de la liga de futbol —les cuento.

Mi mamá dice que le duele mucho el cuerpo por la noche, mientras hace hueco para que el bebé crezca en su interior. Pero no se queja. Está maravillada de los cambios que su cuerpo es capaz de realizar a su edad, y se siente eternamente agradecida por estar teniendo un embarazo sano y sin incidentes.

—Me perdí con eso del Superalgo de la liga de futbol —dice Nora, y sus labios se curvan hacia un lado con expresión divertida.

Pero sólo ligeramente divertida. Sus ojos parecen tener siempre un toque de aburrimiento, como si su vida anterior al momento actual fuera mucho más emocionante que lo que está haciendo ahora.

—Deporte. ¿No te gusta ninguno? —pregunto.

Sé que a Tessa no.

Nora niega con la cabeza.

—No. Preferiría sacarme los ojos y comérmelos con cátsup antes que ver deportes.

Me río ante su respuesta detalladísima y morbosa.

—Vaya.

Alargo la mano para tomar un *muffin* que ya cubrió con glaseado, pero me detiene justo antes de que llegue a hacerlo.

213

—Hay que dejar que el glaseado se endurezca —me explica sin soltarme la mano.

—Sólo unos tres minutos —añade Tessa.

Siento la cálida mano de Nora sobre la mía.

¿Por qué no me suelta?

Y ¿por qué no quiero que lo haga?

Se suponía que tenía que olvidarme de cualquier posible atracción física que sintiera por ella, se suponía que debía hacerme a la idea de ser sólo su amigo. Así que es absurdo que continúe con estas estúpidas preguntas acerca de por qué siento esto o lo otro, pero al hacerlo me parece que tengo un mayor control de mí mismo.

Constantemente debo recordarme que sólo soy su amigo. Me resulta difícil lograrlo cuando la tengo aquí delante, mirándome de esta manera y tocándome así, con la ropa que trae puesta.

Observo nuestras manos unidas, la suya más oscura que la mía y, cuando nuestras miradas se encuentran, ella parece recordar que no debería estar sosteniendo mi mano así. Los amigos no se toman de las manos.

El teléfono de Tessa comienza a sonar entonces y Nora da un respingo. Se pone colorada y quiero tocarla de nuevo, pero no puedo hacerlo.

—Es mi jefe. Tengo que contestar —dice Tessa.

Se detiene un instante, nos mira a ambos y se pregunta en silencio si nos parece bien que nos deje solos.

Nora le sonríe levemente y dice con los ojos lo que su boca y la mía no dicen.

Con cada paso que Tessa se aleja por el pasillo, el ambiente en la cocina va volviéndose cada vez más denso. Nora se mantiene ocupada tomando un molde de la barra y dejándolo en el fregadero. Abre la llave, agarra la botella de jabón y se pone a lavarlo. No sé si debo quedarme aquí parado mientras ella lava el utensilio o si debería irme a mi cuarto y pasar la noche solo, otra vez.

Saco mi teléfono y me pongo a ojear los últimos mensajes de texto. Tengo uno de Posey, un chiste de meseros. Empiezo a morirme de risa y Nora comienza a girar los hombros en mi dirección. Pero se detiene antes de voltear por completo.

Toma la botella de jabón y vuelve a apretarla. Unas furiosas burbujitas flotan a su alrededor y me doy cuenta de que aún está lavando el mismo molde de antes.

Me acerco a ella en silencio y miro al interior del fregadero. El molde está limpio. En su superficie no queda ningún resto de masa, sólo una espesa capa de jabón espumoso e innecesario. Sus largos dedos trabajan en el molde ya limpio, y yo avanzo otro paso más hacia ella. Mi pie tropieza con una de las patas de las sillas de madera de la cocina y ella da un brinco sobresaltada al oír el ruido.

—Bueno, ¿qué tal? ¿Alguna novedad? —le pregunto como si nunca antes hubiera hablado con ella y como si no acabara de tropezar con la silla.

Nora eleva los hombros, suspira profundamente y sacude la cabeza. Los rizos de su cola de caballo se menean adelante y atrás con sus movimientos.

—Pues la verdad es que no —se limita a responder, y vuelve a ocuparse en lavar el molde.

Por fin, lo enjuaga y lo deja en el escurridor que hay al lado del fregadero.

«¿Dónde está Tessa?». Ojalá volviera y pusiera fin a esta situación tan incómoda.

—¿Qué tal el trabajo? ¿Te sigue gustando trabajar allí?
—Soy incapaz de mantener la boca cerrada.

Nora se encoge de hombros otra vez, y me parece oírla decir: «No está mal».

—¿Estás enojada conmigo o algo? —dice mi boca por mí.

«¿Que si está enojada conmigo?». ¿Acaso volví a los cinco años, cuando le preguntaba a Carter si estaba enojado porque mi mamá había atropellado sin querer uno de sus juguetes en el camino de acceso?

Antes de que me dé tiempo de contestar algo más que pueda hacer que la situación sea todavía más incómoda entre los dos, Nora se voltea y me mira. Me parece atisbar un latido en la curva de su garganta, y su pecho asciende y desciende de manera lenta pero agitada. Mi propio pecho arde, es una sensación rara que no debería tener, no por una persona que es prácticamente una extraña.

—¿Enojada contigo? ¿Por qué? —pregunta con una mirada sincera, y hace un puchero mientras espera una respuesta que es más complicada que la que puedo dar en unos segundos.

Me paso la mano por el cuello y pienso y pienso. Siempre estoy pensando.

—Por todo. Por lo de Dakota, por lo del beso, por...

Cuando Nora abre la boca para hablar, me detengo a media frase para permitírselo. Apoya el codo sobre la barra y me mira fijamente. Su mirada es tan intensa que me gustaría conocerla lo bastante bien como para saber qué es lo que está pensando, qué siente. Por más que lo intento, no logro interpretarla.

Se me suele dar bastante bien analizar a la gente y su comportamiento. Por lo general soy capaz de intuir lo que sienten los demás, incluso las cosas que no quieren decir en voz alta. Una breve mirada hacia el lado opuesto de la habitación o tal vez un sutil cambio del peso del cuerpo de una pierna a la otra..., hay un millón de maneras de interpretar a las personas.

—No estoy enojada contigo para nada. Todo esto ha sido un poco problemático, sí —dice, y algo en el modo en que su voz se corta al final de la frase me inquieta.

Nunca he querido nada más que escuchar las partes de su vida que mantiene ocultas.

Todo su ser me recuerda a una especie de secreto; es lo más parecido a descubrir un auténtico misterio de la vida, uno difícil de descifrar y más difícil todavía de resolver.

—Landon, el motivo por el que...

Pero su voz se interrumpe al oír el rechinar de unos tenis sobre los limpios azulejos del suelo.

Volteo. Los tenis blancos que rozan el suelo pertenecen a un par de piernas cubiertas por unos mallones. El cuerpo es delgado y trae un reluciente tutú y un leotardo negro.

Dakota examina a Nora, que está a tan sólo unos centímetros de distancia de mí, y parece transformarse en algo más grande, en algo más oscuro y fuerte.

Dakota yergue los hombros y saca el pecho ligeramente para demandar atención.

—Dakota. —Me acerco a ella de manera automática y me aparto de Nora.

—Así que veniste aquí... —dice Dakota.

Me siento algo confuso al ver que no se dirige a mí, sino a Nora.

Nora me mira a los ojos.

—No, sólo estaba aquí con Tessa...

Dakota la interrumpe a media frase:

—Te he dicho que te largaras, no que vinieras corriendo hasta él.

No entiendo nada de lo que está pasando. La voz de Dakota se eleva como un furioso tsunami dispuesto a tragarse mi minúsculo departamento de Brooklyn.

—Te dije que no te acerques a él —continúa—. Es terreno prohibido. Quedamos así.

Luego mira a Nora con los ojos entornados y cargados de recelo. Nora los tiene abiertos como platos, sorprendida todavía de ver a Dakota en la cocina.

—Tengo que irme —señala.

Toma el trapo de la barra para secarse las manos. Lo hace apresuradamente, y Dakota y yo permanecemos en silencio mientras ella sale de la cocina sin mirarnos a ninguno de los dos. La puerta de la entrada se abre y se cierra en menos de veinte segundos, y Nora se va sin siquiera despedirse de Tessa.

Todo sucede tan rápido y yo estoy tan pasmado que no tengo la oportunidad de seguirla. Me pregunto por un instante si lo habría hecho, y cómo habría reaccionado Dakota si hubiera sido así.

VEINTE

Dakota está de pie en la cocina, mirándome fijamente y con la boca fruncida en un gesto furioso. Trae el pelo suelto y unos caireles rebeldes le caen sobre los hombros. Juguetea con sus uñas, y la verdad es que no me gusta nada su actitud; se comporta como si estuviésemos en la preparatoria.

Mejor dicho, parece una niña de primaria, y el tutú que trae no contribuye a que tenga aspecto de adulta.

—¿Qué fue eso? ¿Qué demonios te pasa? —pregunto.

Igual fui un poco brusco, pero necesito respuestas. Esto no tiene sentido.

Y, cómo no, se pone de inmediato a la defensiva y me fulmina con la mirada como si fuera yo el que estuviera actuando como un niño celoso. Dakota no contesta, sólo me observa y suaviza la mirada. Hace pucheros y se apoya con aire despreocupado contra la barra como si no hubiera ocurrido nada.

Decido no dejarlo pasar.

—¿Por qué acabas de correr a la amiga de Tessa de nuestro departamento?

Ella me mira. Supongo que su silencio no es más que una táctica para ganar tiempo y decidir qué decir.

Por fin, al cabo de unos segundos, suspira y empieza a hablar.

—Para mí no es sólo la amiga de Tessa, Landon. Es mi compañera de departamento, y no quiero que se acerque a ti. No te conviene. Y no voy a permitir que intente enamorarse de ti.

Hace una pausa y añade:

—Me niego a dejar que eso suceda.

No sé qué es peor: si su tono de su voz o los celos posesivos que transpiran sus palabras, pero se me ponen los pelos de punta y empiezo a sentir cómo se acumula la adrenalina en mi pecho.

—Bueno; para empezar, no tenía ni idea de que vivieran juntas, así que todavía lo estoy procesando. Y, en segundo lugar, tú no eres nadie para decidir quién me conviene y quién no, Dakota —le digo.

Se queda pasmada, como si acabara de darle una bofetada.

—¡Así que te gusta! —exclama, y tuerce el gesto al concluir su afirmación.

Con cada segundo que pasa estoy más y más enojado con ella, y siento que la tensión entre nosotros aumenta conforme asciende y desciende mi pecho al respirar.

—No. Bueno, la verdad es que no sé qué siento por ella. —Mi respuesta suena como si estuviera evitando decir la verdad, pero lo cierto es que no lo sé.

Siempre he sido sincero con Dakota, excepto en aquellos contados momentos en los que era mejor no expresar la verdad.

Lo que sí sé es que ella no tiene derecho a decidir por mí.

Cruza la cocina en mi dirección y su reluciente tutú se mece con cada paso que da.

—Bueno, pues intenta averiguarlo, porque no quiero que estés confundido respecto a lo que sientes por mí también. —Pone los ojos en blanco.

Reconozco ese tono, esa coraza.

—Basta. Conéctalas —le digo.

Ella sabe perfectamente a qué me refiero.

Dakota es especialista en desconectar completamente sus emociones para evitar exponerse al dolor y, con los años, yo me he especializado en recordarle que las conecte y que baje la guardia. Pero sólo cuando sé que es seguro que lo haga; siempre he querido mantenerla a salvo.

Suspira vencida.

—Últimamente he estado pensando mucho en ti.

—Y ¿qué has pensado? —le pregunto.

Dakota traga saliva y se muerde el labio inferior.

—Que te quiero, Landon.

Lo manifiesta como si tal cosa, como si sus palabras no fueran a causar ningún efecto en mí, como si no fueran a deshacer ese inmenso nudo que está alojado bajo mi caja torácica que tanto ha esperado que ella lo deshaga para aliviar el dolor.

Esas palabras no habían salido de su boca desde antes de que me mudara a Nueva York. En su día, esas palabras me resultaban tan normales como oír mi propio nombre, pero ya no.

Ahora me atraviesan e interfieren en los avances que había hecho para recuperarme de la dolorosa soledad que sentí cuando me dejó. Amenazan con derribar la ya de por sí frágil fortaleza que me había esforzado por levantar desde que decidió que ya no quería estar conmigo.

Esas palabras significan mucho más para mí de lo que

ella puede llegar a imaginar, y siento que el corazón se me va a salir del pecho de un momento a otro.

No esperaba una declaración de amor por su parte. Estaba preparado para que me soltara palabras furiosas.

No sé cuál de las dos cosas me dolería más, la verdad.

—Es cierto, Landon —dice Dakota interrumpiendo mi silencio, y cierro los ojos—. Te he querido desde que tengo uso de razón, y lamento seguir causándote problemas. Sé que te hago daño, sé que te lo hice, y lo siento muchísimo...

Su voz se rompe al final de la frase y sus ojos se inundan de lágrimas. Ahora está más cerca, tanto que oigo su respiración.

—He sido una egoísta, sigo siéndolo, y aunque sé que no tengo ningún derecho, no soporto verte con nadie más. No estoy preparada para compartirte. Recuerdo la primera vez que te vi...

Abro los ojos e intento recuperar el aliento.

Debería detenerla e impedir que siga desenterrando viejos recuerdos, pero no soy capaz. Quiero oírlos.

Necesito oírlos.

—Ibas por la calle con tu bicicleta. Yo te veía desde la ventana de mi cuarto. Carter acababa de volver a casa de un campamento y uno de los padres había llamado al mío para hablar sobre una especie de rumor, algo acerca de que Carter había intentado besar a otro niño.

Se me encoge el corazón al oír sus palabras. Nunca habla de Carter, no con tanto detalle, ya no.

—Mi papá salió corriendo por el pasillo, cinturón en mano. —Se estremece.

Yo también lo hago.

—No paraba de gritar. Recuerdo que pensé que la casa se iba a derrumbar si no paraba.

Dakota tiene la mirada perdida. Ya no está en Nueva York, está de vuelta en Saginaw. Y yo estoy allí con ella.

—Tú ibas por la calle con tu bicicleta y tu mamá estaba contigo, tomándote fotos o grabándote en video, y, cuando Carter empezó a gritar con cada latigazo que recibía, yo me quedé mirándolos a tu mamá y a ti. Ella cayó al suelo, como si hubiera tropezado con su propio pie o algo así, y tú corriste junto a ella como si tú fueras el padre y ella la hija. Recuerdo que deseé ser más fuerte, como tú, y ayudar a Carter. Pero sabía que no podía.

Sus labios empiezan a temblar y se me parte el alma. Un intenso dolor invade mi cuerpo entero.

—Ya sabes lo que ocurría cuando intentaba ayudarlo.

Lo sabía. Había sido testigo de ello en varias ocasiones. Mi mamá llamó a la policía dos veces, hasta que nos dimos cuenta de que el sistema era tremendamente defectuoso y mucho más complicado de lo que dos niños pudieran llegar a imaginar.

Mis pies se mueven y me acercan a Dakota sin el permiso de mi mente. Pero ella levanta la manita y me detengo en seco.

—Tú, escucha, no intentes arreglar nada —me ordena.

Hago todo lo posible por cumplir sus deseos. Me quedo mirando los dígitos verdes del reloj de la cocina y pongo las manos detrás de la espalda. Son casi las nueve, el día ha pasado de largo sin mí.

Continúo con la mirada fija en los números mientras ella prosigue.

—Recuerdo la primera vez que hablaste conmigo, la

primera vez que me dijiste que me querías. ¿Tú te acuerdas de la primera vez que me dijiste que me querías?

Claro que me acuerdo. ¿Cómo iba a olvidar ese día?

Dakota había huido de su casa; Carter me dijo que llevaba horas desaparecida. Su papá, borracho y aparentemente indiferente ante el hecho de que su hija de quince años hubiera desaparecido, estaba sentado en su sucio sillón reclinable con una cerveza fría en la mano. Tenía una barriga inmensa. Todo el alcohol y la cerveza debían ir a parar a alguna parte. Llevaba semanas sin rasurarse, y tenía una barba espesa y desaliñada.

No logré obtener ninguna respuesta por su parte. Ni siquiera conseguí que apartara la vista de la maldita pantalla de la televisión. Recuerdo que estaba viendo «CSI», y que la pequeña sala estaba cargada de humo y plagada de basura. La mesa estaba llena de latas de cerveza vacías y el suelo estaba repleto de revistas sin leer.

—¿Dónde está? —le pregunté por quinta vez.

Le gritaba tanto que tenía miedo de que reaccionara y me golpeara como lo hacía con su hijo.

Pero no lo hizo, se quedó allí sentado, mirando la pantalla, y yo me rendí pronto, pues sabía que estaba demasiado ebrio como para hacer nada útil.

Se movió y di un pequeño brinco, pero me relajé al ver que sólo lo había hecho para tomar su paquete de tabaco Basic. Cuando agarró el cenicero, un montón de colillas y de ceniza cayeron sobre la alfombra café. No pareció percatarse, como tampoco parecía percatarse de mi presencia y de mis preguntas sobre el paradero de su hija.

Tomé mi bici y di una vuelta por el barrio, deteniendo a todas las personas con las que me encontraba. Empecé a asustarme cuando Buddy, uno de los borrachos que vivía junto al bosque, me dijo que había visto adentrarse en él a Dakota. Llamábamos a las hileras de árboles y basura *el Territorio*, y estaba repleto de gente con vidas vacías. Las drogas y el alcohol eran lo único que tenían, y dejaban el bosque lleno de sus escombros.

El Territorio no era seguro. No estaba segura en el bosque.

Dejé la bici junto a un grupo de píceas y me adentré en la oscuridad como si se me fuera la vida en ello. Y, en cierto modo, así era.

Seguí las voces y decidí ignorar el dolor de mis músculos mientras corría hacia el centro. El Territorio no era muy grande. Se atravesaba fácilmente de un lado a otro en cinco minutos. La encontré en el medio, sola, ilesa, con la espalda pegada a un árbol.

Cuando lo hice, me ardían los pulmones y apenas podía respirar, pero estaba a salvo, y eso era lo único que importaba. Estaba sentada cruzada de piernas en el suelo del bosque, rodeada de lodo y de palos y hojas, y yo no me había sentido tan aliviado en toda mi vida.

Levantó la vista y me vio allí, delante de ella, con las manos en las rodillas, intentando recuperar el aliento.

—¿Landon? —Parecía confundida—. ¿Qué haces tú aquí?

—¡Te estaba buscando! ¿Qué haces tú aquí? ¡Sabes que es peligroso! —le grité, lo que provocó que sus ojos oscuros observaran nuestro alrededor y, entonces, asimiló dónde estaba.

Una manta sucia y vieja pendía de unas ramas rotas y hacía las veces de tienda de campaña. Había botellas de cerveza tiradas por el suelo y la lluvia todavía no se había secado en algunos lugares, de manera que había basura mojada y charcos de lodo por todas partes.

Me incorporé y le ofrecí la mano.

—No vuelvas nunca más aquí, no es seguro.

Ella parecía estar en trance cuando ignoró mi mano y dijo:

—Debería matarlo. ¿Sabes? Creo que podría hacerlo sin que hubiera consecuencias para mí.

Sus palabras me partieron el alma. Me agaché, apoyé la espalda en el árbol y entrecrucé los dedos con los suyos.

—He estado viendo muchos programas de crímenes y, por cómo bebe y los problemas que causa..., no me pasaría nada. Podría tomar el dinero que me dieran por la casa y largarme de esta ciudad de mierda. Yo, tú, Carter. Podemos irnos, Landon. Podemos...

Su voz estaba cargada de dolorosa necesidad, y me torturaba saber que se estaba planteando el plan en serio.

—Nadie lo extrañaría...

Una pequeña parte de mí deseaba poder seguirle la corriente, aunque sólo fuera por unos instantes, para aliviar su dolor, pero sabía que, si lo hacía, la realidad acabaría golpeándonos a los dos antes o después y todo sería más duro de lo que ya era.

Decidí distraerla en lugar de decirle directamente que no podía asesinar a nadie. Pero ella necesitaba huir de allí, aunque fuera sólo con la mente.

—Y ¿adónde iríamos? —le pregunté, sabiendo lo mucho que le gustaba soñar despierta.

—Podríamos ir a Nueva York. Yo me dedicaría al baile y tú podrías ser profesor. Estaríamos lejos de aquí, pero seguiríamos disfrutando de la nieve.

Conforme íbamos creciendo, cada vez que le hacía esa pregunta, Dakota me daba una respuesta distinta. A veces incluso sugería que nos fuéramos del país. París era su ciudad favorita en el mundo entero; allí podría bailar en la famosa Ópera. Entonces parecía algo imposible, vivir en algún lugar que no fuera Saginaw.

—Incluso podríamos vivir en un rascacielos por encima de la ciudad. En cualquier parte menos aquí, Landon, en cualquier parte menos aquí. —Su voz sonaba distante, como si ya estuviera allí.

Cuando la miré vi que tenía los ojos cerrados. Tenía la mejilla manchada y un rasguño en la rodilla. «Debe de haberse caído», me dije.

—Iría a donde fuera contigo. Lo sabes, ¿verdad? —le pregunté.

Ella abrió los ojos y sus labios esbozaron una sonrisa.

—¿A donde fuera? —preguntó.

—A donde fuera —le aseguré.

—Te quiero —me dijo.

—Yo siempre te he querido —le confesé.

Me apretó la mano y apoyó la cabeza en mi hombro. Permanecimos así hasta que salió el sol y se hizo el silencio en su casa embrujada.

Y ahora, aquí, en la cocina de mi departamento de Brooklyn, recordando nuestros sueños y las raíces de nuestro amor, Dakota dice con voz grave:

—Dijiste que siempre me habías querido.

—Así es —es todo lo que puedo contestar.

Porque es la verdad.

VEINTIUNO

Los últimos treinta minutos han sido, como poco, confusos. No sé cómo detener esta espiral que me lleva de nuevo hasta ella, ni si debería hacerlo. Las palabras de Dakota significan mucho para mí..., pero tengo la sensación de que algo no encaja, una parte de mí no acaba de conectar con ellas. Estoy un poco a la defensiva, y no sé si debería saltar tan rápido cuando ella me lo ordena.

Sin embargo, la espiral me atrae con tanta fuerza hacia esa persistente vocecita que me resulta casi imposible resistirme.

No quiero que termine este momento.

No quiero que se vaya.

Quiero que se quede y que compense este tiempo sin ella, que me haga sentir normal de nuevo. Es más fácil centrarse en otras personas y hacer que todos a mi alrededor estén felices que afrontar el hecho de que tal vez me siento un poco más solo de lo que me gusta admitir. Es tan sencillo volver a caer en esta rutina con ella... En su momento pensaba que mi misión en esta vida era protegerla, que todos y cada uno de los átomos de mi cuerpo se habían creado con ese único fin. Era feliz cuando la tenía, cuando tenía a alguien que hacía que me sintiera importante, necesitado, necesario.

Dakota vino aquí, vino corriendo a mí. ¿Terminó ya de huir de mí? Tengo su cuerpo tan cerca que podría alargar la mano y estrecharla entre mis brazos si quisiera, y quiero hacerlo. Necesito tocarla. Necesito saber si ese familiar cosquilleo se extenderá por todo mi cuerpo al sentir el roce de las puntas de sus dedos. Necesito saber si puede llenar los agujeros vacíos que dejó en mi cuerpo.

Doy otro paso y rodeo con el brazo su menuda figura. Ella se inclina hacia mí al instante y mis labios buscan los suyos con cautela.

Su boca es suave. Ansío perderme en las nubes de sus labios, por encima de la lógica y lejos de nuestro mutuo dolor. Quiero flotar en ese espacio en el que estamos sólo ella y yo, yo y ella. Sin rupturas, sin tragedias, sin padres de mierda, sin exámenes y sin largas horas de trabajo.

En el instante en que mis labios rozan los suyos, Dakota contiene la respiración y noto una ola de alivio. Mi boca la besa con timidez, procurando no acelerarse. Mi lengua acaricia la suya y ella se derrite en mis brazos, como siempre lo hacía.

Apoyo la otra mano en su cadera y la acerco más. La tela de su tutú roza mis pants, y ella usa las dos manos para empujar la centelleante prenda hasta el suelo y, después, se pega a mí. Su cuerpo es más duro de lo que lo recordaba; todo ese entrenamiento está empezando a dar sus frutos, y me encanta el tacto que tiene ahora, sólido y mío. Es mía, puede que no para siempre, pero en este momento sí.

Su boca es ligeramente floja, como si hubiera olvidado cómo besarme. Le acaricio la espalda mientras intenta recordar mi boca. Dibujo pequeños círculos en su cadera y ella suspira entre mis labios. Su beso es lento y su boca sabe a lágrimas, y no sé si son mías o suyas.

Solloza, y me aparto.

—¿Qué te pasa? —le pregunto, y mis palabras surgen lentas, a través del nudo que tengo en la garganta—. ¿Estás bien?

Ella asiente, y yo la miro a la cara para evaluarla. Sus ojos cafés están cubiertos de lágrimas, y sus labios, húmedos, parecen hacer pucheros.

—Háblame.

—Estoy bien. —Se seca los ojos—. No estoy triste ni nada, sólo estoy emocionada. Te extrañaba. —Solloza de nuevo y una única lágrima escapa y desciende por su mejilla.

Se la seco con el pulgar y ella suspira profundamente y apoya el rostro en mi palma.

—Necesito que me des tiempo para resolver mis mierdas. Por favor, Landon, sé que no merezco otra oportunidad, pero no quiero volver a hacerte daño. Lo siento.

La estrecho entre mis brazos cargado de alivio y de ansiedad. Llevaba meses esperando oír estas palabras, a pesar de que sólo me haya dado un sí a medias. Aunque necesite tiempo para aclararse, no esperaba una disculpa por su parte, ni mucho menos una declaración de amor.

Tal vez por eso me resulte todo tan extraño. Llevaba tanto tiempo deseando oír estas mismas palabras que quería que esto sucediera. ¿Será una bendición o una maldición? ¿O las dos cosas?

No puedo dejar de darle vueltas a la cabeza.

Dejo a un lado mis propios pensamientos y la consuelo.

—Shhh —susurro, y apoyo la barbilla en su cabeza.

Al cabo de unos segundos, ella se aparta ligeramente y me mira.

—No te merezco —dice con voz suave, y continúa sin mirarme a los ojos—: Pero nunca te he querido tanto.

Apoya la cabeza con fuerza en mi pecho mientras llora. Se aferra a mi camiseta con los puños. El leve sonido de una llamada resuena entonces por el departamento y Dakota reacciona al instante y levanta la cabeza de mi pecho.

Vaya, qué oportuno.

—Perdona, es mi representante —dice, y corre hacia la sala de estar—. Bueno, aún no lo es, pero puede que acabe siéndolo.

«¿Su representante?».

¿Desde cuándo tiene un representante? O ¿desde cuándo quiere tener uno? ¿Qué demonios hace un representante para una alumna de ballet? Sé que se está presentando a audiciones para papeles pequeños en anuncios, pero a lo mejor decidió que quiere empezar a actuar.

De repente, desde la sala de estar, grita e interrumpe mis pensamientos.

—¡Tengo que irme!

Entonces su cabeza asoma por la entrada de la cocina.

—Lo siento mucho, ¡pero esto es muy importante!

Sus lágrimas desaparecieron, y donde antes había un gesto compungido ahora hay una radiante sonrisa.

Es posible que mi rostro refleje la absoluta confusión que siento, porque Dakota entra a la cocina y dice:

—Volveré mañana, ¿de acuerdo?

Se pone de puntitas y me da un suave beso en la mejilla.

Me aprieta la mano y parece una persona totalmente distinta. Está feliz, está exultante. Extrañaba esta versión de ella, y no sé si debería sentirme decepcionado por el hecho de que vaya a dejar a medias... lo que sea que estuviéramos haciendo, o emocionado ante la oportunidad que sea que se le presenta.

Decido alegrarme por ella y no cuestionar sus motivos.

—Mañana tengo que trabajar, pero estaré aquí el viernes, después de las clases —le digo.

Dakota sonríe de oreja a oreja.

—¡Entonces vendré el viernes! —Y luego añade—: ¿Te parece bien que me quede a dormir?

Me mira con timidez, como si nunca se hubiera quedado a dormir conmigo antes. Se muerde los labios, y no puedo dejar de recordar la última vez que estuvo en mi cama. Bueno, la última, última no, porque estaba borracha y no le toqué un pelo, sino la vez anterior.

Estaba preciosa; su piel desnuda resplandecía bajo la tenue luz de mi habitación en casa de Ken. Me había despertado a la mitad de la noche con mi pene metido en su boca. Era tan cálida, tan húmeda, y yo estaba tan excitado que sentí vergüenza por venirme con sólo unos cuantos chupetones.

—¿Landon? —Dakota me devuelve a la realidad.

—Sí, claro. —La sangre se me concentra en el pene.

Las hormonas son algo traicionero y embarazoso.

—Claro que me parece bien que te quedes.

—Genial. Nos vemos el viernes —dice, y me da un besito en los labios.

Me aprieta la mano y se dirige a la puerta a toda prisa.

Me cuesta dormir. No dejo de pensar en el pasado.

Aquí acostado, mientras miro el ventilador del techo,

tengo dieciséis años y le estoy escribiendo notas a Dakota en clase y esperando que no me cachen. A ella le da risita al leer mis palabras, insinuaciones sexuales que sabía que le harían gracia. La mayor parte de los días, nuestro profesor estaba en la luna y no se enteraba de nada, así que nos pasábamos todo el rato enviándonos notitas. Ese día en concreto, para mi desgracia, se dio cuenta. Me cachó con las manos en la masa y me obligó a leer el mensaje delante de todo el grupo.

Mientras hablaba, me ardían las mejillas. Decía algo como que sabía a chocolate cubierto de fresas y que ansiaba devorarla.

Madre mía, qué patético era.

El grupo se moría de la risa, pero Dakota se quedó sentada con la espalda muy erguida, sonriéndome. Me miraba como si no tuviera la menor vergüenza, como si estuviera deseando abalanzarse sobre mi cuerpo.

Pensé que sólo estaba intentando que me sintiera menos avergonzado, para mostrar solidaridad frente a un profesor que me había obligado a revelar tal cosa ante todo el mundo.

Pero, de camino a casa, me paró y me empujó contra un rincón de su jardín y se abalanzó sobre mí.

Cuesta creer que éramos sólo adolescentes cuando estábamos juntos. Vivimos tantas cosas, tantas primeras veces, buenas y malas. Estábamos bien juntos, y aún podemos estarlo. Los recuerdos no cesan de inundar mi oscura habitación, y nunca me había sentido tan solo en mi cama.

Me muero por que llegue el viernes.

El viernes ya llegó. Se me pasó más rápido de lo que esperaba.

Ayer, después de clase, trabajé hasta tarde. Tenía turno con Posey y Aiden, pero Aiden estaba sorprendentemente callado, cosa rara en él. Parecía estar con la cabeza en otra parte, o a lo mejor es que va a algún psicólogo que le dijo que ser un patán insufrible es la principal fuente de sus problemas.

Fuera cual fuera la razón, me alegré de ello.

Dakota me mandó dos mensajes de texto ayer, y uno esta mañana, para decirme que deseaba verme. Sigo algo confundido con sus muestras de afecto, pero mi sentimiento de soledad se disipa con cada una que me ofrece.

Necesitar compañía es algo innato. Nunca me había considerado una persona que necesitara a nadie más, y a veces me pregunto por qué nos hicieron así a los humanos.

Por qué desde los principios de la historia hemos necesitado la compañía y anhelado el amor. El objetivo de la vida, tanto si se es religioso como si no, es encontrar la compañía de los amigos y de los amantes.

Los humanos son criaturas dependientes, y resulta que yo soy muy, muy humano.

VEINTIDÓS

Ya son las siete, y como no sé nada de Dakota desde primera hora de la tarde, le envío un mensaje para decirle que deseo verla.

Me contesta con una especie de *emoji*. No sé cómo interpretarlo, así que decido pensar que es un *smiley* feliz y no uno aburrido.

Espero que no me deje plantado.

En serio, espero que no me deje plantado.

Detesto el hecho de que ahora sea tan impredecible. Una gran parte de mí extraña formar parte de su vida. Era su mejor amigo, y su amante. Compartía sus pensamientos conmigo, sus esperanzas e incluso sus sueños. Soñábamos juntos, reíamos juntos; yo conocía cada pensamiento que tenía, cada lágrima que derramaba.

Ahora soy un extraño que espera a que ella decida llamarme. Añoro los días en los que no tenía que preguntarme si mi compañía era digna de su tiempo.

¿Por qué me estoy deprimiendo tanto? Necesito animarme y dejar de pensar en lo peor en lo que a ella respecta. Seguro que sólo está ocupada y que me llamará o me enviará un mensaje cuando pueda.

Si fuera a cancelar nuestra cita, me lo diría.

Creo.

Acostado en la cama, viendo el partido en la tele, veo cómo estampan a un tipo enorme con una camiseta de color verde azulado contra el cristal. Son los San Jose Sharks. Reconozco la camiseta de los Sharks y de su rival. La verdad es que no le voy a ninguno de ellos, pero me aburro muchísimo y no sé qué otra cosa hacer aparte de mirar el teléfono y esperar a que Dakota me llame.

—Landon —dice una voz suave acompañada de un golpecito en la puerta de mi dormitorio.

Es Tessa, no Dakota, e intento no sentirme decepcionado. Casi le digo que pase, pero tengo que levantarme de la cama. No puedo quedarme aquí sentado esperando a Dakota. Voy a salir al menos al comedor.

Sí, sé que sigue siendo patético, pero sentarme en el sillón es un poco menos patético que quedarme acostado en la cama, ¿no?

Me levanto y me dirijo a la puerta. Cuando la abro, Tessa está esperando, vestida con su uniforme de trabajo. La corbata verde limón hace que sus ojos parezcan aún más claros, y trae el pelo rubio recogido en una trenza que descansa sobre su hombro.

—Hola —dice.

—Hola. —Me paso la mano por el vello de mi rostro y camino por delante de ella para ir hacia la sala de estar.

Tessa se sienta en el extremo opuesto del sillón y yo apoyo los pies en la mesita de café.

—¿Qué pasa? ¿Estás bien? —le pregunto.

—Sí. —Hace una pausa—. Creo que sí. ¿Recuerdas a ese tal Robert? ¿El chico que conocí cuando fuimos al lago con tu mamá y Ken?

Intento acordarme de los detalles de aquel viaje. Los calzones rojos flotando en el jacuzzi, Tessa y Hardin que apenas se hablaban, la morenita con el vestido negro a juego con su pelo, jugar al veo, veo con Hardin y Tessa en el camino de vuelta...

No recuerdo a ningún Robert, excepto... ¿puede ser el mesero?

Mierda, ya me acordé. Hardin casi se vuelve loco.

—Sí, ¿el mesero? —confirmo.

—Así es. Pues adivina quién empieza a trabajar conmigo hoy.

Levanto una ceja.

—No te creo. ¿Aquí, en Brooklyn?

Qué coincidencia.

—Sí, créeme —dicc medio en broma, pero sé que no le hace ninguna gracia—. Cuando entró me quedé muy sorprendida de verlo aquí, al otro lado del país. Empieza su capacitación cuando yo termino la mía. Qué curioso, ¿no?

«Sí que es curioso, sí.»

—Un poco, sí.

—Es como si me estuvieran poniendo a prueba o algo —dice con la voz cargada de agotamiento—. ¿Crees que está bien que sea amiga suya? No estoy preparada ni tantito para salir con alguien. —Mira alrededor de la sala de estar—. Pero no me vendría mal tener algún amigo más. No pasa nada, ¿verdad?

—¿Qué? ¿Quieres tener más amigos aparte de mí? ¡Qué poca vergüenza! —bromeo.

Tessa me da una patadita y yo le tomo el pie y le hago cosquillas en la planta de sus calcetines rosas. Ella grita y arremete contra mí, pero es fácil detenerla.

Levanto los brazos y la atrapo con ellos para frustrar cualquier posible venganza por su parte. Ella grita y su risa resuena por todo el departamento.

Dios, cuánto extrañaba oírla reír.

—Buen intento. —Me río y le hago cosquillas en las costillas.

Ella grita de nuevo y se retuerce como un pez.

—¡Landon! —grita dramáticamente mientras intenta librarse de mí.

Esto debe de ser lo más parecido que hay a tener una hermana. Ya quiero que la pequeña Abby llegue al mundo. Más me vale mantenerme en forma para poder seguirle el ritmo. A veces me preocupa un poco que nuestra diferencia de edad sea tan grande que no quiera que seamos íntimos.

Tessa sigue pataleando y se me escapó. Tiene la cara roja y el pelo revuelto. Trae la corbata verde torcida encima del hombro y, al verla, empiezo a morirme de risa. Me saca la lengua, y entonces oigo algo y miro hacia el pasillo.

Dakota está en la puerta de la sala de estar, mirándonos a Tessa y a mí sin expresión alguna.

—Hola. —Le sonrío, aliviado de que no me haya plantado.

—Hola.

—Hola, Dakota. —Tessa la saluda con una mano mientras intenta arreglarse la trenza con la otra.

Me levanto del sillón y me dirijo hacia Dakota. Trae una camiseta blanca con un hombro al descubierto que apenas logra tapar el *top* deportivo rosa que trae debajo. Trae un pantalón pescador y la tela negra se pega a su piel.

—Tengo que volver al trabajo. Si necesitan algo mientras no estoy, mándame un mensaje —dice Tessa.

Toma su bolsa de la mesa y se mete las llaves en el delantal.

No terminamos nuestra conversación respecto a Robert, pero no creo que se sienta cómoda hablando de ello delante de Dakota. Aun así, es muy raro que él esté aquí, viviendo en Brooklyn. Si esto fuera un cómic, apostaría a que es un acosador loco o un espía.

Un espía sería mucho más interesante, claro.

—Bueno —digo mientras sale por la puerta.

Volteo hacia Dakota y veo que no se ha movido de su sitio.

—Estás muy guapa —le digo.

Se esfuerza por no sonreír.

—Estás preciosa. —Me acerco y le doy un beso en la mejilla—. ¿Qué tal el día?

Ella se relaja y no tengo claro si está de mal humor o nerviosa por quedarse a solas conmigo después de todo este tiempo.

—Bien. Me presenté a otra audición, por eso llegué tarde. Vine en cuanto pude. Aunque parece que estabas muy a gusto esperando —dice en tono sarcástico.

—Sí, estaba hablando con Tessa. La está pasando mal últimamente. —Me encojo de hombros y le ofrezco la mano.

Cuando me la toma, la guío hasta el sillón.

—¿Aún? ¿Por Hardin? —pregunta.

—Sí, siempre es por Hardin. —Sonrío a medias e intento no pensar demasiado en su visita de este fin de semana y en el hecho de que soy un gallina y todavía no le he dicho a Tessa. Ella sabe que va a venir, pero no que será tan pronto.

Intentaré mantener lo del mesero en secreto por el momento.

Aunque sea una coincidencia, seguro que Hardin sacará las cosas de quicio.

—Pues no parece estar pasándola tan mal —dice Dakota mirando alrededor de la sala de estar.

—¿Qué te pasa? Pareces enojada o algo. ¿Cómo te fue en la audición?

Niega con la cabeza, y yo le tomo los pies y los coloco sobre mi regazo. Le quito las zapatillas y empiezo a frotarle el puente. Ella cierra los ojos y apoya la cabeza en el respaldo del sillón.

—Me fue bien, pero no creo que me lo den. Cuando salí por la puerta seguía diciendo «Casting abierto». Yo fui la tercera, así que seguramente ya se olvidaron de mí.

Odio que se tenga en tan poca consideración. ¿Acaso no es consciente del gran talento que tiene? ¿De lo inolvidable que es?

—Lo dudo. Es imposible que se olviden de ti.

—Tú no eres imparcial. —Me ofrece una leve sonrisa y yo le devuelvo una de oreja a oreja.

—Bueno, ya. ¿Tú te has visto?

Pone los ojos en blanco y hace una mueca de dolor cuando le froto con suavidad los dedos de los pies. Le quito los calcetines y se quedan pegados a sus dedos.

—¿Eso es sangre? —le pregunto mientras despego poco a poco el algodón negro.

—Es probable —dice como si no tuviera la menor importancia.

Como si se hubiera hecho una cortadita con una hoja de papel y no se hubiera dado ni cuenta.

Definitivamente es sangre. Tiene los dedos cubiertos. Ya había visto cómo le dejaban los pies las zapatillas de ballet antes de que se dedicara a bailar de tiempo completo. Era horrible, pero nunca los había visto tan, tan mal.

—Por Dios, Dakota. —Le despego el otro calcetín.

—No pasa nada. Me compré unas puntas nuevas y todavía no se me han amoldado al pie.

Intenta apartar la pierna, pero se la agarro para evitarlo.

—No te muevas.

Le levanto el pie de mi regazo y me incorporo del sillón.

—Voy por una toalla —le digo.

Parece que quiere decir algo, pero no lo hace.

Tomo una toalla pequeña del armario del baño y la paso por debajo del agua caliente. Busco una aspirina en el armario y agito el frasco. Está vacío, cómo no. No es típico de Tessa dejar frascos vacíos por ahí, así que seguro que la culpa es mía.

Me miro en el espejo mientras la toalla se empapa de agua e intento domar mi pelo. La parte de arriba está demasiado larga ya. Y la parte de atrás necesita un recorte, está empezando a rizarse a la altura del cuello, así que, a menos que quiera parecerme a Frodo, tendré que ir pronto a cortarme el pelo.

Cierro la llave y escurro el exceso de agua. La toalla está demasiado caliente, pero se habrá enfriado para cuando llegue a la sala de estar. Tomo otra seca y regreso junto a Dakota.

Pero cuando llego al sillón, veo que se quedó dormida. Tiene la boca entreabierta y los ojos cerrados con fuerza. Debe de estar agotada.

Me siento despacio, procurando no despertarla, y limpio con suaves toquecitos su piel ensangrentada. Ella ni se mueve; sigue durmiendo en silencio mientras le curo las heridas.

Por los pies ensangrentados y la expresión de puro agotamiento de su rostro, sé que se está esforzando demasiado. Quiero pasar tiempo con ella, pero también quiero que descanse, así que recojo las toallas manchadas de sangre, me levanto, tomo la cobija que está en el sillón y cubro su cuerpo durmiente con ella.

¿Qué puedo hacer mientras duerme?

Tessa está trabajando. Posey está trabajando... y ahí termina mi larga lista de amigos.

VEINTITRÉS

Al final, la aspirina y el Gatorade son los amigos a los que decidí llamar, lo que requería una visita a la tienda de la esquina.

Ellen está trabajando y, como mañana es su cumpleaños, maté el tiempo preguntándole qué planes tenía para celebrarlo (ninguno) y qué creía que iban a regalarle sus padres (poca cosa).

Me pareció horrible. Así que intenté averiguar qué le gusta para ver si puedo comprarle algo divertido.

De camino a casa, llamo a mi mamá y hablo un rato con ella y con Ken.

Al llegar, cuelgo y oigo ruido en la sala de estar. Me imagino que Dakota ya se despertó. Entro y la encuentro mirándome con cara de: «¿Dónde te habías metido?». Dejo el celular en la mesita lo más lentamente que puedo.

Tengo un gesto bastante cómico, pero me siento como si estuviera atrapado en una sala de interrogatorios o algo así. Sólo que en esta sala hay galletas de queso y botellas de Gatorade, por lo que tampoco se parece tanto a una verdadera sala de interrogatorios.

Aunque Dakota sería una poli mala muy sexi. Me la imagino con un traje ajustado, lista para que yo se lo arranque.

Por su mirada sé que, si fuera policía, me pondría bajo arresto. Y no precisamente para esposarme a la cama y torturarme en plan sexi y juguetón.

—Estaba hablando con mi mamá y con Ken por teléfono. Tenían cita hoy con el ginecólogo para la pequeña Abby —digo con una sonrisa un poco falsa.

No es falsa porque no me alegre de los progresos del bebé, ni porque Ken siga enamorado de mi mamá, sino porque de repente me entra la paranoia de que Dakota me haya oído hablar con mi mamá sobre Nora justo antes de colgar.

Pero Nora es mi amiga, nada más que eso. Aun así, que Dakota me hubiera oído mencionársela a mi mamá no haría más que alimentar la hoguera de celos que siente hacia su compañera de departamento. El cerillo que tiene en la mano arde con intensidad ahora mismo, y quiero que entienda que no tiene por qué preocuparse. Nora no me daría una oportunidad ni aunque yo la buscara. Sería un desastre porque es amiga de Tessa y encima apenas la conozco. ¿Por qué me reclama así por nada?

Dakota se levanta y estira la espalda.

—¿Cómo está? —pregunta—. La pequeña Abby. ¿Qué tal le va ahí adentro?

Dejo escapar un suspiro y, con él, toda la tensión que no era consciente de haber acumulado. Me voy a la cocina con mi botín. Dakota me sigue, me rodea el cuello con los brazos y apoya la cabeza en mi hombro. Su pelo huele a coco y sus sedosos rizos me acarician la mejilla.

—Está bien. Los he notado un poco preocupados, pero creo que son imaginaciones mías, siempre le doy muchas vueltas a todo.

Noto el aliento tibio de Dakota en mi piel.

—¿Qué dices? ¡Tú nunca le das mil vueltas a nada! —dice burlándose de mí, partiéndose. Su risa es tan bonita como el resto de ella.

Le doy un pellizquito en el brazo.

—Me alegro de que esté bien. Se me hace raro pensar que tu mamá está embarazada a su edad. —Se da cuenta de cómo sonó eso, e intenta arreglarlo—: No es nada malo. Es la mejor mamá que he conocido, y Abby y tú son afortunados por tenerla, sea cual sea su edad. A Ken no lo conozco muy bien pero, por lo que tú me cuentas, será un papá estupendo.

—Lo será —afirmo. Le doy un beso en el brazo y guardo la compra en los armarios de la cocina.

—Esperemos que Abby se parezca mucho a ti y poco a Hardin —declara riéndose, y siento pequeñas agujas clavándose en mi piel.

No me gustó cómo sonó eso que dijo. Ni un poquito.

—¿Qué quieres decir? —Le aparto los brazos de mi cuello y me volteo para mirarla a la cara.

Su expresión delata que no se lo esperaba.

¿Estoy exagerando?

Me parece que no.

—Era una broma, Landon. No lo decía en serio. Sólo es que son muy distintos.

—Todos somos distintos, Dakota. No eres quién para juzgarlo, ni a él ni a nadie.

Suspira y se sienta en la mesa.

—Lo sé. No pretendía juzgarlo. Sé que soy la menos indicada para juzgar a alguien. —Agacha la cabeza y se mira las manos—. Fue una broma de mal gusto que no volveré a repetir. Sé que lo quieres mucho.

Me relajo y empiezo a preguntarme por qué me enojo tanto y tan rápido. Me salió solo, aunque la verdad es que estoy harto de que la gente se meta con mi hermanastro.

Dakota parece arrepentida... Y Hardin no es precisamente un osito de peluche. No puedo culparla por pensar así de él. Para ella, es el tipo que hizo añicos la vitrina donde mi mamá guardaba la vajilla de mi difunta abuela, el tipo que se niega a llamar a Dakota por su nombre.

Hardin tiene la manía de fingir que no recuerda el nombre de otra mujer que no sea Tessa, así que siempre llama *Delilah* a Dakota. No sé por qué lo hace, y a menudo me pregunto si de verdad se le olvidan los nombres de todas las mujeres a excepción del de Tessa.

Cosas más raras se han visto cuando se trata de esa pareja.

Preferiría no pasar la noche de mala cara con Dakota por un simple comentario.

—Será mejor que cambiemos de tema; hablemos de cosas sin importancia —sugiero.

Como se disculpó y parecía sincera al decir que no era un comentario hiriente, es hora de pasar a otra cosa. Quiero hablar con ella. Quiero que me cuente sus días y sus noches.

Quiero acostarme en la cama a su lado y recordar nuestra adolescencia, cuando hacíamos maratones de pelis malas entre semana y competíamos para ver quién comía más minicalzoni en mi futón. Mi mamá nunca me preguntó por qué las bolsas de minicalzoni de pepperoni desaparecían del congelador. Le di motivos para sospechar cuando empecé a pedirle que comprara la bolsa de minicalzoni variados porque sabía que ésos no me gustaban. Aun así, nunca me preguntó por qué Dakota comía tanto cuando venía a nuestra casa. Creo que sabía que la bolsa de mini-calzoni costaba lo mismo que un par de botellas de litro de cerveza y que, por tanto, era poco probable que en el refrigerador de Dakota hubiera comida, mucho menos mini-calzoni de marca.

—Gracias. —Dakota baja la mirada y yo le sonrío.

—Ven aquí. —Me agacho, la tomo en brazos y suelta un gritito agudo.

Pesa menos que una pluma, mucho menos de lo que recordaba, pero me encanta volver a tenerla en mis brazos.

Los veintidós pasos que hay hasta el sillón no bastan para recuperar los meses perdidos, pero la dejo sobre él. Aterriza con suavidad, su cuerpo rebota en los almohadones y deja escapar otro gritito.

Doy un paso atrás, ella se levanta en un abrir y cerrar de ojos y se echa a correr detrás de mí con una enorme sonrisa. Está muerta de la risa, con la cara roja y el pelo revuelto.

Se abalanza sobre mí y me zafo de un brinco. Me deslizo por la gruesa alfombra que debería haber pegado al día siguiente de mudarme aquí y salto sobre una silla. No me toma por los pelos, pero algo cruje a mis pies.

Espero no romper la maldita silla.

Me bajo de un salto y patino por el suelo con ayuda de los calcetines. Pierdo el equilibrio mientras mis músculos se retuercen. Estos pantalones son tan estrechos que me doblan las piernas de un modo doloroso y antinatural. Encojo una de ellas y retuerzo el torso mientras Dakota corre hacia mí. Con gesto preocupado, pone una mano en mi hombro y la otra bajo mi barbilla para obligarme a mirarla.

Me duele la panza de tanto reír y no puedo parar, pero la pierna no me duele nada.

Dakota pasa del pánico a la risa. Su risa es mi canción favorita.

La tomo por los hombros y la siento en mi regazo. Ella lleva la mano a mi nuca y me atrae hacia sí para que la bese.

Su boca es más suave que mi caricia. Me muero por ella mientras entrelazo su lengua con la mía.

VEINTICUATRO

Las manos de Dakota ascienden por mis brazos, acariciándolos. Arriba y abajo, entreteniéndose unos segundos más en mis bíceps.

No puedo fingir que no me siento orgulloso de mi cuerpo. Sobre todo después de haberme pasado años odiándolo. Me hace sentir fuerte y sexi por primera vez en mi vida, y que sus manos lo recorran me lleva al séptimo cielo.

—No sabes lo mucho que te he extrañado —dice Dakota en lo que no sé si es un sollozo o un gemido. Me lo dice a mí, al hombre que soy ahora, no al muchacho que era cuando la conocí.

—No más que yo a ti —le prometo.

Sus ojos castaños están casi cerrados, tiene los párpados tan pesados que apenas distingo de qué color son. Pero lo sé muy bien, me los aprendí hace mucho. He memorizado cada centímetro de su cuerpo, desde la marca de nacimiento del tobillo hasta el color exacto de sus ojos. Son café claro con una peca color miel en el ojo derecho. Solía contarles a los niños de la escuela que la marca era una cicatriz de una pelea en su antigua escuela, pero no era verdad. Siempre se inventaba historias que la hicieran parecer lo más temible posible, ya que en casa era todo lo contrario.

—Te necesito, Landon. —La voz de Dakota es un susurro desesperado que acompaña sus besos.

Ahora sus manos están en mi espalda, jalando hacia arriba mi camiseta. Su boca dibuja mi cuello y sus pequeños dedos se esfuerzan en quitarme la camiseta. El suelo está frío, pero ella está tan caliente que sólo soy consciente de lo nervioso y excitado que me siento. Se me va la cabeza.

—Ayúdame —dice sin dejar de jalar mi camiseta—. No puedo quitártela —añade lamiéndome el cuello.

Me muevo con rapidez. Detesto tener que separarme de ella, pero estoy listo para quitarme toda la ropa... y para quitársela también a ella.

Me saco la camiseta de la WCU de un jalón y la lanzo a la otra punta de la habitación, sólo que se engancha en la lámpara y ahí se queda, coloreando el cuarto de luz roja.

¿Tan raro soy que no soy capaz ni de tirar una camiseta en plan sexi? ¿Ya en serio?

Espero que no se haya dado cuenta de que andaba de rojo, el color que más le gustaba que me pusiera, y pants, que le encantaban. Se me hacía raro que le gustara tanto mi ropa de estar en casa, pero sabiendo lo mucho que me gustan sus *tops* deportivos y las mallas de hacer yoga, lo entiendo a la perfección.

—Ven aquí —dice Dakota con la voz dulce como un caramelo. Dulce y adictiva.

Volteo hacia ella y me pregunto si no sería mejor ir a mi cuarto. ¿Es raro que esté desnudándome sentado en el suelo de la sala de estar?

Dakota me da la respuesta. Se quita la camiseta y, no sé cómo, el sujetador deportivo a la vez. Entre sus tetas desnudas, los labios húmedos y el modo en que me mira, es posible que acabe antes de haber empezado siquiera.

Conozco esa mirada. Cuando se le caen los párpados y deja la boca entreabierta. La he visto muchas veces y hoy la vuelvo a ver.

Dakota es deseo bañado en caramelo, y necesito saborearla.

Me acerco a ella y tomo una de sus suaves tetas con la mano mientras me llevo la otra a la boca. Los pezones se le ponen duros como piedras bajo mi lengua. Demonios, cómo añoraba su cuerpo.

Gime y entonces se me pone dura en segundos. La extrañaba. La necesitaba. Dakota sigue gimiendo y presionando su cuerpo contra el mío. Se pone de rodillas para darme mejor acceso. Mi mano desciende desde su pecho hasta los calzones y mis dedos encuentran su sexo, empapado y palpitante. Con el índice, trazo círculos pequeños y húmedos.

Sé que eso la vuelve loca.

El cuerpo de Dakota siempre ha respondido muy bien a mis caricias. Siempre me espera empapada, así que esto no me sorprende. Lo que me sorprende es que estoy pensando con claridad mientras la toco. Le estoy chupando los pezones y con el dedo dibujo círculos en su clítoris hinchado y sigo siendo consciente de todo. Soy consciente de que se recogió el pelo sobre un hombro, de que me está jalando el pelo mientras jadea:

—Más, más, por favor.

No estoy acostumbrado a estar tan presente mientras la acaricio. Siempre estaba tan perdido en las sensaciones que apenas podía pensar.

Con la punta de la lengua, dibujo la aureola de sus pezones duros y entonces Dakota se aparta de mí.

Me echo atrás, preocupado por si hice algo mal.

Se aleja un poco, jala sus pantalones y se los baja para enseñarme que todo va más que bien. Cuando miro su cuerpo desnudo veo que no trae calzones.

Por el amor de Dios, no trae calzones y está empapada de las ganas que me tiene. Está tan mojada que creo que va a dejar un charco en el suelo. Y es solo mío.

Me siento muy bien.

—Hazme el amor, Landon.

No es un ruego, y lo sé. La conozco bien.

Se acuesta y me acuerdo de cuando dijo que nuestra vida sexual era «normalita» y me ruborizo avergonzado.

«Normalita, ¿eh?».

Dakota está completamente desnuda y puse el seguro. Está esperando que me encime en ella y que tengamos sexo normal, sexo «normalito», igual que en el pasado.

Sólo que para mí no era normalito, ni mucho menos.

Aun así, voy a demostrarle que no soy normalito, para nada. Tengo un par de ases en la manga.

He visto tanto porno que ya soy casi un experto.

Aunque si Dakota supiera que veo porno, es probable que se enojara.

Una vez terminó conmigo porque encontró una revista *Playboy* debajo de mi colchón. Honestamente, los adolescentes de hoy no saben la suerte que tienen, disfrutan de todo el porno que quieran en el celular sin tener que preocuparse de que su mamá lo encuentre cuando les limpia la habitación.

Bueno, me estoy distrayendo.

Volvamos a lo de ser atrevido, osado y sexi.

—No te muevas —le digo. Ella alza la vista para mirarme.

Asiente, pero parece confundida mientras me quito los pants y el bóxer. No intento lanzarlos por ahí. Los dejo a un lado y actúo como si todo formara parte de mi plan.

Sólo que no hay ningún plan.

Quiero que alucine.

Quiero que me recuerde y que me olvide y que me desee y que me necesite sólo con una caricia.

Es mucho pedir, pero voy a dejarla sin palabras...

—¿Estás bien? —pregunta en tono impaciente.

Asiento y me acerco a ella, desnudo y nervioso. Mis manos tocan la suave piel de sus muslos y se estremece cuando los acaricio lentamente con la punta de los dedos. Se le pone la carne de gallina, morena y perfecta. Es tan bonita que me abrasa como el sol.

Le acaricio con ternura las rodillas y las piernas abiertas. Se mueve como si fuera a sentarse, pero extiendo la mano y se lo impido.

—Quiero probar una cosa.

Me retiro un poco y acerco mi boca a su cuerpo. Su piel sabe a sal y se me pone tan dura que me duele.

La beso del ombligo a las tetas respingonas y vuelvo a bajar. Dakota tiembla debajo de mí, su aliento tan pesado que me estremezco de deseo. Necesito ser paciente, demostrarle que puedo darle placer, no ser «normalito»...

Mi boca sigue descendiendo y trazando una senda de besos hacia sus caderas y entre sus muslos. Gime cuando la punta de mi lengua encuentra su clítoris. Tengo el pene dando saltos de emoción y creo que me sudan las palmas de las manos.

¿Lo estaré haciendo bien?

Lucho por eliminar toda duda de mi mente y pego la lengua a su piel. Ella gime mi nombre cuando trazo un círculo, le doy una lamida y con los labios chupo su clítoris henchido. Me clava las uñas en los hombros y repite mi nombre una y otra, y otra vez. Algo debo de estar haciendo bien. Dakota tensa las piernas y yo muevo la lengua más rápido, luego más despacio, saboreando su dulzor en mi boca.

Cuando sus piernas me estrechan el cuello con fuerza, llevo una mano a su pecho y otra a su entrepierna. Muy despacio, acaricio su entrada con un dedo. Ella jadea, dócil y ansiosa, y yo me siento el rey del mundo.

—No puedo esperar más. —Me jala del pelo, luego de los hombros, y consigo darle otro lametón antes de levantarme y cubrir su cuerpo con el mío.

—Por favor —me suplica y coloco la punta de mi pene entre sus muslos. Está jadeando y me muero por estar dentro de ella. Intento besarla, pero aparta la cabeza y lleva el cuello a mi boca.

Le chupo lo justo para hacerla enloquecer, pero no lo bastante como para dejarle marca.

Me sujeto con fuerza y me coloco, listo para entrar, pero no pasa nada.

Me llevo la mano a la entrepierna, me agarro el pene con la mano y me retraigo.

Retraerse es la palabra exacta... «¿Por qué no lo tengo duro?».

¿Es que el universo se está riendo de mí?

Me lo sacudo un poco, vuelvo a mirar el cuerpo escultural de Dakota, el modo en que su pelo rizado y salvaje le enmarca la obra de arte que tiene por cara, sus labios carnosos... Observo cómo sus pechos suben y bajan cuando respira, los pequeños pezones, que siguen duros.

¿Qué diablos me pasa? Es muy sexi, me está esperando, y ¿se me puso flácido?

Continúo masturbándome, rezando para que se me ponga duro. No me había pasado nunca.

¿Por qué, por qué, por qué?... ¿Por qué tiene que pasarme esto ahora?

—¿Qué pasa? —pregunta Dakota al darse cuenta de que estoy inquieto.

Niego con la cabeza y maldigo mi cuerpo traidor.

—Nada, sólo es que... me está costando un poco.

Odio tener que admitirlo y siento una vergüenza que no había sentido nunca, pero no estoy en posición de mentir. Se trata de un problema que es imposible de ocultar.

Sí, nunca antes me había sentido tan avergonzado. Ni siquiera cuando mi mamá nos cachó haciéndolo en mi cuarto un día en que se suponía que no iba a volver hasta tarde del trabajo. Ni siquiera cuando Josh Slackey me bajó los pantalones delante de todo el grupo de quinto.

Ni siquiera cuando me caí en la regadera mientras me masturbaba y Nora entró corriendo a ayudarme.

Y mira que ése ocupa un lugar muy alto en la escala de momentos vergonzosos de mi vida.

—¿Qué te pasa? —me pregunta Dakota.

Se incorpora y quiero que me trague la tierra. Quiero que me lleve a las profundidades más oscuras, donde nadie pueda encontrarme.

—No, nada —es todo cuanto consigo decir.

—¿No se te pone dura? —Lo adivinó, y ahora sí quiero desaparecer.

Levanto las manos y me quedo de rodillas.

—La tenía como una piedra hace un momento y no sé por qué...

Dakota alza una mano para hacerme callar.

—No lo entiendo. ¿Cómo es posible?

Se me queda mirando el pene, flácido y colgante, y me siento como una mierda.

—Lo siento. No sé qué demonios me sucede. —Me paso la mano rápidamente por el pelo, rezando para que la siga con la mirada y deje de ponerle atención a lo de ahí abajo—. ¿Y si probamos otra cosa?

Dakota asiente, pero ya no tiene nada que ver con cómo estaba hace un momento. Sus ojos ya no parecen los de un animal salvaje dispuesto a devorarme. Parece confusa y avergonzada, y espero que no crea que esto tiene algo que ver con ella o con su aspecto.

Es preciosa y muy sexi, y el que no lo vea es que es idiota. No sé qué demonios me pasa, pero sé que no es culpa suya.

—No..., a ver si ahora... —dice cambiando de postura y agachándose para que su boca quede a la altura de mi pene.

Se lo mete a la boca e intento concentrarme en el calor de sus labios, en su lengua revoloteando en la punta, en lo mucho que la deseo, en lo mucho que quiero hacerlo...

Nada.

Para a los pocos segundos y se aparta. Me mira con una expresión indescifrable un momento y rápidamente desvía la mirada.

—Lo siento mucho —insisto—. No sé qué me pasa, pero no es culpa tuya ni tiene nada que ver con lo que siento por ti.

Ella no me mira, y noto cómo empieza a cerrarse.

—Puedo... —No sé cómo articular lo que intento decir—. Puedo satisfacerte... ¿con la lengua? —me ofrezco.

Dakota gira la cabeza con fuerza y me lanza una mirada afilada como un cuchillo. Está claro que no le gustó la idea.

—Lo siento mucho —repito.

—Calla, por favor. —Se levanta y recoge su ropa.

La conozco y sé que no debo seguirla cuando sale de la sala y va primero al pasillo y luego al baño.

Da un portazo que hace eco en mi interior, pero me quedo donde estoy.

Me siento imbécil y no tengo ni idea de cómo arreglar esto. No sé cómo solucionar lo ocurrido y sé que, cuando Dakota se cierra, no se abre ni con abrelatas. Se acabó. La puse en ridículo y no era mi intención. De verdad que ésa no fue nunca mi intención.

Recojo los pantalones del suelo y me los pongo.

No puedo creer que no se me haya puesto dura cuando por fin la tengo al tiro después de todo el tiempo que he pasado pensando y fantaseando con ella.

Miro mi pene, el saboteador...

—Te luciste.

Intento pensar. «¡Piensa, Landon!».

Lanzo una mirada asesina a los gatos con sombrero de los cuadros que cuelgan del pasillo, ordenándoles que me ayuden. Las extrañas imágenes no me ofrecen consejo alguno. Era de esperar.

Me quedo de pie en la puerta del baño, pensando en qué voy a decir, en una disculpa que le haga comprender lo mucho que lamento haberle hecho sentir que no es lo bastante buena para mí.

Porque me basta y me sobra con ella, es todo lo que siempre he querido.

Es la única con la que he estado.

Mi primer amor, mi único amor.

—Dakota... —Toco la puerta con los nudillos.

Permanece en silencio. A los pocos segundos, abre la llave del lavabo y espero.

El tiempo transcurre increíblemente despacio cuando uno queda como un tonto y, de paso, deja mal a otra persona. Vuelvo a tocar la puerta, pero no hay respuesta. La llave sigue abierta y ya pasaron por lo menos tres minutos. Toco otra vez.

No contesta.

—Dakota, ¿estás bien? —pregunto junto a la puerta del baño.

Lo único que se oye cuando pego la oreja a la puerta es correr el agua.

«¿Estará bien? ¿Por qué sigue la llave abierta?».

Por instinto, giro la cerradura y abro la puerta.

—Perdona... —empiezo otra vez, pero en cuanto miro a mi alrededor, compruebo que no hay nadie más en el pequeño baño.

La ventana está abierta.

Las cortinas ondean al viento.

Maldito sea mi edificio por tener escalera de incendios.

VEINTICINCO

Han pasado menos de diez minutos desde que Dakota salió de mi casa y, a cada minuto, aumenta mi vergüenza. Detesto que me haya pasado esto a mí, a ella.

No puedo imaginarme cómo se sintió por mi incapacidad.

Bueno, algo me imagino por el modo en que se largó por la escalera de incendios para no tener que verme. Ojalá hubiera hablado conmigo, aunque fuera a gritos, en vez de escabullirse por la ventana del baño. Me siento fatal.

Imagino que ella aún se siente peor.

Sus palabras resuenan en mi mente: «No lo entiendo. ¿Cómo es posible?».

Me sentía mucho peor que ella en ese momento y ahora no paro de darles vueltas en la cabeza.

No
lo
entiendo.
¿Cómo
es
posible?

Me siento en el sillón y entierro la cara entre las manos. Es probable que Dakota no vuelva a hablarme en una larga temporada, puede que nunca. Sólo de pensarlo, me pongo enfermo. No me imagino no tenerla en mi vida. Se me hace muy raro. Demasiado. La conozco desde siempre, e incluso tras la ruptura sabía que seguía ahí, que no me odiaba. No está bien que se sienta mal hacia mí el resto de su vida. Eso sería como perturbar el orden del universo.

Tocan a la puerta y me sacan de mi ensimismamiento. Me levanto de un brinco.

Debe de ser Dakota, que volvió para darme la oportunidad de disculparme... ¿O tal vez incluso para disculparse ella?

Corro hacia la puerta. Vuelven a tocar y la abro de un jalón.

Sólo que no es Dakota. Es Nora, con bolsas del súper en ambas manos.

—¿Puedes ayudarme con alguna, por favor? —me pregunta, peleando con las bolsas.

Cargo todas las que puedo, con cuidado de que no se le caiga ninguna mientras intento ayudar.

Cuando miro el contenido, veo muchas cosas verdes. No sabría decir qué, sólo que es verde y parece esponjoso. La bolsa más pesada tintinea cuando la dejo en la barra y echo un vistazo dentro: tres botellas de vino.

—Perdona —dice dejando la otra bolsa en la cocina—. Era perder el brazo o el vino y, con el día que he tenido, prefería perder el brazo.

Empieza a sacar las cosas como si estuviera en su casa y la observo manejarse en mi cocina y guardar su comida en mi refrigerador. Saca las botellas de vino y las mete en el congelador.

Creía que, a diferencia del licor, el vino sí se congela, pero no voy a preguntárselo porque quedaría como un idiota.

—¿Estás esperando a Tessa? —pregunto, no muy seguro de cómo entablar conversación con ella, ni de si debería hacerlo.

Hemos estado distantes desde que Dakota le echó bronca a gritos por andar a mi alrededor.

Nora asiente.

—Sí. Ella también está teniendo una noche de perros. Cuando yo me iba, acababa de entrar un grupo de más de veinte y los sentaron en su sección, a pesar de que todavía es nueva. —Pone los ojos en blanco—. Me leyeron la cartilla por leerle la cartilla a la maître.

—Parece justo... —Me encojo de hombros y sonrío para que sepa que lo digo en broma.

Sonríe.

—*Touchée.*

La observo abrir un cajón y sacar la tabla de cortar. No hace nada con ella, sólo la deja ahí, junto al microondas, mientras vacía la última bolsa.

Me reclino contra la barra un tanto incómodo y pienso en un plan de fuga antes de que me convierta en una molestia.

—Diablos... —dice Nora tocándose la frente con las puntas de los dedos—. Perdón, ¿te agarré ocupado o con alguien? Entré sin más y me puse a guardar las cosas sin preguntarte si molesto o no.

No molesta. Ahora mismo, no.

Me alegro un montón de que no haya aparecido diez minutos antes.

—Para nada. Iba a estudiar y a acostarme. La cocina es toda tuya —le contesto.

Se aparta un mechón negro de la cara de un soplido, aunque vuelve a caerle justo delante de los ojos. Todavía trae puesto el uniforme. Es igual que el de Tessa: pantalón negro, camisa blanca y corbata verde brillante.

La camisa de Nora es más entallada que la de Tessa, o eso parece.

—Gracias. Es que esta noche necesitaba no volver a mi departamento. Tuve un turno de mierda y me siento incapaz de lidiar con esas engreídas —resopla.

Sus ojos encuentran los míos y se tapa la boca.

—No quería ofenderte.

—No me ofendes —le digo de corazón.

No quiero meterme en la amistad entre Dakota y Nora, o en su enemistad, o en su relación como compañeras de departamento, o lo que sea. Preferiría estar en el despacho de Dolores Umbridge mirando retratos de gato mientras me tortura.

Tanto Dakota como Nora son de fuego, y prefiero no convertirme en cenizas.

—Voy a preparar algo de comer, ¿te apuntas? Tomé lo primero que vi y a ver qué se me ocurre —me ofrece Nora.

No habíamos hablado tanto en muchos días, y creo que me alegro de que vuelva a hablarme. Imaginaba que nos evitaríamos mutuamente y que todo sería muy raro, pero esta alternativa es bastante mejor.

—La verdad es que no tengo hambre —digo pese a que estoy hambriento—. Acabo de cenar —miento.

Estoy seguro de que Nora pensaba preparar la cena para ella y para Tessa, sin contar con el compañero de piso de ésta, y no quiero ser un estorbo. No hay nada peor que preguntarte si sobras o no. Es incluso peor que saber que estás de más, porque en ese caso al menos lo tienes claro. Quedarse con la esperanza de que tal vez desean tu compañía no compensa.

—Pues bueno. Dejaré afuera todo lo que sobre para Tessa, por si cambias de opinión —dice Nora con la mirada fija en mi pecho. Debería haberme puesto una camiseta, porque ahora en lo único en lo que soy capaz de pensar es en la primera vez que me tocó.

Y en la segunda.

Y en cuando me besó.

Y en que sus labios sabían a caramelo y me quedé con ganas de más.

Tengo que pensar en otra cosa. En cualquier cosa.

En pasteles. En pasteles esponjosos con kilos de helado morado e intrincadas florecillas.

Pero no en el betún esparcido en su camiseta. Pasteles y cocinar y cosas que no son nada sexis, como Nora cocinando.

Me encanta la comida de Nora. Es una gran cocinera.

Pensar en su comida me recuerda a pasteles, lo que me recuerda que mañana es el cumpleaños de Ellen. Todavía no sé qué regalarle. Iba a pedirle a Dakota que me ayudara, pero me parece que ahora mismo eso está difícil.

—¿Se te da bien elegir regalos para otros? —le suelto a Nora de pronto.

Ella voltea hacia mí con el ceño fruncido y ladea la cabeza.

—¿Qué?

Tuerzo el gesto al ver lo torpe que soy.

—Para cumpleaños y cosas así.

—Más o menos. Es decir, hace tiempo que no compro un regalo para nadie, pero puedo intentar ayudarte. ¿Para quién es? ¿Para Dakota? Tal vez podrías comprarle algo relacionado con la danza, o una colchoneta de hacer yoga nueva o algo por el estilo.

Ni siquiera sabía que Dakota hiciera yoga. Es raro que Nora sepa cosas sobre ella que yo desconozco.

—No es para Dakota, es para una conocida.

Uy, qué raro sonó eso. Puede que deba explicarle que es para una chica de diecisiete años, no para alguien... No, espera, que eso suena todavía peor. Y ¿quedaría aún peor si diera marcha atrás y le explicara que es para una vecina, como si esperara que a Nora le importara, como si, en cierta manera, estuviera intentando ligar con ella o algo parecido?

Qué mal se me dan estas cosas.

—¿Y? —Nora parece perpleja, pero no hace comentario alguno al respecto—. ¿Qué le gusta?

Continúa guardando comida, y me pregunto si debería echarle una mano. La verdad es que no tengo ni idea de dónde se guardan esas cosas ni cómo va a preparar la cena con una lata de almendras y una bolsa de coles de Bruselas.

Tengo unos recuerdos horribles de la infancia en los que me obligaban a comer coles de Bruselas.

Me pregunto si Nora logra que sepan algo mejor.

—No lo sé. Sé que estudia mucho y que no le gustan las flores —respondo.

—Chica lista. Yo también detesto las flores. Al principio son bonitas, pero enseguida te toca ver cómo se marchitan y se mueren y al final tienes que tirarlas a la basura. Y ensucian mucho. Una pérdida de tiempo. Como las relaciones.

Lo dice con un tono tan neutro que no sé si está bromeando o no.

Intento defender el amor, a pesar de que no estoy en posición de hacerlo.

—No todas las relaciones lo son.

Nora le quita el plástico a un ramillete de brócoli y observo cómo mira a todas partes menos a mí.

—¿Cuánto hace que la conoces? ¿Qué más sabes de ella?

—Poco, la verdad. —Me encojo de hombros.

Nora lleva el brócoli al fregadero y abre la llave.

—¿Nada más? —pregunta—. Entonces ¿por qué vas a comprarle un regalo? ¿Son muy amigos?

Tengo la impresión de que intenta sonsacarme información, pero estoy complicando las cosas tontamente. En cuanto me da la oportunidad de explicarme, le digo:

—Trabaja en la tienda veinticuatro horas de abajo. No es que seamos amigos, pero mañana es su cumpleaños y me parece que no le importa a nadie más.

Nora voltea desde el fregadero, con el brócoli llenándome de gotas el suelo de la cocina, y dice:

—Espera, ¿cómo dices?

Me encojo de hombros sin saber cómo interpretar su tono.

—Sí, es horrible. Cumple dieciocho y lo único que hace es trabajar en la tienda y estudiar. Siempre está estudiando.

Nora levanta la mano sin soltar el brócoli chorreante.

—¿Es para la chica de abajo? ¿La que siempre trae audífonos?

Asiento. Sus ojos encuentran los míos y se quedan ahí. Se muerde el labio inferior y tengo que desviar la mirada. Sus densas cejas se fruncen de nuevo y le resplandecen las mejillas. Está más maquillada que de costumbre, pero le queda bien.

Me recuerda a las mujeres de los videos que Tessa pone siempre en YouTube. Dice que quiere intentar imitar el maquillaje que usan, pero al final acaba tirando todos los cosméticos a la basura y con los ojos hinchados de tanto llorar.

—Eres de lo que no hay, Landon Gibson —declara Nora, y me ruborizo.

Me volteo fingiendo tener sed y abro el refrigerador para sacar un Gatorade.

No digo nada más. No sé qué decir, y sé que si no me voy quedaré como un tonto. Ya la he regado bastante por hoy y no quiero que Nora salga también huyendo del departamento. Tessa necesita todos los amigos que pueda encontrar, y parece que Nora vale la pena.

—Voy a terminar un trabajo.

«Ese que ya tengo acabado.»

—Si necesitas cualquier cosa, estaré en mi cuarto —añado metiéndome las manos en los bolsillos del pants.

Nora asiente y se voltea hacia el fregadero, a enjuagar el brócoli de nuevo.

Cuando regreso a mi cuarto, cierro la puerta y me apoyo en ella.

Siento la fría madera contra la piel. Estoy agotado. Qué asco de día. Me alegro mucho de que haya acabado.

No me molesto en abrir un libro de texto ni en fingir que estoy estudiando. No me molesto siquiera en encender la luz. Me acuesto en la cama y cierro los ojos. Me muevo un rato, obligándome a conciliar el sueño, pero no puedo dejar de pensar en Dakota.

Y ahora en Nora. Está en mi cocina y tengo que guardar las distancias..., aunque no sé si quiero.

VEINTISÉIS

Tras unos minutos de silencio, oigo música en la cocina.

Conozco la canción. Me siento, listo para levantarme, impresionado porque Nora también conoce a Kevin Garrett. Es una de mis canciones favoritas.

Irónicamente, la letra me dice mucho más que antes. Escucho a Nora tararear en mi cocina y me la imagino balanceándose despacio al ritmo de la música, cantando, moviéndose con elegancia.

Vuelvo a echarme en la cama, esta vez con la espalda contra la cabecera de metal. Tardé horas en armarla y, aun así, rechina cuando me muevo. El día que la compré, Tessa y yo nos pasamos toda la tarde en IKEA y fue un infierno. Estaba lleno a más no poder y era demasiado grande. Mientras intentábamos seguir el plano, Tessa no dejaba de hablar de un cucharón rojo que salía en un libro que estaba leyendo sobre un acosador del que, por alguna misteriosa razón, ella estaba enamorada. Me contó que Beck —la protagonista, más conocida como su víctima— «no era digna de él». Puse los ojos en blanco y le dije que tenía que vivir un poco, pero luego busqué el libro en Google y, por lo visto, mucha gente tenía la misma opinión. Es fascinante el modo en que un narrador puede hacer que uno se cuestione lo que cree saber del mundo.

Por muy bueno que fuera el libro, o por muchos cucharones rojos que venda IKEA gracias a él, yo preferiría no tener que volver. Tienen unos pequeños lápices para anotar las cosas que quieres y, tras recorrer toda la exposición, lo queríamos todo. Así que cuando regresamos a casa llevábamos un millón de cosas que nos costó la vida subir por la escalera. Luego tuvimos que armarlas, lo que fue todavía peor. Para colmo, faltaban un montón de tornillos y me eché cuarenta minutos a la espera con atención al cliente antes de colgar y decidir probar suerte en la ferretería al final de la calle. Y todo eso después de contratar y regatear a un tipo con una camioneta para que nos llevara y nos trajera de la tienda, lo cual creó un nuevo lugar que evitar: la sección de reparaciones y chambitas de Craiglist.

El tarareo de Nora se oye cada vez más alto. Tomo la *laptop* del escritorio y la enciendo. Necesito mantenerme ocupado y distraído. No debería salir de mi cuarto.

Pero me entra la rebeldía porque, cuanto más me concentro en por qué no debería salir, más quiero hacerlo. No pasa nada por ser amigo de Nora. Tampoco es que Dakota vaya a aparecer de repente.

Podemos ser amigos cuando está Tessa, pero Nora tiene algo que huele a peligro y bastante confundido estoy yo ya. Sé que no vamos a salir juntos ni nada parecido pero, si volviera a besarme, o si sigo pensando en que me bese, sería muy incómodo para Tessa...

Ahhh. No es fácil ni en mi propia casa.

Aprieto el botón de encendido de la *laptop* e intento recordar el password. No dejo de cambiarla porque no logro recordarla y, cuanto más la cambio, más me obliga Apple a complicarla. Por ejemplo, el primer password era LANDON123 y la última que puedo recordar, LaNdON123123!@#. Creía que la había guardado en alguna parte en el celular, pero tampoco me acuerdo de dónde.

Por fin, tras cuatro intentos, logro entrar. Mi trabajo de investigación para Historia 2 sigue en la pantalla, a pesar de que ya lo terminé. Tengo tres ventanas abiertas: mi iTunes, mi trabajo y Yelp. Desde que me vine a vivir a Brooklyn, uso Yelp casi a diario..., salvo cuando se me olvidó buscar el bar al que iba a llevarme Nora, pienso de repente. Qué raro. Normalmente lo busco todo primero. Parece que fue hace una eternidad, pero tampoco ha pasado tanto tiempo.

Se me hace difícil creer que Dakota se fue hace menos de una hora. Tengo la sensación de que fue hace mucho tiempo, incluso días. Esperaré a mañana para llamarle. Sé que, cuando necesita espacio, debo dárselo. La siguiente canción también es de Kevin Garrett. Canta sobre cuando a uno lo apartan y se siente solo, y lo adoro desde que oí su versión de *Skinny Love*, pero nunca antes me había identificado tanto con él. Ahora que lo pienso, casi todas las canciones de su EP describen por lo que estoy pasando con Dakota en este momento.

La voz de Nora es más fuerte ahora que canta con la música. ¿Tan terrible sería que fuera allí a platicar un rato?

Tampoco es que hayamos salido nunca juntos, ni de lejos, y sigo estando..., no sé cómo definirlo, con Dakota, por lo que no va a besarme ni a intentar nada. Sin pensarlo, me llevo los dedos a los labios y dejo la *laptop* a un lado.

Soy un hombre hecho y derecho, capaz de ser amigo de alguien que me atrae mucho. Pasa a todas horas en el cine.

Sólo que al final lo normal es que acaben juntos...

Debería dejar de comparar las películas con la realidad y el porno con el sexo. Ambos están a años luz de la vida real, sobre todo de mi vida. Es la segunda vez que pienso en porno hoy. Juro que no estoy tan obsesionado como parece. En realidad he visto mucho menos porno que la mayoría de los chicos de mi edad, estoy seguro.

Tengo que dejar de pensar tanto y empezar a salir y a socializar.

Lo primero, debería ponerme una camiseta, ¿no?

Sin duda.

Abro el clóset y tomo la primera sudadera que veo. Es azul y verde y tiene el logo de los Seahawks en el pecho. Los Seahawks me recuerdan a cuando Hardin y yo fuimos juntos a un partido el año pasado y estuvo a punto de pelearse con un tipo que se había portado como un cretino conmigo. Por lo general, no apruebo la violencia, pero ese tipo era un imbécil.

Una vez vestido, voy a la cocina. Nora sigue cantando cuando entro. Está de espaldas a mí, delante de la cocina, encendiendo el fuego. Se quitó la camisa de manga larga y trae una camiseta negra de tirantes. Se le ven los tirantes blancos del brasier y en la espalda tiene tatuado un diente de león con la mitad de las semillas volando al viento, como si alguien hubiera pedido un deseo y hubiera soplado. No me sorprende que tenga un tatuaje, es como si su cuerpo estuviera hecho para eso.

Me reclino contra el marco de la puerta y me le quedo mirando, mientras espero que se percate de mi presencia.

Toma una botella de aceite de oliva y echa un chorro en el sartén que tiene al fuego. Sus caderas se balancean lentamente y su voz es ahora más dulce, como si cocinar y cantar esa canción le salieran solos.

Toma los pedazos de brócoli y los echa en el sartén caliente. Baja el fuego cuando chisporrotea demasiado, toma una espátula y lo remueve.

Me siento como un mirón, como el tipo del libro de Tessa. Nora ni siquiera se ha dado cuenta de que la estoy observando. ¿Estará absorta en sus pensamientos? ¿O será que cuando cocina se olvida de todo lo demás? Son pequeños detalles de esta misteriosa mujer que nunca descubriré.

La canción cambia de nuevo y a continuación suena The Weeknd. No sé si puedo quedarme aquí viéndola bailar, sus canciones ya son bastante sexuales, y con esas caderas tan redondas y esos pantalones ajustados...

Debería volver a mi cuarto y meterme a la cama.

Pero, treinta segundos después, sigo embelesado. Nora remueve el brócoli, le echa una especie de salsa, se voltea y me ve.

No parece sorprendida ni avergonzada cuando me ve apoyado en el marco de la puerta. Sus labios se curvan en una sonrisa y me saluda con la espátula para que me acerque. El horno suena y va hacia él cantando. No digo nada, sólo me aproximo y me siento en una silla junto a la mesa. La cocina es pequeña y la mesa está en un rincón, a pocos metros de los fogones y del refrigerador.

Nora toma un agarrador con estampado de girasoles de la barra y abre el horno. Saca un pastel y lo deja en la parte libre de los fogones. Se le da bien hacer varias cosas a la vez.

Yo apenas puedo preparar un bizcocho precocinado y respirar al mismo tiempo, mucho menos elaborar un pastel de cero mientras tengo otra cosa al fuego.

—Me escribió Tessa. Acaba de servirle la cena al grupo de veinte. Tardará en volver —me informa.

La miro y asiento, intentando desesperadamente ignorar cómo las tetas amenazan con salírsele de la camiseta que trae puesta.

¿Es de mala educación pedirle que vuelva a ponerse la camisa?

Sí, seguro que lo es, y además resultaría evidente que he estado mirándola más de lo que parece.

—Qué mal. —Dejo de mirarle las tetas—. ¿Le gusta el restaurante? A mí me dice que le gusta, pero ya sabes que no es de las que se quejan.

Mantengo la conversación en terreno neutral, alejada de su cuerpo..., por muy sexi que sea.

Nora toma un tenedor y lo clava en una de las esquinas del pastel. Lo echa al fregadero y se voltea hacia mí.

—Dice que le gusta, y ahora que tiene allí al doctor Rubiales, seguro que le gusta aún más.

La miro, luego miro la pared y la miro a ella otra vez.

—Hummm... —No sé qué decir.

No sé cuánto sabe Nora acerca de la ruptura de Tessa y Hardin, y no quiero que se me vaya la lengua. No me corresponde a mí.

—Es muy lindo. Tessa dice que ya lo has visto. ¿Verdad que es muy lindo?

¿Es atractivo? No me acuerdo de qué aspecto tiene.

—Vamos. No me digas que eres de esos que se sienten tan inseguros con su sexualidad que no pueden admitir que un hombre es atractivo —dice Nora poniendo los ojos en blanco.

Me da risa.

—No, no es eso. Es que no me acuerdo de su cara.

Sonríe.

—Mejor, no es tu tipo. Pues está muy bueno, te doy mi palabra.

Tampoco era para tanto. Sólo recuerdo que era rubio. Seguro que no está tan bueno. ¿Será que lo de estudiar Medicina lo hace más atractivo? Ni idea.

—Ya. —Me encojo de hombros.

Nora agarra el sartén y sirve el brócoli humeante en una bandeja.

—Oye, sé que Hardin es tu hermano y todo eso —empieza a decir—, y también sé que Tessa sigue locamente enamorada de él, pero no creo que le venga mal volver al mundo de los solteros. Ahora mismo no está lista para salir con nadie pero, como amiga, siendo del todo imparcial y muy leal, quiero verla feliz.

No esperaba que la conversación fuera por estos rumbos.

—Ya he intentado buscarle a alguien, pero... —No acaba la frase. Se interrumpe como si se hubiera cachado a sí misma diciendo lo que no debía.

—Tienes derecho a tu opinión completamente parcial. —Le sonrío a continuación para que deje de sentirse incómoda por lo que sea que tiene en la cabeza—. Por muy equivocada que estés.

Se ríe al oírlo, se acerca y se sienta en la silla que hay a mi lado.

—¿Cómo es Hardin?

—Llegaste a conocerlo, ¿no?

Tengo que hacer memoria, volver unos meses atrás. Sí, lo ha visto una o dos veces. Que yo sepa, no han hablado nunca, pero se han cruzado alguna vez. Creo recordar que la llamó por un nombre que no era el suyo.

—Sí, llegué a conocerlo, pero ¿cómo es en realidad? ¿Es una de esas situaciones en las que ella estaría mejor sin él y, como amiga, debo darle un empujoncito hacia el buen camino, o van a poder arreglar sus respectivos problemas y estar juntos?

Nora habla deprisa, como si fuera importante para ella, como si el bienestar de Tessa le preocupara. Eso me gusta.

—Es complicado. —Rasco la pintura cuarteada de encima de la mesa. Otro punto menos para IKEA—. Pero, como soy el mejor amigo de Tessa y el hermanastro de Hardin, intento permanecer lo más neutral posible. Los dos me importan mucho y, si pensara que cualquiera de los dos está perdiendo el tiempo, se lo diría. Sin embargo, creo que no es así. Creo que les irá bien. No sé cómo, pero saldrán adelante. De lo contrario, mi familia estaría jodida porque los queremos mucho a los dos.

Nora me mira con detenimiento, como si estuviera examinando cada centímetro de mi cara.

—¿Siempre dices exactamente lo que sientes?

La pregunta me toma por sorpresa. Ella apoya los codos en la mesa y deja la barbilla entre las manos.

Me encojo de hombros.

—Lo intento.

«Excepto que no voy a decir que no puedo dejar de pensar en lo preciosa que eres.»

—Sólo que, a veces, menos es más.

—Yo creía que esa regla únicamente se aplicaba a la cirugía plástica y a las camisas de cabrones —señala Nora.

—¿Qué rayos es eso de las «camisas de cabrones»? —Tengo que saberlo.

Ella sonríe, feliz por ser quien me enseñe qué son las «camisas de cabrones».

—¿Ves esas camisas que usan los hombres que usan cruces y piedras falsas? ¿Esas que siempre son demasiado ajustadas y que los tipos que las usan siempre tienen un aspecto grasiento y como de haberse inyectado esteroides en el baño?

Ni siquiera intento contener la risa.

Ladea la cabeza y levanta una mano, me toca la punta de la nariz con el dedo índice y se ríe. Qué gesto más raro, pero es adorable.

—Sabes exactamente a qué me refiero.

Lo sé. A Dios gracias, nunca me he puesto una, pero la mitad de mi escuela las usaba. Atinó la descripción y, en cuanto vuelvo a pensarlo, me río.

—Lo sé —confieso.

Vuelve a sonreír y, cuando cierra la boca, sus labios parecen un corazón, llenos, carnosos y sonrosados.

—¿Quieres ayudarme a decorar el pastel? Después de lo que me contaste, hice uno para tu amiga de abajo. Todo el mundo debería disfrutar de un pastel de cumpleaños —dice Nora, y la bondad gotea de cada una de sus palabras como si fueran gotas de miel.

Me encanta que le haya hecho un pastel a Ellen, aun después de haber pasado el día preparándolos en el trabajo y de haber tenido un día horrible.

—¡Qué detalle tan bonito! —señalo con una sonrisa.

Luego añado—: ¿Cuándo es tu cumpleaños? —No sé por qué lo pregunto.

—La semana que viene. Pero si vamos a ser amigos, tienes que prometerme una cosa —dice en tono grave, casi severo.

—¿Sí?

—Nunca, jamás, prepararás nada para celebrar mi cumpleaños.

Es una promesa muy rara.

—Hummm... Bueno.

Se revuelve en la silla y se pone de pie.

—Es en serio: ni tarjetas de felicitación, ni pastel, ni flores. ¿Trato hecho?

Su mirada se volvió misteriosa y está apretando los labios.

—Trato hecho.

Y, con eso, asiente y me deja saber que está satisfecha con mi promesa. Al instante, se desvanece la tensión que llenaba la cocina.

No sé por qué me pidió que se lo prometa, o si era broma, pero no la conozco lo suficiente para preguntar. Si llega el día en el que seamos lo bastante amigos para que me lo cuente, la escucharé encantado, pero tengo la sensación de que muy poca gente sabe algo de esta mujer.

—Bien, ¿de qué color lo quieres? —Nora se aleja de la silla y se dirige al armario más remoto de la cocina.

No lo he abierto nunca, puede que por eso no supiera que estaba lleno de comida.

Nora saca una bolsa de azúcar glas y una caja con un pequeño arcoíris en la tapa. ¿Será colorante comestible? Me lo confirma cuando abre la caja y saca cuatro pequeños frascos con las tapas blancas. Rojo, amarillo, verde y azul.

—¿Puedes tomar la mantequilla y la leche del refrigerador? —me pide.

Abre la bolsa de azúcar glas y el cajón que tiene delante. Saca las tazas de medir y me parece muy gracioso el hecho de que yo vivo aquí y no sabía que las tuviéramos siquiera.

—A sus órdenes —le digo, y da media vuelta con una sonrisa pícara en los labios. Soy demasiado inocente para que me mire así.

VEINTISIETE

Resulta que soy un negado para la repostería. Negado en el sentido de que soy incapaz de decorar un pastel sencillo sin hacer un desastre.

—Esta vez pon sólo una o dos gotas —me recuerda Nora, como si no hubiera aprendido la lección hace treinta segundos, cuando empezó a gritarme por haber echado media botella de colorante comestible en el primer tazón de glaseado.

¿Cómo iba a saber que una botellita tan pequeña iba a tener tanto poder como para teñir de rojo la boca de Ellen durante una semana entera?

—Necesitamos más azúcar —dice Nora, y tomo la bolsa de la barra que tengo al lado.

El azúcar glas se mueve en su interior, y entonces veo que cortó uno de los extremos. Intento agarrarlo antes de que se desparrame, pero no lo logro. Se sale de la bolsa y cae sobre la barra y también al suelo. Una nube de polvo blanco inunda mi rostro, y Nora menea la mano cuando la nube de azúcar cubre también su cara.

—¡Madre mía! —grita en un tono cargado de humor.

Dejo la bolsa de plástico en la barra y observo el desastre que hice. Como burlándose de mí, la bolsa se cae al suelo, y el poco azúcar que quedaba se esfuma en el aire. Tengo la sudadera tan cubierta de blanco que el halcón de los Seahawks apenas se ve. Cuando Nora sonríe, se le forman unas arruguitas alrededor de los ojos que me encantan.

—¡Lo siento! No sabía que estaba abierta. —Paso las manos por la barra y, aunque me gusta la sensación del azúcar en la piel, pienso que nunca, jamás, debo volver a intentar hacer dulces.

La camiseta negra de tirantes de Nora también está cubierta de azúcar, al igual que sus brazos, sus manos, su mejilla y su cabello negro.

—No pasa nada.

Su sonrisa es contagiosa, y ni siquiera me siento avergonzado por cómo la regué. Se me hace raro que no esté enojada conmigo, y no sé por qué. No para de sonreír, y mira el azúcar derramado, me mira a mí y sacude la cabeza con una expresión divertida.

Aparta el tazón de mezclas y toma un rollo de papel de cocina. Abre la llave y usa las manos para sacudir en el fregadero todo el azúcar posible.

—Durante mi primer semestre en la escuela de cocina se me olvidó poner el protector de seguridad de una batidora de cuarenta litros y cinco kilos de azúcar glas acabaron volando por todas partes. Sobra decir que tuve que quedarme tres horas más para limpiarlo todo y repetir el examen, y mi profesor era tan patán que no dejó que nadie me ayudara. —Nora está limpiando mi desastre a toda velocidad, y yo debería estar ayudándola.

—¿Aprobaste? Me refiero a cuando lo repetiste —le pregunto.

—No. Como dije, era un auténtico patán.

La miro y ella levanta la mano llena de azúcar para rascarse la cara. Se restriega la mejilla y extiende el polvo blanco sobre su piel bronceada.

Tomo una hoja de papel de cocina y empiezo a ayudarla.

—Ésa es la razón por la que quiero ser profesor.

Tira la bolsa de azúcar vacía a la basura.

—¿Para ser un patán?

Me río y niego con la cabeza.

—No. Para ser todo lo contrario. Cuando tenía dieciséis años tuve un profesor, el señor Haponek, que iba más allá de su trabajo. Era todo lo que se espera de un maestro y, conforme fui creciendo, vi que al resto de mis profesores no les importaba nada su trabajo. Después, en la preparatoria, comprobé que la mayoría no se esforzaban por hacer bien su trabajo. Al compararlo con mi escuela, vi que había muchos chicos faltos de un buen profesor. Supone una gran diferencia, ¿sabes?

—¿Cómo era tu preparatoria? —pregunta Nora.

«Horrible.»

«Una mierda.»

—No estaba mal —digo.

No creo que quiera oír mi auténtica experiencia.

No creo que yo quiera contársela.

Es como cuando la gente te pregunta cómo estás y tú respondes que bien. Dar más explicaciones los incomodaría.

—Yo no fui a una preparatoria de verdad. Fui a un pequeño centro privado cerca de Seattle. Era espantoso —explica Nora, y me sorprende dejándome ver otro poquito más de sí misma.

—Mi preparatoria también era espantosa —admito.

Ella me mira con escepticismo.

—Seguro que eras uno de los chicos más populares. Eras deportista, ¿verdad?

Casi me río ante la idea de ser un chico popular.

«¿Deportista? ¿Yo? Para nada.»

—Pues la verdad es que no. —Sé que me estoy poniendo rojo—. En realidad era un don nadie. No era lo bastante genial como para ser popular, pero tampoco lo bastante inteligente como para ser considerado un nerd. Estaba en ese punto intermedio en el que a nadie le importaba una mierda mi persona. Entonces estaba gordito, así que los abusivos se metían conmigo cuando se cansaban de sus presas de costumbre. Pero lo cierto es que no me di cuenta de lo horrible que era aquello hasta que me mudé a Washington a medio curso del último año. Mi experiencia allí fue muy diferente.

Nora se acerca al armario de la limpieza y saca la escoba y el recogedor. Empieza a barrer el suelo y yo me dispongo a llenar el silencio con más divagaciones sobre mis días de preparatoria mientras mojo una hoja de papel de cocina y limpio el resto de la barra.

—No hay nada peor que un puñado de patanes que destacan en la preparatoria —señala ella.

Suelto una carcajada.

—Ésa es una de las cosas más ciertas que he oído.

—Supongo que no me perdí gran cosa —dice mirando al frente.

Ya adoptó otra vez esa expresión de estar aburrida.

—¿Siempre has querido ser chef de repostería? —pregunto.

Ya casi terminamos de limpiar el azúcar, pero no quiero que se acabe la conversación. Casi desearía que hubiera otra bolsa o alguna otra cosa con la que pudiera manchar el suelo.

Nunca había oído a Nora hablar tanto, excepto aquella vez que Tessa y ella se pusieron a chismear sobre los dos chicos que se besaron en ese programa de cazadores de demonios con el que Tessa está obsesionada. No acostumbro a participar en sus conversaciones, cuando ella viene suele estar en mi cuarto estudiando o en el trabajo, y ahora que estamos solos está inusualmente parlanchina. Quiero recoger todas las palabras que esté dispuesta a pronunciar.

Pasa la escoba por los azulejos del suelo y me mira.

—Gracias por acordarte de no llamarme *pastelera*. Y, no, quería ser cirujana. Como mi papá, y como su papá, y como el papá de su papá.

«¿Cirujana?». Es lo último que esperaba oír.

—¿En serio?

—No te sorprendas tanto. Soy muy inteligente. —Ladea la cabeza con aire engreído y decido que me gusta esta actitud juguetona.

Es diferente de la de Dakota, no es tan dura ni sincera.

«Dakota.»

Llevo treinta minutos sin pensar en ella y su nombre suena raro en mi mente.

¿Me convierte eso en un mal tipo? Un minuto estoy desnudo con ella y, al siguiente, paso a olvidarla.

¿Estará en casa esperando a que le llame?

No lo creo.

—No lo dudo —digo levantando una mano llena de azúcar—. Sólo pensaba que dirías algo... más relacionado con el arte.

Nora me mira con aire pensativo.

—Vaya, y ¿eso por qué?

Apoya el palo de la escoba en la barra y se inclina cerca de mí para abrir la llave. Sus brazos rozan la tela de mi sudadera, y me aparto.

—No lo sé. Te veo siendo una especie de artista. —Me paso la mano por el pelo y unos copos de azúcar caen al suelo—. La verdad es que no sé ni lo que digo.

—Deberías quitarte eso antes de que termine de barrer. —Nora enrosca los dedos alrededor de uno de los cordones de mi sudadera y bajo la vista para observar su mano.

—Supongo que sí —digo, y ella se acerca un paso más. Contengo la respiración.

Me mira a los ojos y toma aire en completo silencio entre dientes.

—A veces tengo la sensación de que me conoces más de lo que deberías —susurra, y soy incapaz de moverme.

No puedo respirar, ni moverme, ni hablar cuando la tengo tan cerca. Incluso cubierta de azúcar es tan increíblemente impresionante que apenas me atrevo a mirarla.

—A lo mejor es verdad —le digo, sintiendo lo mismo por alguna razón.

Lo cierto es que no sé nada de ella, pero a lo mejor no se trata de conocer hechos. A lo mejor no importa si sé cómo se llama su mamá o cuál es su color favorito. A lo mejor no es necesario que pasen años para conocer a las personas como creemos, igual las cosas primordiales son mucho más sencillas. A lo mejor importa más que seamos capaces de ver más allá, que sepamos qué clase de amigos o amigas son, o que preparan pasteles para gente a la que ni siquiera conocen sin que tengamos que pedírselo.

—No deberías —dice mirándome a los ojos.

Sin pensar, doy un paso hacia ella y cierra los ojos.

—A lo mejor sí debería.

No sé quién soy en este momento. No estoy nervioso estando tan cerca de una mujer tan hermosa. No tengo la sensación de no ser lo bastante digno de tocarle la cara.

Apenas soy capaz de pensar en nada.

Me gusta el silencio mental que suele provocarme.

—No podemos —dice con una voz apenas audible.

Sigue con los ojos cerrados, y la palma de mi mano cubre su mejilla sin que yo sea consciente de haberla puesto ahí. Recorro con el pulgar el contorno de sus labios carnosos. Cuando mi mano desciende hasta su cuello, siento que se le acelera el pulso.

—A lo mejor sí podemos —susurro.

En este momento, lo único que sé es que sus manos se están aferrando a la tela de mi sudadera y, aunque sus palabras son vacilantes, me está atrayendo hacia sí.

—No sabes lo poco que te convengo —dice a toda prisa; abre los ojos sólo una fracción, y se me parte el alma.

Veo dolor en ellos, un dolor profundo escondido tras el café claro con manchitas verdes de sus iris. Me lo está mostrando por primera vez, y siento su peso bajo sus párpados caídos. Algo que no sabría cómo explicar se activa dentro de mí. Quiero sanarla. Quiero que sepa que todo estará bien.

Quiero que sepa que el dolor sólo es algo permanente si dejamos que lo sea.

No sé cuál es el origen del suyo, pero estoy seguro de que haré lo que haga falta para liberarla de él. Mis hombros pueden soportar su dolor. Son fuertes, están hechos para ello, y necesito que lo sepa.

De repente, siento la tremenda necesidad de protegerla, como si ésa hubiera sido mi misión durante toda mi existencia.

—No sabes dónde te estás metiendo —me advierte Nora, y yo le pongo el pulgar contra los labios para hacerla callar.

Los separa ligeramente al sentir mi tacto y exhala un suspiro sin aliento.

—Me da igual —digo, y lo digo muy en serio.

Cierra los ojos de nuevo y me atrae más y más hacia sí, hasta que nuestros cuerpos se pegan y nuestras curvas encajan como si hubiéramos sido creados para unirnos.

Me inclino y me humedezco los labios, y ella gime un poco, como si hubiera estado esperando toda una eternidad a que mis labios encontraran los suyos. Y yo también lo siento así. Tengo una inmensa sensación de alivio, como si hubiera hallado una parte de mí que no sabía que me faltaba.

Poso la mano sobre su mejilla y apenas un par de centímetros separan nuestras bocas. Nora respira con mucha suavidad, como si yo fuera el frágil y ella la que tiene que tratarme con cuidado.

Sus labios saben a azúcar, y ella es mi postre favorito.

La beso con ternura, presionando con delicadeza los labios contra las comisuras de su boca, y ella emite un sonido gutural que casi hace que pierda la razón. Siento un ligero mareo cuando abre la boca y su lengua roza con suavidad la mía.

Estoy totalmente atolondrado, y me encanta. No quiero volver a pensar con claridad en toda mi vida. Coloco la otra mano sobre su espalda y empujo su cuerpo con cuidado contra el mío hasta que no nos separa ni un solo centímetro.

A través de sus suaves labios, susurra mi nombre, y nunca había sentido una adrenalina semejante. Se aparta durante un momento y me siento perdido, como nadando en medio de la nada y, cuando su boca vuelve a pegarse a la mía, es como si me hubiera encontrado y me anclara a ella.

Algo vibra sobre la barra de la cocina y la música que había olvidado que estaba sonando se silencia.

Es como si hubiera perdido los últimos minutos de mi vida, pero no quiero recuperarlos. Quiero seguir así, perdido, con ella.

Sin embargo, la realidad tiene otros planes. Nora se aparta y se lleva mi silencio mental consigo. Agarra el teléfono, lo mira y desliza el dedo índice rápidamente por el círculo verde. Me apoyo en la barra para serenarme. Ella se excusa y sale al pasillo.

Pasan unos minutos de silencio. La oigo hablar, pero no distingo sus palabras. Cada vez habla más alto, y tengo que obligarme a no acercarme a la puerta para intentar escuchar su conversación.

—Tengo que irme —dice cuando vuelve a la cocina—. Pero volveré por la mañana para ayudarte a decorar el pastel. Voy a envolverlo para que no se seque.

Se desplaza por la cocina y me doy cuenta de que su expresión corporal cambió. Tiene los hombros caídos y evita mi mirada.

Una sensación de ansiedad se instala en mi pecho.

—¿Está todo bien? ¿Puedo ayudarte en algo? —pregunto.

En este mismo momento decido que pocas cosas hay en este mundo que no haría por ella.

Sé que es una locura y que apenas la conozco. Soy consciente de que es difícil proteger a alguien que no te deja hacerlo. Y también soy consciente de que tengo una relación complicada en la que estoy y dejo de estar con otra persona, pero ya no hay vuelta atrás. No puedo borrar los últimos minutos, y, aunque pudiera, no lo haría.

—Sí, todo bien. Es que tengo que volver al Lookout, mi jefe me necesita —dice con una débil sonrisa que sé que esconde algo más.

Permanezco en silencio mientras ella envuelve el pastel con plástico y toma su camisa del respaldo de la silla. Se mete la corbata en el bolsillo trasero de sus pantalones negros y se dirige a la puerta de la cocina.

Sigue sin mirarme a los ojos, y eso me está torturando.

—No te preocupes por los platos, ya los recogeré mañana —añade.

Asiento, pues no sé qué decir. El hechizo de nuestro beso se está desvaneciendo a gran velocidad, y la infinidad de preguntas que tengo que hacerle inundan mi mente.

—Lo siento —dice, y sé que lo dice de verdad.

Me quedo con eso al menos.

Desaparece por la puerta y me quedo ahí plantado durante unos minutos, recapitulando cada uno de los instantes que acabamos de compartir. Desde el dulce sabor de sus labios de azúcar hasta la desesperación de sus dedos agarrándose a la tela de mi sudadera.

El departamento está muy silencioso, a diferencia de mi mente. Me dirijo hacia el fregadero y abro la puerta del lavavajillas. Tiro las sobras de brócoli y vuelvo a meter el aceite de oliva en el armario.

Cuando Tessa llega a casa, continúo en la cocina, sentado en la mesa. Los platos ya están limpios y guardados, y no queda ni rastro de azúcar glas.

Entra desatándose el delantal y lo deja en el respaldo de la silla.

—Uy, ¿qué haces despierto?

Miro la hora en el reloj de la cocina. Es casi la una de la madrugada.

—No lo sé —miento.

Bastante mal la está pasando ella ya, no quiero agobiarla con mis problemas, y menos cuando ni yo mismo los entiendo.

Tessa me mira y veo en sus ojos que está haciendo conjeturas. Echa un vistazo a la cocina y ve el pastel en la barra.

—¿Y Nora? —pregunta.

—Vino un rato, pero la llamaron del trabajo y tuvo que irse —explico con la garganta seca.

—¿En serio? ¿Quién la llamó? Vengo de allí y sólo quedábamos Robert y yo.

Debería sorprenderme, pero no es así.

Hago un gesto despreocupado con la mano.

—Quizá oí mal. ¿Qué tal el trabajo?

Cambio de tema, y Tessa me lo permite.

VEINTIOCHO

La mañana llegó más rápido de lo que esperaba.

Cuando me desperté, me quedé acostado en la cama un rato, mirando el ventilador del techo. Me pregunto quién viviría aquí antes que yo, y por qué decidieron pintar el ventilador con colores que no combinan. Cada aspa es de uno diferente. Azul, verde, morado, amarillo y, por último, rojo. ¿Sería el cuarto de un niño? De lo contrario, los anteriores inquilinos debían de ser gente bastante extravagante.

No sé qué hora es cuando por fin me obligo a salir de la cama. Lo único que sé es que estoy agotado, como si hubiera pasado la noche en la guerra. Cuando tomo el celular para ver la hora, está muerto. Lo conecto al cargador y me dirijo a la sala de estar.

Se encuentra a oscuras, y la tele está encendida. Tessa está dormida en el sillón, y en la pantalla se está reproduciendo un episodio de «Guerra de *cupcakes*» con el volumen bajo. Tomo el control, que descansa sobre su estómago, y apago la televisión. Aún trae puesto el uniforme del trabajo. Debía de estar agotada. Se notaba en el modo en que se le cerraban los ojos mientras se comía el plato de comida que trajo del restaurante anoche. Estuvimos sentados en la mesa durante menos de treinta minutos, y me contó punto por punto cómo había estado la noche.

Un grupo de profesores de la Universidad de Nueva York habían entrado en el restaurante veinte minutos antes de que cerraran y se habían sentado en su sección. Seguro que le molestó un poco, aunque no lo comentara, que fueran de esa universidad, puesto que todavía no la han aceptado allí. Es muy probable que acaben haciéndolo, pero no para este semestre. No quiere que Ken utilice su posición de decano en la WCU para intentar ayudarla, pero estoy convencido de que lo hará igualmente si no la aceptan para el semestre de invierno. Sería genial que viniera al campus conmigo, aunque ambos tendríamos materias distintas. Durante el primer año, coincidíamos en unas pocas clases, ya que yo quiero especializarme en Educación Infantil y ella en Filología.

Entro a la cocina para ver qué hora es. Son sólo las ocho. Es un poco raro que el de la cocina sea el único reloj que hay en todo el departamento. Dependemos del teléfono para consultar la hora; me pregunto cómo afectará eso a la industria relojera.

Se me haría rarísimo vivir en una época en la que tienes que entrar a un edificio o acudir a la plaza de la ciudad para ver la hora. Y, si ésta no fuera correcta, ni siquiera lo sabrías. Si Hardin viviera en aquella época, me lo imagino poniendo la hora mal en todos sus relojes para tomarle el pelo a la gente.

Tengo que decirle a Tessa ya que Hardin va a venir este fin de semana. Se lo diré en cuanto se despierte.

En serio.

Esta vez, sí.

En la cocina sólo se oye el débil zumbido del refrigerador. El pastel sin decorar sigue en la barra, envuelto con plástico.

Me pregunto si Nora va a volver, o si lo que sea que hizo que se fuera anoche le impedirá regresar hoy.

Busco en el refrigerador algo que comer antes de empezar a prepararme para ir al trabajo.

«¡Mierda!».

Se suponía que tenía que estar allí a las seis para cubrir el turno de Posey.

Corro a mi cuarto y tomo el teléfono para llamar a mi jefe. Mi pie choca contra algo duro y tropiezo. Intento mantener el equilibrio con una pierna, pero no funciona y me golpeo los dedos del pie con la pata del escritorio.

«Mierda, qué dolor.»

Me agarro el pie y por fin alcanzo el teléfono. Sigue apagado.

«Mierda, mierda.»

Tendré que llamar desde el celular de Tessa.

Tiro el celular sobre la cama y me dirijo a la sala de estar saltando de cojito. Aún me duelen los dedos. Cuando llego hasta el cuerpo durmiente de Tessa sobre el sillón, busco con la mirada. El celular debe de estar por ahí, en alguna parte.

¿Por qué no le hice caso a mi mamá cuando me sugirió que instalara un teléfono fijo?

«Nunca se sabe lo que puede pasar, Landon.

»Es posible que haya mala señal en el departamento.

»Puede que pierdas el teléfono y que necesites un fijo para llamar a algún lugar para encontrarlo.

»Los extraterrestres podrían invadir Brooklyn y robar toda la tecnología para llevar a cabo su plan de invadir la Tierra para sus fechorías.»

Bueno, la última me la inventé yo para burlarme de su preocupación.

Sin embargo, ésta es una de esas muchas veces en las que me he dado cuenta de que mi mamá suele saber de lo que habla. La mayoría de los veinteañeros no lo admitirían jamás, sin embargo yo soy lo bastante inteligente como para ser consciente de que tengo suerte de tener una mamá como ella.

El teléfono de Tessa está metido entre el respaldo del sillón y su cadera. Alargo la mano lentamente hacia él y contengo la respiración para no despertarla. Justo cuando mis dedos alcanzan el dispositivo y lo agarro, Tessa da un respingo y abre los ojos como platos.

Me aparto de un brinco y le doy tiempo para que asimile que sólo soy yo, y que está dormida en el sillón, en la sala de estar de su casa.

—¿Estás bien? —gruñe.

Su voz suena como si aún estuviera dormida.

—Sí, perdona. Me quedé sin batería en el celular y llego tarde al trabajo.

Asiente y toma el teléfono para dármelo.

Lo acepto y me dispongo a marcar el número, pero me pide un password.

Tessa empieza a darme los números y los introduzco rápidamente.

—Cero, dos, cero, uno —dice, y cierra los ojos.

Se pone de lado y se acurruca con las rodillas hacia el pecho.

—Gracias.

Tomo la cobija del respaldo del sillón y la cubro con ella. Ella me lo agradece con una sonrisa, y desbloqueo el teléfono. Se me hace raro tener su celular en la mano. Es muy pequeño en comparación con el mío.

Siempre bromea sobre el tamaño del mío. Dice que es un iPad, y yo bromeo sobre el hecho de que siempre está rompiendo los suyos. Le recuerdo el que se le cayó al escusado, el que dejó olvidado en un vehículo que «desapareció», y el que le lanzó a una araña que había en la azotea de nuestro edificio. El único que falta, el que no le menciono, es su primer celular.

El *smartphone* cuya pantalla rompió a propósito y que pisoteó unas veinte veces. Yo volvía del trabajo y me la encontré destrozándolo. Juró que jamás volvería a usar un iPhone, y yo tuve la impresión de que aquello no tenía nada que ver con la tecnología en sí. La causa era más bien la misma por la que ahora sólo bebe café frío. La misma razón por la que ya no soporta escuchar a su grupo de música favorito.

No tardó en incumplir su promesa después de usar otro celular durante una semana. Perdió toda su música y todos los datos que había guardado: sus passwords, su información de inicio de sesión automático y sus tarjetas de crédito. De camino a la tienda Apple, no paró de echar pestes sobre ellos, diciendo que están dominando el mundo, y le enojaba que tuvieran productos tan buenos, porque los clientes no tenían más remedio que utilizarlos. Vaya paradoja.

También mencionó más de unas cuantas veces que deberían fabricar más productos asequibles. Y yo era de la misma opinión.

Cuando llego a la pantalla de marcar los números caigo en la cuenta de que no me sé el número de Grind de memoria. Siempre llamo desde la agenda del celular. Apenas recuerdo aquellos tiempos en los que los *smartphones* aún no dominaban el mundo. A los doce años tuve un Nokia que mi mamá me hacía llevar a todas partes por si acaso pasaba algo. Me acuerdo de que siempre me quedaba sin batería jugando a la serpiente.

Uf, qué viejo me siento.

¿Qué demonios haríamos sin la tecnología? Me avergüenza depender tanto de ella, pero, al mismo tiempo, me fastidia tener que buscar una guía telefónica para encontrar el número del trabajo.

En fin, los humanos estamos muy malacostumbrados.

Mejor dicho, los estadounidenses estamos muy malacostumbrados. Hay muchos muchos lugares en el mundo en los que la gente nunca ha visto un iPhone, y aquí estoy yo, planteándome mi existencia sin los productos Apple.

Lo tengo todo demasiado fácil.

Busco en Google el número de Grind y, cuando llamo, comunica directamente.

¿Qué demonios pasa?

Ni siquiera tengo el celular de Posey. Las desventajas de la tecnología, una vez más.

En su día me sabía los números de teléfono de todos mis amigos de memoria. De acuerdo, el hecho de tener sólo dos amigos ayudaba bastante, y además vivían en la misma casa, pero bueno.

—En fin, voy a vestirme y salgo para allá —explico a toda prisa.

Dejo el celular de Tessa sobre la mesita de café y me dirijo a mi cuarto.

Todavía me duelen los dedos de los pies.

Si salgo ya, llegaré antes de quince minutos. Si me hubiera vestido en lugar de intentar llamar, ya estaría a medio camino. Miro el celular sobre mi cama. También podría haber llamado desde mi teléfono si lo hubiera puesto a cargar anoche.

No se puede tener todo siempre.

Corro por mi habitación y me pongo unos *jeans* oscuros y una camiseta gris sencilla. Corro al baño y me cepillo los dientes. Meo y me lavo las manos. Sin mirarme en el espejo siquiera, apago la luz y vuelvo a la sala de estar. Empiezo a tener sensibilidad en los dedos de los pies, y me alegro, ya que prácticamente voy a tener que correr hasta el trabajo.

Seguro que tengo un aspecto espantoso, pero cuando llegue allí me pasaré los dedos por el pelo para peinarme o algo.

«Mis tenis..., ¿dónde están mis tenis?» Inspecciono el suelo y miro dentro del clóset.

La sala de estar. Deben de estar junto a la puerta.

«Donde tienen que estar», oigo decir a Tessa en mi cabeza, y me río para mis adentros.

Estoy en la puerta, metiendo los pies en los tenis menos de cinco minutos después de que haya intentado llamar al Grind. Tomo las llaves, abro la puerta de un jalón y, cuando lo hago, me encuentro con alguien de frente.

Es Nora.

Lleva una bolsa de basura en un brazo y tiene una caja a los pies.

Al verme, abre los ojos como platos, y yo miro la caja. En ella hay un libro, un marco y algunas cosas más.

—Hola —articula Nora, y me mira con vacilación.

—Hola —respondo tratando de entender qué hace aquí.

Con sus cosas.

—¿Estás bien? —le pregunto, y ella asiente.

Sus ojos se llenan de lágrimas y veo cómo forma un puño con la mano libre. Inspira hondo y, de repente, endereza la espalda y contiene las lágrimas.

—¿Puedo entrar? —dice con voz grave, derrotada, pero poniendo buena cara.

Me agacho, tomo la caja y la sostengo con un brazo. Le ofrezco la mano para que me pase la bolsa de basura, y lo hace.

Su mirada es dura, es una luchadora. Lo veo en sus ojos.

La bolsa pesa, y la dejo en el suelo de la sala de estar, al lado de la mesa de mi abuela. Dejo la caja también y le hago un gesto a Nora para que pase. Entra despacio, y Tessa se incorpora en el sillón.

Miro su teléfono sobre la mesa.

Mierda.

Miro a Nora como pidiéndole disculpas.

—Tengo que irme a trabajar. Ya voy muy tarde.

Ella asiente y sonríe, pero es la sonrisa más pequeña que he visto en mi vida.

Las promesas que me hice de protegerla anoche vuelven a invadir mi pecho. No quiero que esté así, que se sienta así.

Tessa se levanta y evalúa la situación. No puedo quedarme para escuchar las explicaciones, aunque voy a pasar el día loco por saber qué está ocurriendo.

¿Qué pasó?

¿Por qué trajo sus cosas?

¿Tiene algo que ver con Dakota?

Se me revuelven las tripas al pensar en esa posibilidad.

Cuando me vaya, ¿le contará a Tessa que nos besamos, otra vez?

Me gustaría quedarme, pero no puedo. Hay demasiada gente que me espera, y ya la regué bastante esta mañana.

Corro por el descanso y bajo por la escalera. No tengo tiempo de esperar a que el elevador más pequeño del mundo llegue a mi piso.

VEINTINUEVE

Cuando entro por la puerta del Grind, compruebo que el establecimiento está repleto de gente.

«Uf...»

Hay una fila larguísima desde la vitrina de postres hasta el área donde se recogen los pedidos. Hay hombres y mujeres vestidos con su ropa de trabajo por todas partes, platicando y tomándose su dosis de cafeína. Analizo la fila y veo unas cuantas caras irritadas al final. Atravieso inmediatamente la multitud y me coloco detrás de la barra. Ni siquiera me molesto en ponerme un delantal. Aiden está anotando los pedidos; sus dedos se deslizan por el teclado de la caja con diligencia y su rostro pálido tiene un color rojo intenso. El cuello también lo tiene rojo. Además, la espalda de su camisa está empapada de sudor.

En fin. No va a estar muy contento conmigo.

Cuando llego detrás de él, le entrega el cambio a una mujer de pelo negro vestida con un traje rojo. Por su parte, la mujer está enojada y agita las manos con furia en el espacio que los separa, supongo que intentando expresar su frustración.

—Ya estoy aquí. Lo siento. Se me murió el celular y el despertador...

—Ahórrate las excusas —dice Aiden fulminándome con la mirada—, y ayúdame a reducir esta fila —añade en voz baja.

Ojalá pudiera llamar a Hermione para que lo transformara en un hurón.

No obstante, asiento, pues entiendo su frustración. No es una fila corta, y a veces la gente es muy grosera.

Draco..., digo, Aiden me grita un pedido:

—*Macchiato*. ¡Con extra de espuma!

Tomo una taza pequeña y me pongo a trabajar. Mientras evaporo la leche, me volteo para mirar a Aiden. Está muy sucio, tiene manchas negras de café en la parte delantera de la camisa y una mancha de sudor en el pecho. Me haría mucha más gracia si no fuera por mi culpa. Si hubiera llegado a tiempo, también habríamos tenido un montón de trabajo, pero habría sido más fácil con dos personas que estando uno solo.

Vierto la espuma de leche sobre el oscuro expreso. Aiden me grita otro pedido. Seguimos así hasta que la fila se reduce a tres personas. Aiden ya está más tranquilo y vuelve a sonreír y a ser amable con los clientes. Eso es bueno para mí.

Estar tan ocupado me ayuda a evitar pensar en el modo en que Nora se presentó en el departamento y en el hecho de que soy un idiota por no traerme el teléfono para enviarle un mensaje a Tessa y asegurarme así de que todo está bien.

Aún están todas las mesas ocupadas, y sigue habiendo al menos veinte personas de pie, con el café en la mano. Todos traen cintas con credenciales de identificación colgadas del cuello, y supongo que está en marcha la conferencia de electrónica que se celebra cada dos meses cerca de aquí. Hay mucha más gente de la que solemos tener a la vez, pero es algo positivo para el negocio. Ésa es otra cosa buena que tiene Nueva York, siempre hay algún acto o celebración.

Empiezo a llenar los recipientes de granos de café y limpio los molinillos mientras Aiden se ocupa del área de los condimentos y rellena las jarritas para la leche y repone los siete tipos de azúcar diferente que ofrecemos. Antes de mudarme a la ciudad, jamás había visto un montón de azúcar prensado con la forma de un cubo, como en Bugs Bunny. Creía que eso era sólo un recurso de los dibujos animados.

En Saginaw, alguna vez, muy de vez en cuando, oía que algún cliente pedía alguna cosa *light* o algo así, pero eso era lo más raro que se pedía en aquella pequeña ciudad de Michigan. Dakota y yo nos sentábamos allí durante horas. Nos cambiábamos de mesa cuando nos cansábamos de las vistas. Nos inflábamos a azúcar y volvíamos a casa, tomados de la mano y soñando bajo las estrellas.

Mi mente se traslada a esos familiares recuerdos y me viene a la cabeza aquella vez que Dakota y yo discutimos en Starbucks. Su pelo olía a coco, y su nuevo brillo de labios era pegajoso. La perseguí por la calle y ella salió huyendo para recordarme que corría más rápido que cualquiera que yo conociera. El profesor de educación física de la preparatoria también lo sabía, aunque a Dakota no le interesaban lo más mínimo los deportes. Los veía conmigo para complacerme y me hacía un millón de preguntas cada vez que sonaba un silbato.

Ella quería bailar. Siempre lo había sabido. Y yo la envidiaba por ello. Dakota corría y se alejaba cada vez más de Starbucks, y yo la seguía, como siempre.

Dobló una esquina en un callejón, y la perdí. Sentí que no podría respirar hasta que la encontrara. Estaba demasiado oscuro como para que anduviera sola en esa parte de la ciudad. Di con ella al cabo de unos minutos, justo afuera del Territorio. Estaba sentada en el suelo al lado de una valla medio rota, con el negro bosque tras ella.

La valla de alambre tenía unos agujeros inmensos, ya era de noche, y, al cabo de un minuto, por fin pude respirar otra vez. Estaba tomando unas piedras grises y lanzándolas a un bache de la calzada. Recuerdo el inmenso alivio que sentí al verla. Traía una camiseta amarilla con una cara sonriente en ella y unas sandalias con diamantina. Estaba enojada conmigo porque yo pensaba que era una mala idea que buscara a su mamá.

Yolanda Hunter había desaparecido hacía demasiados años. Si hubiera querido que alguien la encontrara, no se habría escondido.

Dakota, furiosa, me decía que yo no sabía lo que era no tener padres. Su mamá se había largado y los había abandonado con un borracho al que le gustaba pegar a su hijo.

Cuando llegué junto a ella, estaba llorando, y tardó unos segundos en mirarme. Es curioso la cantidad de detalles que recuerdo de esa noche. Había empezado a preocuparme por ella. A veces tenía la sensación de que iba a desaparecer, como su mamá.

—No hay ningún motivo para pensar que no vaya a dejarme vivir con ella —me dijo esa noche.

—Tampoco para pensar que vaya a hacerlo. Sólo quiero que te plantees cómo te sentirás si no te dice lo que quieres oír, o si ni siquiera te contesta —le expliqué mientras me sentaba a su lado sobre las piedras.

—Estaré bien. No puede ser peor que la incertidumbre —me respondió.

Recuerdo que le tomé la mano y ella apoyó la cabeza sobre mi hombro. Permanecimos sentados en silencio, mirando hacia el cielo. Las estrellas brillaban mucho aquella noche.

Algunas veces, como ésa, nos preguntábamos por qué se molestaban las estrellas en brillar sobre nuestra ciudad.

—Creo que lo hacen para torturarnos. Para burlarse de los que estamos muriéndonos de asco en lugares como éste, viviendo una vida de mierda —decía Dakota.

Y yo le contestaba algo como:

—No, yo creo que lo hacen para darnos esperanza. Esperanza en que hay algo más ahí afuera. Las estrellas no son malas como los humanos.

Ella me miraba y me apretaba la mano, y yo le prometía que algún día, de alguna manera, nos largaríamos de Saginaw.

Parecía confiar en mí.

—¡Siento llegar tan tarde! —Reconozco la voz de Posey a través de mi nube de recuerdos.

Está hablando con Aiden. Una mujer que trae un vestido negro levanta un letrero y le dice a todo el mundo que es hora de irse. Mientras la multitud abandona el establecimiento, escucho la conversación entre Posey y Aiden.

Él se levanta la camisa para secarse el sudor de la cara.

—Tranquila, Landon apareció por fin.

Posey se voltea y me cacha pasando una franela por el mostrador de metal.

No estaba escuchando, qué va.

—¡Lo siento! —dice Posey, y viene hacia mí con las manos en la espalda mientras se ata el delantal.

Hoy trae el pelo rojo recogido en un chongo.

—Habría jurado que habíamos cambiado turnos hoy, se me olvidaría preguntártelo —explica.

Niego con la cabeza y sacudo la franela en la basura antes de meterla en el contenedor de jabón.

—No. Sí los habíamos cambiado. Lo que pasa es que anoche se me olvidó poner a cargar el teléfono y esta mañana estaba apagado y no sonó el despertador. Siento que hayas tenido que venir.

Se voltea de nuevo hacia Aiden y sigo la dirección de su mirada. Él no nos mira a ninguno de los dos, está hablando con un cliente que afirma que el café descafeinado está asqueroso y que no tiene sentido bebérselo.

—Es como beber cerveza sin alcohol. Una pérdida de tiempo —dice el hombre de mediana edad con voz áspera.

Parece que lleva unas cuantas cervezas encima.

—Da igual, necesito hacer horas extras de todas formas —me susurra Posey, y señala con un gesto de la cabeza la mesa que hay contra la pared negra, cerca del pequeño espacio que da a los baños.

Su hermana pequeña, Lila, está ahí, sentada pacientemente, con la barbilla sobre la mesa.

—Traje refuerzos.

Se mete la mano en el bolsillo y saca tres cochecitos. Parecen Hot Wheels.

—Vaya, le gustan los coches. —Sonrío a la pequeña, pero no se da cuenta.

Posey asiente.

—Muchísimo.

—¿Estás segura que quieres quedarte? Yo puedo hacer el turno. No tengo nada que hacer —me ofrezco.

Una parte tremendamente egoísta de mí quiere que ella se quede para poder ir a ver cómo está Nora, pero jamás lo admitiría en voz alta.

—No. Me quedo yo, en serio, gracias. Sólo necesitaba ese par de horas esta mañana para acompañar a mi abuela al médico. No se encuentra muy bien. —Posey mira a su hermana y detecto en ella un atisbo de temor.

Es una estudiante universitaria que trabaja en una cafetería, y le sería casi imposible criar a su hermanita sólo con su sueldo. No sé muchos detalles sobre su familia, pero doy por hecho que sus padres no van a volver por arte de magia.

—Puedo llevarme a Lila durante unas horas. Sólo voy a volver a mi departamento. Puede venirse conmigo allí, o podemos ir al parque que está al otro lado de la calle.

No me importaría cuidarla durante un rato para que Posey pueda trabajar tranquila las últimas dos horas de su turno.

Y así podría volver al departamento...

Soy una persona horrible.

Posey no para de mirar a su hermana cada dos por tres. La vigila muchísimo, incluso cuando está atendiendo a los clientes. La pequeña sigue sentada en la misma postura adorable, con la barbilla sobre la mesa.

—¿Estás seguro? No tienes por qué hacerlo.

Mira a su hermana de nuevo y parece pensar en lo aburrida que está la pobrecita.

—Bueno. Pero llévatela a tu casa. Hoy hace calor y ya estuvimos toda la mañana por ahí. —Se ríe—. Es demasiado pronto para que acabe agotada.

—Muy bien. Voy a limpiar esas mesas antes de irme.

—Gracias, Landon. —Posey me sonríe.

Hoy se le ven más las pecas que de costumbre, y me parece adorable.

—Será un placer.

Tomo la palangana para recoger los platos y ella me levanta la barra y me hace un gesto con la mano para que salga.

Las mesas están más sucias que nunca. Tengo que cambiar las franelas tres veces para limpiar todos los líquidos derramados y los círculos de café.

Al menos, la multitud ya se fue. Ahora sólo queda un cliente, un joven hipster que teclea en su pequeña Mac-Book dorada. Parece contento.

Cuando ya estoy listo para irme, Lila sigue sentada en el mismo lugar. Ya no tiene la barbilla apoyada en la mesa. Está jugando con un cochecito morado sobre la superficie y haciendo efectos de sonido y todo con la boca.

—Hola, Lila. ¿Te acuerdas de mí? —le pregunto.

Me mira con su carita redonda y asiente.

—Genial. ¿Quieres venirte conmigo mientras tu hermana trabaja? Iremos a mi casa un ratito. Me encantaría presentarte a una amiga mía. —Me agacho hasta su nivel y ella vuelve a mirar su coche.

—Bueno —dice, y su voz es suave pero nítida.

Posey me llama y le digo a Lila que ahora mismo vuelvo por ella.

Cuando acudo a su llamada, veo que Posey tiene la cara muy seria.

—Sabes cuidar niños, ¿verdad? Es muy pequeña, y confío en ti, de lo contrario jamás la dejaría a solas contigo, pero ¿sabes cuidar niños? ¿Qué hacer si tiene hambre? ¿O si se cae y se raspa la rodilla? —dice en un tono grave de mamá—. Tienes que llevarla de la mano por la calle, en todo momento. Y sólo come papas fritas y pan tostado con mantequilla de cacahuate.

Asiento.

—Papas fritas y pan tostado con mantequilla de cacahuate en todo momento. Tomarla de la mano. No dejar que se caiga. Es demasiado chica para hacerme los proyectos de la facultad. Creo que lo entendí todo. —Le sonrío, y ella suspira y me devuelve el gesto.

—¿Estás seguro? —vuelve a preguntarme.

—Seguro.

—Llámame si necesitas lo que sea —dice.

Asiento y le prometo mil veces que todo estará bien. Lo que no le digo es que dejé el celular en el departamento, pero voy a ir directo allí, así que no quiero que se preocupe aún más, si es que eso es posible.

Posey le explica a Lila que tiene que trabajar un rato y que después la recogerá en mi casa. A Lila no parece importarle lo más mínimo.

Cuando me despido de Aiden, veo que tiene una marca morada justo por encima del cuello de la camisa. Se me revuelven un poco las tripas e intento no imaginarme la clase de mujeres que se lleva a casa.

De camino a mi departamento, Lila me da la mano y señala y pronuncia la marca de todos los autobuses, coches de policía y ambulancias que pasan. Cualquier vehículo con luces es una ambulancia para ella.

El camino se me hace corto, y ella no para de hablar, aunque a veces me cuesta entender alguna de las cosas que dice. Miro a mi alrededor y me da la sensación de que hay un montón de mujeres en la calle hoy. O es eso, o es que las mujeres se fijan más en los hombres con niños. Me han sonreído y saludado más veces en los últimos veinte minutos que en todo el tiempo que llevo en esta ciudad. Qué curioso. Es como en esa película de Owen Wilson en la que su amigo utiliza a su perro para captar la atención de las mujeres.

Aunque supongo que es mejor que no compare a los niños con los perros.

Cuando llego a mi edificio, dejo que Lila pulse el botón del elevador y cuento los segundos que éste tarda en llegar a mi planta. Espero que Nora siga aquí.

Al entrar por la puerta, oigo que la tele está encendida. Tessa continúa en el sillón, con el pelo recogido en una cola de caballo alta. Sigue pareciendo cansada cuando se incorpora para recibir a nuestra invitada. Me doy cuenta inmediatamente de que está sola.

—Uy, ¡hola! —dice sonriéndole a Lila.

La niña la saluda con la mano y se saca un cochecito azul del bolsillo de sus pequeños *jeans*.

—Es la hermanita de Posey. La cuidaré durante la próxima hora y media o así.

Esto parece espabilar un poco a Tessa. Sonríe de oreja a oreja y saluda a la pequeña con la mano.

—¿Cómo te llamas?

Lila no le contesta. Se limita a sentarse en el suelo y empieza a jugar con el coche sobre nuestra alfombra estampada mientras hace ruiditos y lo conduce por las líneas.

—Es preciosa —apunta Tessa.

Asiento.

—Voy a poner mi celular a cargar y al baño un momento. ¿Puedes vigilarla mientras tanto?

Intento que no se note demasiado cuando inspecciono la habitación en busca de Nora por segunda vez.

—Claro —responde Tessa, y yo me voy a mi cuarto y conecto el teléfono al cargador.

Mi cama está deshecha y mi *laptop* está en el suelo, al lado de la cama, con la tapa levantada. Menos mal que no la pise con el ajetreo de esta mañana. Espero un par de minutos a que mi celular se encienda para enviarle a Posey un mensaje y decirle que llegamos bien, que la niña no se ha caído y que no hemos tenido ningún problema en absoluto.

Pero cuando mi celular se enciende, veo que tengo un mensaje de Nora.

Por favor, no le digas nada a Tessa. Bastante tiene ella con sus dramas. :/

Le contesto y le pregunto adónde fue.

Al cabo de unos segundos sigo sin recibir respuesta, así que le escribo a Posey y dejo el celular cargando un rato más. Me asomo a la sala de estar y, después, me dirijo al baño y cierro la puerta. Mientras me lavo las manos, la puerta se abre y Nora aparece en el espejo.

TREINTA

Miro a través del espejo unos segundos y al mismo tiempo Nora me mira a mí.

No se acerca. Sólo se queda en la puerta, sus ojos fijos en los míos. Sin dejar de mirarla, cierro la llave y tomo la toalla para secarme las manos. Al parecer, debía de estar en la habitación de Tessa cuando llegué.

—Hola —dice el reflejo de Nora.

—Hola —repito.

Hoy nos lo hemos dicho ya unas cuantas veces.

—¿Qué pasó? —pregunto. Mi plan era esperar a que ella me lo contara, pero no pude contenerme.

Respira hondo y observo cómo su pecho sube y baja. Me volteo y ella se adentra un par de pasos en el baño y cierra la puerta.

Cuando se acerca a mí, la noto reservada, no es la misma que era anoche en la cocina. Se toma las manos a la altura del regazo en vez de agarrarse a mi camiseta. Sus labios están apretados y no besándome.

Trae el pelo recogido en una trenza que le cae por el hombro. No trae maquillaje y veo que tiene unas pocas pecas en las mejillas, y por su mirada cansada sé que no ha dormido mucho. Va vestida con una camiseta blanca que deja un hombro al descubierto y unos leggings negros. Los calcetines tienen dibujos de pizzas. Es la segunda vez que la veo con calcetines singulares. Me gustan.

—Estoy bien —dice tras humedecerse los labios.

La tomo de la mano y la atraigo hacia mí. Duda un instante, luego da un paso adelante. «La bolsa de basura llena de ropa dice lo contrario, Nora.»

—No pareces estar bien —replico.

Levanto la mano que tengo libre y le toco la punta de la trenza. Ella entorna los ojos.

—Sabes que puedes hablar conmigo. —Retiro la mano de su pelo y le levanto la barbilla, sólo un poco, para poder verle bien la cara.

Sendos círculos oscuros enmarcan sus ojos almendrados. Los tiene hinchados, y se me encoge el estómago de pensar que ha estado llorando. Paso la yema del pulgar por uno de sus ojos cerrados y ella entreabre los labios.

Tiene las pestañas tan largas que me recuerdan a las alas de un pájaro.

Un pájaro muy, muy bello.

Mi mente se pierde por lugares muy extraños.

Asiente y llevo el pulgar a su barbilla. Abre los ojos, lo justo para que vea que oculta algo.

Su voz es dulce y aparta la cara de mi caricia cuando dice:

—Estoy en ello.

Doy un paso atrás para darle espacio y, para mi sorpresa, me toma de la camiseta y me atrae hacia sí. Me rodea con los brazos y hunde la cabeza en mi pecho. No llora, sólo se queda así, de pie, tomando pequeñas bocanadas de aire sin decir nada.

Le paso la mano por la espalda, arriba y abajo, respetando el silencio.

A los pocos segundos levanta la cabeza y me mira.

«Quiero cuidar de ti», dice mi corazón. Luego mi boca lo repite.

Nora asimila mis palabras con la mirada clavada en la mía.

—No quiero que nadie cuide de mí.

Su sinceridad me duele, pero debo recordar que es unos años mayor y que tiene más práctica que yo en esto de la vida y arreglándoselas por su cuenta.

—No quiero que mis papás me ayuden. No quiero que tú me ayudes. No quiero que nadie me ayude. Quiero aclararme y causar el menor número de problemas posible. No voy a traerte más que problemas; yo soy así, es mi especialidad. No es una advertencia vacía, te lo estoy diciendo muy en serio, Landon.

Me mira y sus ojos me suplican que la escuche. Que la escuche de verdad.

—Arrastro demasiadas cosas y no estoy buscando a un caballero andante.

No sé qué decirle. No sé cómo arreglarlo, ni tampoco sé si ella necesita que lo arreglen.

No estoy acostumbrado a que no me necesiten. Siempre he sido el que lo solucionaba todo. Sin eso, ¿qué me queda?

Ni idea.

—Lo sé, princesa —digo intentando quitarle hierro al asunto, barrer parte de esa tensión que me descoloca.

—Puaj. —Pone cara de mucho asco—. No soy una princesa.

—¿Qué eres? —le pregunto, curioso por saber cómo se ve a sí misma.

—Un ser humano.

Sabe usar el lenguaje más allá del sarcasmo.

—No soy una damisela en apuros, no soy una princesa. Soy una mujer que es muy humana en el sentido más amplio de la palabra.

Mi mirada encuentra la suya y me abraza de nuevo.

—¿Podemos quedarnos aquí, así, un momento? ¿Me abrazas un segundo para que pueda recordar qué es lo que se siente?

Detesto que sus palabras suenen a sentencia, como si fueran más que un adiós.

No contesto. La abrazo hasta que me suelta.

—Me gustaría que me contaras lo que sucede —digo cuando se aleja.

Ella desvía la mirada antes de contestar:

—A mí también.

Se endereza y abre los ojos completamente.

—Muy bien. Vamos a decorar el pastel y a regalarle a Ellen el mejor cumpleaños de su vida.

El cambio es instantáneo y total. Me preocupa lo rápido que puede zanjar el asunto y pasar a otra cosa.

Quiero más de Nora. Quiero respuestas. Quiero saber la gravedad de sus problemas para poder ofrecerle una solución. Quiero tomarla de la mano hasta que esté segura de que puede contar conmigo. Quiero borrar su dolor con mis besos y hacerla reír hasta olvidar por qué se esconde de mí. Quiero que sepa que la veo a pesar de que ella no desea mostrarse.

Quiero muchas cosas, pero ella también tiene que

quererlas. Le doy lo que quiere y planto una sonrisa falsa en mi cara.

—Eso.

Alzo la mano para que choquemos los cinco y sonríe.

Levanta la suya y la hace chocar con la mía.

—Eres la persona más cursi que conozco —dice mientras abre la puerta del baño.

La sigo.

—No es algo que me preocupe.

Y, sin más, volvemos a ser «amigos».

Tessa y Lila siguen en la sala de estar cuando salimos juntos del pasillo. Lila continúa hipnotizada con su coche y Tessa está sentada en el sillón con las piernas cruzadas, observando a la niña con una sonrisa de oreja a oreja.

Tessa me mira, mira a Nora y luego a mí otra vez. No se molesta en ocultar sus sospechas, pero no dice una palabra.

—Lila —me agacho para hablar con la pequeña—, vamos a decorar un pastel. ¿Quieres venir a la cocina con nosotros?

La niña levanta la cabeza, me mira y toma su coche de juguete.

—Cochecito —dice feliz, sosteniendo el pequeño Hot Wheels para que lo vea bien.

—Sí, puedes traerte el cochecito. —Le ofrezco la mano y la agarra.

—Voy a recostarme un rato —dice Tessa antes de acostarse en el sillón.

Le digo que vuelva a dormir y me llevo a Lila a la cocina. Nora viene detrás.

—Hola, bonita. ¿Cómo te llamas? —le pregunta.

Lila no la mira, pero le dice su nombre y se sienta junto a la mesa.

—Qué nombre más bonito. ¿Te gusta el pastel? —pregunta Nora.

Lila no responde.

Toco a Nora en el brazo para que me preste atención. Ella voltea hacia mí y me tapo la boca con la mano para que Lila no me vea hablar.

—Es autista —le explico.

Nora pone cara de entenderlo todo. Asiente y se sienta junto a Lila.

—Bonito coche —le dice.

La pequeña sonríe y desliza el coche por la mano de Nora. «Brrumm, brumm.» Creo que cuenta con su aprobación.

—¿Recuerdas cómo se hace la cobertura? —pregunta Nora sin levantarse de la silla.

Asiento.

—Azúcar glas, mantequilla, vainilla y...

No consigo recordar cuál era el último ingrediente, y eso que anoche ya hicimos esto dos veces.

—Leche.

Asiento.

—Eso es, leche. Y diecisiete gotas de colorante comestible.

Me lanza una mirada asesina.

—Una o dos gotas.

—Bueno, diez gotas. Entendido.

Se echa a reír y pone los ojos en blanco. Me encanta ver que hay un poco de vida en ellos.

—Dos gotas.

Abro la alacena y saco la caja de colorante.

—Si quiero hacerlo bien, voy a necesitar que me supervisen. ¿Conoces a algún cocinero?

«Ahí lo dejo, señorita chef de repostería.»

Nora niega con la cabeza.

—A ninguno, se disculpa. —Una sonrisa juguetona le ilumina la cara.

Suspiro con gesto dramático y saco una bolsa de azúcar glas del armario.

—Es una pena, porque no sé si voy a regarla.

Ella me observa con expresión divertida.

—Se le da fatal la repostería —le susurra sin disimulos a Lila.

La niña la mira y sonríe.

Blando una cuchara de madera entre ambas.

—Eh, nada de aliarse en mi contra.

Nora se ríe.

Voy al refrigerador y saco la leche y la mantequilla. Luego tomo un tazón del lavaplatos. Sí me acuerdo de cómo se hace la cobertura.

O eso creo.

Nora permanece en silencio mientras empiezo. Mezclo el azúcar con la mantequilla, añado la leche y la vainilla. Con cuidado, echo dos gotas de colorante verde y Nora aplaude mientras lo revuelvo todo.

Después de un minuto o dos en silencio, se levanta y se me acerca. Le quita el plástico al pastel y lo tira a la basura. Hundo la cuchara en la cobertura y unto con ella el pan de vainilla.

—Ay, qué bonito. Estás decorando el pastel tú solito. Has hecho grandes progresos, pequeño saltamontes.

Me río, y entonces Nora me da un golpecito con el hombro.

Mira a Lila.

—¿Quién es? No te lo he preguntado.

—Es la hermana de mi amiga Posey. Le toca trabajar hoy y me ofrecí a hacerle de niñera. Vendrá a recogerla dentro de una hora más o menos.

Nora me mira como sólo ella sabe hacerlo y siento que me está leyendo el pensamiento. Se me acelera el pulso.

—Eres de lo que no hay, Landon Gibson —me dice por segunda vez en dos días.

Me ruborizo por el cumplido y me da igual si lo nota.

—Se te da muy bien —digo señalando a Lila con la cuchara de madera manchada de cobertura verde.

—¿La niña? ¿A mí? —dice muy sorprendida.

—Sí —le contesto, y con el índice le toco la punta de la nariz.

—¡Eres un copión! —Se voltea para tenerme frente a frente, a pocos centímetros de mi cara.

Paso la cuchara por la superficie del pastel y me aseguro de cubrir bien las esquinas.

—No sé de qué me hablas.

Miro al techo y luego al pastel.

Nora vuelve a pegarme con el hombro.

—Embustero.

—Yo soy un embustero y tú guardas un secreto. Somos tal para...

Lo dije sin pensar, y detesto el modo en que ella pasa de la felicidad a la defensiva.

—No es lo mismo. Los secretos y las mentiras no son lo mismo —replica.

Me volteo hacia ella y dejo la cuchara en el borde de la bandeja de horno.

—No quería decir eso. Perdóname.

Nora no me mira, pero noto que baja la guardia con cada aliento. Por fin, dice:

—Prométeme una cosa.

—Lo que quieras.

—No vas a intentar arreglarme.

—Te... —titubeo.

—Prométemelo. —Se mantiene firme—. Si me lo prometes, yo te prometo no decir mentiras.

La miro.

—Pero ¿guardarás secretos? —le pregunto, aunque ya sé la respuesta.

—Nada de mentiras.

Suspiro derrotado. No quiero que tenga secretos.

Asiente.

Pienso en la oferta que me hizo unos segundos. Si ésta es la única manera de que me deje acercarme a ella, no me queda otra.

No sé si seré capaz de mantener mi promesa, pero es mi única oportunidad.

Respiro hondo y asiento muy despacio.

—Te prometo que no intentaré arreglarte.

Exhala y caigo en la cuenta de que no me había percatado de que Nora estaba conteniendo la respiración.

—Te toca.

Ahora es ella quien vacila.

—Te prometo no mentir.

Me ofrece el meñique y entrelazo el mío con el suyo.

—Trato hecho. No rompas tu promesa —me advierte.

323

Miro a Lila, que sigue sentada en su lugar, feliz con su cochecito.

—¿Qué pasa si lo hago? —le pregunto.

—Desapareceré.

Las palabras de Nora me atraviesan como cuchillos y me aterran porque sé, porque no tengo la menor duda, de que lo dijo en serio.

TREINTA Y UNO

Una mano suave me acaricia la mejilla y abro los párpados de golpe. Mi cuarto está tan oscuro que no distingo la cara de la persona que hay junto a la cama. Normalmente, en una situación como ésta, me asustaría y pensaría que es un apocalipsis zombi o que hay un Dementor flotando en mi habitación. Pero aquí me siento tan tranquilo que asusta. Es como si estuviera flotando, mi colchón es una nube. Me restriego los ojos e intento que se adapten a la oscuridad.

Los dedos suaves rozan mi mejilla, descienden por mi cuello y se detienen para acariciar el vello de mis mejillas.

—¿Quién está ahí? —pregunto en la oscuridad. La caricia no cesa, se vuelve aún más suave, las puntas de los dedos descienden por mi cuello. Mi piel se calienta bajo la misteriosa caricia y extiendo la mano en busca de una pista para saber de quién se trata. Mis dedos no atrapan más que aire y me acuesto de nuevo, decidido a volver a preguntarlo.

—¿Quién eres? —digo en voz baja. Siento como si debiera sentir al menos un ligero pánico porque, al fin y al cabo, hay una extraña en mi dormitorio. Pero no. No puedo explicar el denso manto de relajación que cubre mi cuerpo.

—Shhh —susurra una voz dulce muy cerca de mi oído.

Obedezco, deseando que mi mente se sienta tan en calma como mi cuerpo. Asiento y las yemas de los dedos me hacen cosquillas por el pecho, hacia la piel tersa que cubre mis abdominales tensos. La intrusa parece disfrutar con sus delicadas caricias. Las yemas de los dedos suben y bajan al ritmo de mi respiración. Siento cómo se me acelera el pulso y cómo el pene se me pone duro por la sombra.

La mano roza levemente mis calzoncillos y me tenso cuando la caricia más ligera roza la punta de mi pene a través de la tela. Se retuerce y cosquillea y encorvo los dedos de los pies cuando la pequeña mano me lo toma. Lo mueve arriba y abajo, me provoca y yo cierro los ojos y disfruto de la sensación que me pone la piel de gallina.

Vuelvo a extender la mano, necesito tocar algo, y siento el tejido sedoso de su camisón. La mano libre de la figura toma la mía y me guía hacia abajo, hacia el final del camisón. Es muy suave y noto el encaje en las puntas de los dedos. Me abre la mano y la tela que separa mi piel de la suya desaparece. Me lleva hacia arriba, hacia sus muslos, y no se detiene hasta que vuelvo a rozar encaje. Este encaje está húmedo y gotea a través de las hebras trenzadas. El tejido parece mucho más delicado cuando lo acaricio y baña de rocío las yemas temblorosas de mis dedos.

Un gemido escapa de mis labios y de los suyos a la vez. Me lo mueve con fuerza y la tensión se acumula en mi vientre y en mi espalda. Jalo de su mano para que se acerque más. No se mueve de su lugar al borde de mi cama y retiro la mano de sus calzones empapados. Suspira, un sonido de frustración muy tentador, y me suelta el pene.

—Ven aquí —le digo a la desconocida.

Me sorprende la falta de preguntas en mi mente. No podría darle mil vueltas a esto ni aun queriendo.

Emite un gemido grave de protesta. Hay algo conocido en él que asoma por un resquicio de mi mente. Siento su rodilla en la cama, a un costado, luego la otra rodilla en el otro. Se acomoda encima de mí, con un muslo a cada lado. Ahora la veo mejor. Veo el arco carnoso de sus labios, la maraña de pelo oscuro ondulado. Es una larga melena que le cae por los hombros desnudos. Es ella. Lo sabía antes de poder verla.

Su cuerpo es aún más dulce que su voz:

—No podía dormir.

Con manos tímidas, me permito explorar sus muslos. Piel carnosa y cálida que me monta, tan suave que noto cómo se le eriza el vello con el roce de mis dedos. Se mueve un poco, lo justo para que la fricción entre nuestros cuerpos me vuelva loco. Maldigo en voz baja y me aferro a sus muslos cuando noto lo mojada que está a través del bóxer. Está perfectamente colocada sobre mi pene y quiero que vuelva a moverse. Lo necesito.

Con un ronroneo dice:

—Te deseo desde la primera vez que te vi.

Asiento, incapaz de articular palabra. Se coloca bien y balancea su cuerpo sobre el mío lo más despacio posible. Es una tortura, una tortura dulce y ansiada.

Lleva las manos a mi pecho para equilibrar su peso sobre mí mientras continúa restregándose contra mi entrepierna.

Abandono sus muslos y asciendo por su pecho. Me detengo en los tirantes que penden de sus hombros. Mis dedos se clavan bajo la delgada seda y los bajo, poco a poco, dejando que la tela le acaricie la piel en su descenso. Le masajeo los hombros con suavidad, y cuando echa la cabeza atrás las puntas de su pelo rozan la parte alta de mis muslos.

De sus hombros desnudos voy a su nuca y le tomo el pulso con el pulgar mientras admiro el flujo acelerado de su sangre. Se está moviendo más rápido y empiezo a marearme, ebrio de euforia y de necesidad. Le acaricio la clavícula y los pechos hinchados. La torturo arrastrando las yemas de los dedos arriba y abajo por su piel, acariciándola bajo la curva de un pecho, luego del otro. Gime y su respiración es fuerte, sonora y ronca, casi visible en el aire palpable entre nosotros.

Llevo los índices a sus pezones y siento cómo se endurecen con mi caricia. Se los pellizco entre los dedos y los retuerzo, y ella me obsequia un profundo gemido.

—Landon... —Mi nombre suena a caramelo en sus labios y quiero saborearla.

Uso las piernas para incorporarme y ella se echa hacia adelante, con sus tetas en mi cara. Estrujo una de ellas y me llevo la otra a la boca. Su piel sabe a sal y a azúcar y está deliciosa.

—Dios mío —dice hundiendo los dedos en mi pelo. Me da un jalón cuando la muerdo.

Chupo con fuerza y llevo la boca al otro pecho. Ella sigue restregándose contra mí y sé que va a venirse. Si se viene así no voy a poder contenerme y quiero estar dentro de ella.

Alzo la vista con la lengua deslizándose sobre un pezón.
—Quiero cogerte.
Baja la mirada, sus ojos brillan en la oscuridad.

—¿De verdad?

Pone las manos entre nuestros cuerpos y suelta un grito quedo.

—Estás empapada —digo expresando en voz alta sus pensamientos. Se baja los calzones y su mano permanece en su entrepierna un instante. Noto que mueve el brazo, que se está tocando. Me está volviendo loco, muero de deseo por esta mujer. Está increíble mientras se acaricia, con la espalda arqueada hacia atrás y la boca abierta. Se agacha hacia mí y la sujeto de las caderas.

Antes de que acabe, la levanto e interrumpo su placer. Me lanza una mirada asesina y disfruto al ver la expresión de su cara. Es de pura desesperación y hace que me sienta muy bien conmigo mismo.

—Necesito estar dentro de ti. —Pasé del deseo a la necesidad.

Mi cuerpo va a estallar si no me da lo que necesito. Intento imaginar cómo se siente, cómo será notar su calor envolviéndome el pene, llevándome al orgasmo.

Se apoya en mis manos y se coloca de nuevo encima de mí, sin dejar que me resista, sin dejar que me apetezca siquiera.

Su mano se mueve entre sus muslos una vez más y aparta el delicado encaje de sus calzones a un lado. Sus dedos juegan con su vagina un instante y le tomo la mano. Me la llevo a la boca, mi lengua se muere por probarla.

Entiende lo que quiero y me mete dos dedos entre los labios. Los encuentro con la lengua y chupo las yemas, saboreando su dulzor.

Sin vacilar, vuelvo a tomarla de las caderas y le mordisqueo los dedos antes de acostarla sobre la cama. Grita cuando su cuerpo cae encima del colchón. Llevo mis manos a sus rodillas y la abro de piernas. Me coloco entre sus muslos y bajo la cara hacia su entrepierna. La huelo; el perfume de su deseo es fuerte y llena la habitación. Se revuelve, ansiosa y excitada, y siento que nunca he deseado nada tanto en mi vida. Mis dedos jalan el encaje que la cubre y le bajo los calzones.

Le doy un lametón y siento su clítoris hinchado palpitando contra mi lengua. Me agarra del pelo y jala con fuerza. Rodeo sus caderas con los brazos y me la acerco más.

Su voz es una bocanada que brota del gesto de sus labios.

—Por favor, Landon. Por favor...

Acaricio con el dedo allí donde ella desea tener mi boca. Le soplo la piel sedosa y se estremece. Sus piernas tiemblan en mis brazos.

—No puedo soportarlo más —gime jalándome el pelo.

Me baja la cabeza y abro la boca, chupándole el clítoris mientras ella me jala el pelo y me clava las uñas en los hombros.

A los pocos segundos su cuerpo se tensa. Estira las piernas y los pies mientras repite mi nombre. No quiero que pare.

Gime y jadea y me empapa la boca.

—Fue... guau... —no puede ni hablar.

Levanto la cabeza y con ternura la beso justo debajo del ombligo. Apoyo la cabeza en su vientre y espero que su respiración vuelva a la normalidad.

Cuando se recupera un poco, jala mis brazos, me incorporo y me arrodillo delante de ella en la cama. Se levanta; con la mirada salvaje y el camisón colgando de los hombros deja sus pechos al descubierto para mí. La habitación sigue a oscuras, pero la veo cada vez mejor...

Sus manos empujan mi pecho y me acuesto hacia atrás. Mi cabeza descansa en los almohadones de la cabecera. Tiene las manos calientes cuando me baja el bóxer y se arrodilla entre mis muslos. La tengo tan dura que no puedo pensar en otra cosa que no sea metérsela en la boca.

Se agacha y casi me vengo cuando la veo relamerse mientras mira mi pene. Es preciosa. Tan bonita que todavía tengo su sabor en mi lengua. Sopla para torturarme y me río con dulzura. Me callo en cuanto su lengua me toca el glande y lame las gotitas que se han acumulado en él.

—Sigue —le suplico, igual que ella hizo antes. Sin aliento. Expectante.

Su cálida boca y sus labios suaves me envuelven. Observo fascinado cómo desaparezco en su garganta. Emite un sonido similar a las náuseas y le acaricio el hombro, pero no se detiene. Se lo mete más a la boca, sus labios apretados contra mí.

A los pocos segundos siento la tensión acumulándose en mi espina dorsal. Es mucho más que placentero. Nunca había sentido nada parecido.

—Me vengo —susurro entre dientes. Mis dedos se aferran a las sábanas y ella le da pequeños besos a mi pene cuando se lo saca de la boca.

—Te quiero dentro de mí —exige con ternura mirándome a los ojos.

Me doy cuenta de que no la he besado desde que me despertó en mitad de la noche.

Acorto la distancia entre nosotros y le cubro la boca con la mía. Traga saliva y su pecho sube y baja a tal velocidad que da la impresión de que va a venirse otra vez sin que la toque siquiera. Tomo sus labios con los míos y la siento en mi regazo. Me monta de nuevo con las piernas a ambos lados de mí y yo busco la tela de su camisón, se lo quito y lo tiro al suelo.

La densa melena oscura cae sobre sus hombros. La coloco encima de mí. Me preparo y siento lo mojada que está. No lo dudo un segundo, la necesito y la necesito ya. Mi pene se desliza en su interior y los dos exhalamos una bocanada de aire que parece llevar mil años esperando salir.

Está tan estrecha que me tiemblan las manos cuando la abrazo y la acerco más a mí. Se levanta, lo justo para volver a caerme encima. Vuelve a levantarse y a dejarse caer, con la cabeza hacia atrás mientras me monta. Le aprieto el trasero y la atraigo hacia mí, ayudándola a subir y a bajar.

Tiene la boca abierta y le muerdo el labio inferior. Me lame la boca y sus manos se aferran a mi nuca. Me besa como si fuera su primera vez. Al principio es lenta y tímida, pero se vuelve más atrevida y apasionada con cada una de mis embestidas. Me chupa, me muerde, me besa y me lame.

—Eres increíble —digo dentro de su boca.

Sonríe sin separar sus labios de los míos.

—Voy a venirme, voy... —No puedo ni acabar la frase.

La presión va en aumento y ella se mueve cada vez más rápido. Su cuerpo se funde con el mío con cada movimiento. Busco su entrepierna y la acaricio imitando el movimiento de sus dedos que tanto parecía gustarle.

Abre la boca del todo y mis labios descienden a su barbilla. Trazo un sendero de besos en su piel húmeda. Tengo el pecho bañado en sudor y siento sus suaves tetas entre nosotros.

Le beso el cuello y lo chupo hasta llegar a la base de su garganta. Podría pasarme el día entero besándola. Tiene un cuerpazo increíble, suave y precioso.

Cuando me vengo, se me pone la mente en blanco, me mareo y floto y tengo los pies en la tierra, todo a la vez. La oigo pronunciar mi nombre, es un suave gemido que llena la habitación y sus manos aprietan mis bíceps en cuanto se viene en mi pene.

Termino dentro de ella, apretando sus muslos con las manos, sin aire en los pulmones. Está jadeando y deja caer la cabeza y los brazos laxos sobre mis hombros. Me volteo para besarla en el hombro. Mis dedos dibujan la curva de su columna y ella suspira y hunde la cabeza en mi cuello.

Los segundos se tornan minutos y creo que podría quedarme así horas, incluso años. Con ella desnuda y sudorosa pegada a mi cuerpo, con la cabeza escondida en mi cuello.

Alza levemente la cabeza y lleva la boca a mi oído:

—Vas a llegar tarde. —Sus labios capturan el lóbulo de mi oreja y me lo mordisquea con cuidado.

El placer recorre mi cuerpo.

—No ha sonado tu despertador. —Me hace cosquillas al hablar y la aparto un poco para poder mirarla.

Acabamos de tener un sexo fenomenal. ¿Por qué me está hablando del despertador y de que llego tarde? ¿Tarde a qué? Estamos a la mitad de la noche, no tengo nada que hacer a estas horas.

—Landon —dice y debo de estar volviéndome loco porque juraría que su cuerpo pesa cada vez menos entre mis brazos.

Me aparto de la figura que se desvanece...

Y cuando abro los ojos de nuevo, mi habitación está llena de luz. En mi cuarto brilla la luz del sol y Tessa está junto a mi cama, con una mano en mi hombro.

—Llevo por lo menos dos minutos intentando despertarte —dice a toda velocidad—. Estaba a punto de echarte un vaso de agua en la cara.

Con los dedos toma un pellizco imaginario de aire para indicarme lo poco que le faltó.

Miro a mi alrededor, sin saber dónde estoy. Es de mañana y mi cama está vacía, lo único que hay en ella son las almohadas y una cobija de *La guerra de las galaxias* que me regaló mi tía Reese la navidad pasada. No sé cómo explicarle que por mucho que me guste leer y me interesen las frikadas, no estoy obsesionado con *La guerra de las galaxias*. Lo cierto es que ni siquiera la he visto. Siempre he querido hacerlo, sólo que no he tenido tiempo. No soy de ésos a quienes puede gustarles una cosa sin obsesionarse. Necesito poder dedicarle tiempo y energía a la vida de *La guerra de las galaxias* y no creo que eso vaya a pasar, por lo menos no en los próximos meses.

Si ni siquiera he visto *Juego de Tronos*. Me avergüenza admitirlo, pero trabajo mucho y estudio aún más. Repito: necesito estar cien por ciento seguro de que voy a poder dedicarme a la serie antes de ver el primer episodio.

—¿Dónde está Nora? —No quería preguntarlo, pero lo pregunto.

Tessa me mira con cara de sospecha y confusión.

—¿Qué?

Muevo la cabeza.

—Nada. No sé por qué... —Dejo colgando la frase antes de ponerme aún más en evidencia.

—Está en la cocina —contesta Tessa y da media vuelta. Veo la sonrisa burlona que se le dibuja en la cara antes de salir de la habitación.

Me acuesto en la cama, entre humillado y confuso. Carajo, el sueño parecía tan real... Quería que fuera real. Nora estuvo... Dios, fue la perfección hecha mujer. La sensación de su cuerpo en el mío, su sabor... Mi nombre deslizándose por su lengua bastaba para hacerme enloquecer, para hacer enloquecer a cualquiera.

¿Cómo es posible que un sueño parezca tan real? Me quito la cobija y me siento en la cama. Tengo el bóxer húmedo. Ay, no. Vuelvo a tomar la cobija para tapar el desastre.

¿Qué clase de hechizo me hizo esa mujer? No sé cómo pude venirme en sueños, imaginarme algo que parecía tan real, cuando la verdad es que fue todo cosa de mi mente, que se burlaba de mí.

Oigo risas en la cocina y me pongo de pie con la cobija enrollada alrededor de la cintura. Tengo el pecho al descubierto y juro que puedo sentir las manos de Nora explorando mi torso, igual que mis sentidos juran que eso es justo lo que pasó.

Sólo que no pasó. Mi mente me odia y disfruta torturándome. Cierro la puerta de mi cuarto, me quito el bóxer y lo echo a la cesta de la ropa sucia. Tomo nota mental de que no debo dejar que Tessa me lave la ropa esta noche. Recuerdo las palabras de Tessa en boca de Nora, esas que atravesaron mi sueño:

—Vas a llegar tarde —dijo.

«¿Tarde a qué? ¿Qué día es hoy?».

Madre mía, el sueño me dejó tonto. La realidad da asco.

Tomo un bóxer limpio del primer cajón de la cómoda y me lo pongo. Busco una camiseta en el cajón de al lado. El cuerpo desnudo de Nora se va borrando de mi mente e intento aferrarme a cada uno de los detalles de mi sueño. Empiezo a olvidarlos, mucho más rápido de lo que me gustaría.

La realidad da mucho mucho asco.

Miro la hora en el celular. Son las ocho y veinte. Hoy es... ¿Qué día es hoy? Deslizo el dedo por la pantalla para buscar el calendario. Es sábado. Abro ese día para ver si hay algo anotado.

La palabra *trabajo* aparece de nueve a tres.

Por primera vez desde que empecé a trabajar en Grind, no quiero ir. Podría llamar y decir que estoy enfermo, o inventarme una larga lista de detalladas mentiras, como hace Aiden cuando está crudo. Me lo quito de la cabeza al instante. Posey o Jan tendrían que ir a trabajar para cubrirme. Sé que Aiden no es capaz de aguantar un turno en solitario y no podría vivir con mi conciencia si me escapara del trabajo. ¿Qué excusa iba a ponerles?

«Chicos, lo siento, tuve un sueño húmedo sobre una amiga de mi compañera de departamento y no puedo salir de la cama porque quiero pasar el día masturbándome.»

Creo que no se lo tomarían bien. Me pongo unos *shorts* antes de salir al pasillo. Ya apenas recuerdo el cuerpo desnudo de Nora en mi sueño, pero jamás olvidaré lo que me hizo sentir, fuera o no fuera real.

Cuando cierro la puerta de mi cuarto, mi hombro tropieza con algo. Con alguien.

—Lo siento —espeto, la vista fija en Nora, que está de pie en el pasillo. Noto el calor que se acumula en mis mejillas y no puedo mirarla a la cara.

—No es nada, aunque estuviste a punto de tirarme al suelo. —Sonríe e imágenes de sus labios entreabiertos de placer mientras me montaba llenan mi mente.

«Despierta, Landon.»

Se me está poniendo dura y traigo *shorts*. Coloco las manos con disimulo sobre mis partes, rezando para que no se dé cuenta.

—Sólo venía a ver cómo estabas. Tessa dice que normalmente te despiertas antes de las ocho los sábados. —Se lame los labios y no sé si quiero reírme o llorar.

Qué tortura. Me muero sólo con ver cómo mueve la boca.

—Cierto. Gracias —dice mi estúpida boca.

Ladea la cabeza y estudia mi cara.

—¿Estás bien? —me pregunta.

Asiento como poseído.

—Sí, sí. Estoy bien. ¡Debo irme! —exclamo con voz aguda y ella frunce el ceño con expresión divertida.

—Bueno... —dice arrastrando la última vocal. Está claro que cree que me falta un tornillo.

—Sí. En fin, te sueño luego —digo al pasar junto a ella, tieso como un palo, para poder ir al baño.

«Mierda.»

—Es decir, te veo luego. No te sueño...

Mi boca traicionera está imparable.

Nora se voltea y me mira fijamente y yo no consigo cerrar el pico.

—¿Te sueño luego? —Me río—. No sé ni lo que me digo.

Hago una pausa que me parece una eternidad y, por alguna razón, no soporto el silencio entre ella y yo.

Para mi espanto y horror, sigo diciendo cosas sin sentido.

—No significa nada. Nada de nada.

Recorro su cuerpo con la mirada. Trae unos pantalones de deporte que no podrían ser ni más cortos ni más ajustados y una camiseta negra con la cabeza de un gatito estampada y debajo, en amarillo, la frase «Maúllame». La camiseta es muy linda, pero yo sólo puedo pensar en que su voz sonaba como un dulce ronroneo mientras me la cogía en mi cama.

«En mi sueño», tengo que obligarme a recordar.

—¿Seguro que estás bien? —me pregunta Nora intentando establecer contacto visual conmigo.

Asiento otra vez, mientras trato de calcular desesperadamente cuánto me queda para estar a salvo en el baño.

—Sí, sí. —Vuelvo a pasar junto a ella y abro la puerta del baño. Una vez dentro, apoyo la espalda en la puerta y me tomo un segundo para recobrar el aliento.

Necesito un regaderazo frío. Ahora mismo.

AGRADECIMIENTOS

Hacía tiempo que tenía pensado escribir este libro, antes incluso de haber hablado con ninguna editorial sobre la serie *After*. Escribía en Wattpad mientras intentaba averiguar qué quería hacer con mi vida. Me hacía mucha ilusión escribirlo, y deseaba meterme en la cabeza de Landon.

Después, cuando por fin me senté a escribirlo, me sorprendió darme cuenta de que no lo estaba disfrutando. Me encantaba la historia, pero tenía la sensación de que algo no iba bien, y no sabía qué era. No paraba de escribir en los vestíbulos de los hoteles y en cafeterías llenas de gente, pero cuando releía las palabras, me sonaban raras; era como si otra persona estuviera escribiendo mi novela. (Como un *fanfiction*, pero menos genial).

La fecha de entrega estaba cada vez más cerca, y sabía que la historia estaba bien, pero no estaba disfrutando tanto escribiéndola como con la primera serie. Pasé por fases en las que dudaba de mi capacidad como escritora, y a veces me preguntaba: «¿Y si *After* es la única historia que puedo ofrecer?». Pero entonces empecé a enviar fragmentos a un pequeño grupo de personas que empezaron como lectores cuando comencé a escribir y que se han convertido en mis mejores amigos. En cuanto leyeron lo que les había mandado y me escribieron sus respuestas, algo hizo clic. Leer sus reacciones y sus opiniones fue algo increíble, aunque la mayoría de los mensajes eran: «¡QUÉ FUERRR-TE!». (Gracias, Bri, Trev, Lauren y Chels. ¡Los quiero muchísimo, chicos!).

No tardé en reelaborar toda la historia y en descartar básicamente todo el primer borrador, pero seguía teniendo un problemilla. Quería escribir los capítulos, en directo en su mayor parte, en Wattpad, antes de enviárselos a mi editor. Este concepto es muy poco común y a las editoriales les da un poco de miedo. Entiendo la razón, pero yo sentía que escribir en Wattpad era la clave. Me encanta la escritura socializada, los comentarios, la adrenalina que se siente al publicar un capítulo nuevo...

Al pensar en un escritor la gente se imagina a alguien que escribe en soledad, en un ambiente tranquilo, y que jamás permitiría que miles de personas leyeran su trabajo antes de que lo haya hecho un editor. Por un momento tuve miedo, y crucé los dedos para que mi editorial me entendiera y considerara mi idea.

Contuve la respiración y le expliqué lo que me sucedía al editor, Adam Wilson, y lo primero que dijo fue: «Eso tiene mucha lógica». Me dieron ganas de gritar de alegría, en serio. Lo entendió. Lo entiende. Siempre ha entendido que no todos los escritores son iguales. Desde el momento en que lo conocí, sabía que me entendía. (Y ya he usado esta palabra unas diez veces en un momento, jaja.)

Adam siempre se muestra muy abierto y curioso con respecto a las nuevas, y exclusivas, maneras de escribir. Sabe que los escritores de internet son diferentes, y nunca me ha hecho sentir que debía ajustarme a la idea de un escritor tradicional. Siempre me ha apoyado con mis particularidades y ha alabado mi capacidad de hacer las cosas a mi manera. El sector editorial tiene suerte de contar con alguien como él.

Así que, Adam, necesito darte las gracias 39.394 veces. Gracias por tu paciencia y por apoyarme siempre. No me imagino escribiendo un libro sin ti.

Ashleigh Gardner: Gracias por apoyarme siempre y por ser una ferviente promotora de la modernización de la editorial tradicional.

Ursula Uriarte: Gracias por ser mi cerebro y mi mejor amiga. Y por enviarme gifs de Malec cuando estoy estresada. Sin ti se me olvidaría todo.

Aron Levitz: Gracias por hacerme famosa. Ahora, suelta este libro y VETE DE VACACIONES DE UNA MALDITA VEZ. *emoji de conejito*

Wattpad: Gracias por ser mi base.

Jeg Bergstrom: Gracias por estar tan dispuesta a dejarme probar cosas nuevas. Significa mucho para mí y me hace muy muy feliz. Los quiero muchísimo a todo el equipo de Gallery.

Gracias al revisor y al equipo de producción: son unos máquinas a la hora de trabajar rápido.

Y un agradecimiento enormemente inmenso a mis editoriales extranjeras por esforzarse tanto por mí. Ha sido increíble conocerlos a muchos de ustedes, y soy consciente de lo mucho que trabajan por mí.

Contacta a
Anna Todd en Wattpad

La autora de este libro, Anna Todd, empezó
su carrera como lectora, igual que tú.
Se unió a Wattpad para leer historias como ésta
y para conectar con la gente que las escribió.

**Descarga Wattpad hoy
para contactar a Anna:**

 imaginator1D

ESTE LIBRO PERTENECE A...

PERSONALÍZALO COMO TÚ QUIERAS

EMPIEZA AQUÍ →

¿QUÉ PERSONAJE DE LA SERIE AFTER ERES?

[El test definitivo para toda #afteriana]

1. ¿Cuánto hace que no sientes un cosquilleo en la panza por un chico?
   a. ¡Muchísimo tiempo! ¡Tengo tantas ganas de encontrar a mi chico ideal para sentirlo de nuevo ☺!
   b. Desde que conocí a mi novi@. No hay día que al verl@ no sienta mariposas en mi estómago.
   c. ¡Vaya tema! Estas cosas sólo ocurren en las novelas románticas.
   d. No lo he sentido nunca, porque nunca he estado enamorad@ hasta ese punto.
   e. Pues... creo que empiezo a sentirlo... ¡Me tiene loc@!
   f. Lo sentí con la persona más especial que he conocido, pero la cagué mucho y al final me dejó. Ahora sólo espero poder recuperarla de nuevo.

2. Si pudieras tener una cita con una celebridad, ¿con quién te quedarías?
   a. Daniel Radcliffe.
   b. Harry Stiles.
   c. Justin Bieber.
   d. Taylor Swift.
   e. Harrison Ford.
   f. Indiana Evans.

3. En el amor, eres...
   a. Lanzad@.
   b. Tímid@.
   c. Egoísta.
   d. Calculador@.
   e. Dulce.
   f. Dominante.

4. ¿Qué suelen hacer cuando están juntos?
   a. ¡Nos encantan las pelis! No hay mejor plan que acurrucarnos en el sillón, tomar mi cobija favorita y comer palomitas recién hechas.
   b. Él siempre me sorprende con algún plan romántico: una cena a la luz de las velas, una escapada de fin de semana...
   c. Casi nunca estamos solos... siempre trae algún amigo ¡grrr!
   d. Cualquier plan que se me antoje a mí.
   e. Somos muy aventureros y nos encanta ir de excursión o practicar algún deporte de riesgo juntos.
   f. La verdad es que no salimos de la habitación...

5. Hoy tienes una cita especial. ¿Cómo te vistes?
   a. Con un *crop top*, unos pantalones entubados negros y taconazos de vértigo. Sexi, atrevida y muy atractiva.
   b. Con unos *jeans* pegados, una camiseta y unos Todd's. Arreglada pero informal.
   c. Con unos pantalones anchos y mis *sneakers* favoritos. Él sabe que es lo que más me favorece.
   d. Con una minifalda y una camiseta pegada. Lo mejor para realzar mis piernas.
   e. De negro. Sencillo pero elegante. Ideal para que todo el mundo vea todo lo que me he esforzado en el gimnasio.
   f. *Jeans* y camiseta. *Of course!*

6. ¿Cuál es tu libro favorito?
   a. *Cazadores de sombras,* de Cassandra Clare.
   b. *Orgullo y prejuicio,* de Jane Austen.
   c. *Drácula,* de Bram Stoker.
   d. *Postdata te quiero,* de Cecelia Ahren.
   e. La saga entera de *Harry Potter,* de J. K. Rowling.
   f. *Cumbres borrascosas,* de Emily Brontë.

7. ¿Y tu película?
   a. *Harry Potter y la piedra filosofal.*
   b. *Todos los días de mi vida.*
   c. *El resplandor.*
   d. *El diario de Bridget Jones.*
   e. *3 metros sobre el cielo.*
   f. *Star Wars.*

8. ¿Lo has cachado alguna vez mintiéndote?
   a. Alguna mentirita, sí. Por ejemplo, cuando me dijo que había salido con sus amigos y en realidad estaba organizando la fiesta de mi cumpleaños. Es taaaaan romántic@.
   b. ¡Nunca! No tenemos secretos, somos súper sinceros y nos lo contamos absolutamente todo.
   c. No soporto las mentiras; si lo cacho mintiéndome, cortamos al instante. Y ya se lo he dicho: si quiere que sigamos juntos, ya sabe qué es lo que no debe hacer.
   d. No, la que le ha mentido alguna vez soy yo...
   e. No, pero seguro que más de una me habrá dicho, porque me creo todo.
   f. Más de una vez ☹ aunque siempre tiene alguna explicación...

Resultados:

Mayoría de A: Te identificas con... HARDIN
Vives al límite, sin importarte las consecuencias. Te metes con la gente, te gusta la fiesta y usas tu carisma y atractivo para ligar con tod@s, aunque no te comprometes con nadie (¡¡pero si incluso eres capaz de llamar a tus ligues por otro nombre!!). Eres dur@, frí@ y distante y prefieres estar sol@... Pero en realidad todo esto es una pose, tras la que escondes tu verdadero tú y un corazón de oro. Si dejas a un lado la mala onda, conseguirás todo lo que te propongas. Y quién sabe, ¡puede que encuentres a tu alma gemela!

Mayoría de B: Te identificas con... TESSA
Eres tímid@, dulce y fiel. No te gusta hacer daño a nadie y quieres ayudar a todo el mundo. En una frase: eres una buena persona. Confías en la gente y eres capaz de ver siempre lo mejor de cada uno. Pero a veces eres demasiado ingenu@ y has tenido más de un disgusto por ello. Ten más seguridad en ti mism@ y no te achiques: potencia tu atractivo, demuestra tu personalidad y sé un poco más egoísta. A veces, pensar en un@ mism@ no es malo. ¡Pruébalo y verás el resultado!

Mayoría de C: Te identificas con... LANDON
Tienes una familia que te quiere y a la que tú adoras, un trabajo que te gusta, sabes lo que quieres ser de mayor y pocos pero buenos amigos. Caser@, sensible y hogareñ@, tu mejor amiga es tu mamá y eres feliz con tu vida. A veces actúas de manera demasiado correcta, teniendo más en cuenta los sentimientos de los demás que los tuyos propios, porque no quieres que nadie sufra por tu culpa. Crees en el amor y en que en algún lugar está tu alma gemela, ¡cree más en ti y sal a buscarla!

Mayoría de D: Te identificas con... NORA

Sencill@, atent@ y de sonrisa fácil, enseguida te haces amig@ de todo el mundo. Pareces muy segur@ de ti misma pero en realidad eres bastante tímid@ y no eres consciente de que la gente se siente muy a gusto a tu lado. A veces sufres demasiado por cosas que tienen poca importancia ya que siempre intentas que todo el mundo esté feliz, aunque para eso te olvides de ti mism@... Eres sexi sin saberlo, y tienes una gracia y sensualidad naturales que otr@s no consiguen ni con las mejores ropas. ¡Un diamante en bruto!

Mayoría de E: Te identificas con... STEPH

Eres extrovertid@ y haces amigos fácilmente, la gente confía en ti y se siente cómoda contigo, pero a veces te molesta no ser la reina de la fiesta. Sientes envidia rápidamente de los demás, así que no estaría mal que pensaras más en todo lo bueno que tienes que en lo que tienen los otros.

Mayoría de F: Te identificas con... DAKOTA

Tu vida no ha sido fácil y eso te ha dado un fuerte carácter: desde pequeñ@ has tenido que valerte por ti mism@ y luchar por lo que querías, y ahora no te vas a detener. Tener personalidad es una virtud y te convierte en un@ luchador@, y seguramente en una triunfadora, pero cuidado porque, consciente de tus encantos, acostumbras a llevar las cosas a tu terreno... sin pensar en los demás. Eres list@, valiente y fuerte, así que intenta no poner siempre tus deseos por encima de los de los demás y decide más con el corazón.

SOPAS DE LETRAS PARA TODA #AFTERIANA

[¿Cuántas palabras eres capaz de descubrir?]

```
N   A   S   S   E   T   W   T   G   V
A   O   F   N   J   Z   M   O   R   N
Q   N   D   T   H   A   R   D   I   N
E   A   N   N   E   Y   R   Q   D   A
C   F   B   A   A   R   A   L   I   M
P   T   R   M   T   L   X   V   B   Q
E   E   O   O   L   O   D   B   Q   G
R   R   O   R   N   X   D   O   Q   F
D   I   K   D   L   Y   T   D   F   B
I   A   L   O   C   I   T   U   A   S
D   N   Y   H   N   V   H   S   I   A
A   A   N   I   J   I   S   J   G   M
S   E   F   W   H   E   S   N   G   L
Y   N   V   W   H   V   W   C   U   A
I   R   A   S   O   Z   A   D   E   P
```

Hay 15 palabras. ¡Descúbrelas!

```
C  A  H  Y  O  S  A  L  I  A
L  L  E  M  T  E  D  M  Q  Y
Y  O  S  O  I  O  R  E  P  U
T  S  S  L  N  A  Z  S  S  S
Y  Y  A  N  I  L  Q  Ñ  A  Q
S  V  A  E  F  E  A  L  M  H
E  V  D  C  N  L  R  U  L  J
R  B  O  E  I  L  A  G  A  Y
E  A  D  S  R  A  P  A  O  X
E  O  O  I  O  H  T  R  R  K
O  S  T  T  M  E  Z  Z  E  A
N  U  T  O  A  C  T  U  I  E
A  N  U  A  L  H  Q  X  U  U
A  C  O  N  N  A  N  P  Q  Q
R  A  T  S  E  S  Y  D  N  Ñ
```

Encuentra las 29 palabras que conforman las frases que toda #afteriana debe conocer.

UNE LAS COLUMNAS

Toda #afteriana es capaz de descifrar cuál es la canción favorita de los personajes del Universo AFTER. Une los títulos de estas canciones con cada uno de ellos y demuestra tus conocimientos ☺

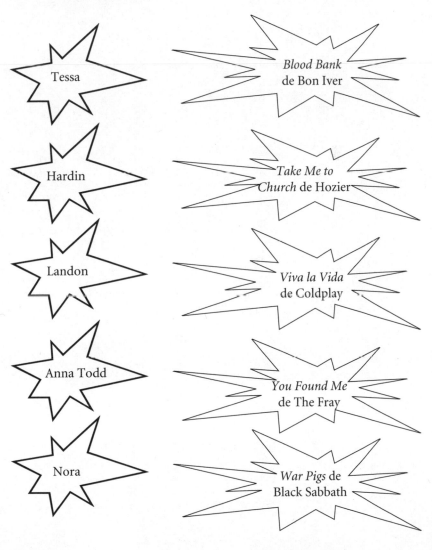

Tessa

Hardin

Landon

Anna Todd

Nora

Blood Bank de Bon Iver

Take Me to Church de Hozier

Viva la Vida de Coldplay

You Found Me de The Fray

War Pigs de Black Sabbath

PON A PRUEBA A TU CHICO.
¿ES UN AUTÉNTICO #AFTERIANO?

[Compruébalo con este test...]

Toda #afteriana quiere vivir una historia de amor como la de #Hessa y seguro que tú no eres la excepción... Pero ¿estás segura que tu chico es tu alma gemela? ¿Quieres saber si él es un auténtico fan de la SerieAFTER? Haz este test y descúbrelo por ti misma ☺

1. ¿Te harías un tatuaje?
   a. Sí.
   b. No.
   c. NS / NC.

2. ¿En qué Universidad estudian Tessa y Hardin?
   a. En NY.
   b. En Washington.
   c. En UCLA.

3. Tessa y Hardin van juntos a clase de...
   a. Literatura.
   b. Historia.
   c. Arte.

4. Landon es...
    a. El primo de Hardin.
    b. El hermanastro de Hardin.
    c. Un amigo de Hardin.

5. ¿En qué grupo de música se inspiró Anna Todd para escribir la serie After?
    a. Auryn.
    b. Maroon5.
    c. 1D.

6. ¿Crees que Hardin se pasó con la apuesta?
    a. Sí.
    b. No.
    c. Sólo un poco.

7. ¿Crees en el amor infinito?
    a. Sí.
    b. No.

Resultados:

1. a) 5 puntos; b) 3 puntos; c)1 punto / 2. a) 3 puntos; b) 5 puntos; c) 1 punto / 3. a) 5 puntos; b)3 puntos; c) 1 punto / 4. a) 1 punto; b) 5 puntos; c) 3 puntos/ 5. a)1 punto; b) 3 puntos; c) 5puntos / 6. a)5 puntos; b) 1 punto; c) 3 puntos /7.a)5 puntos; b)1 punto

Entre 25-35 puntos:

OMG: ¡No puedo creerlo! ¡Tu chico conoce todos los secretos de la SerieAFTER! ¡Genial, porque conseguiste al perfecto #afteriano! ¡No lo dejes escapar!

Entre 15-25 puntos:

A tu chico le falta un poco para ser un #afteriano completo, pero ¡tiene solución! Regálale todos los libros de la serie: será la manera de compartir contigo esta historia de amor que nadie quiere que acabe y todo el mundo quiere vivir ☺

Menos de 15 puntos

¡Menudo desastre! O este chico no te conviene o es que no ha tenido tiempo de leer AFTER. ¡¡Habla con él!!

ESTE ESPACIO ESTÁ

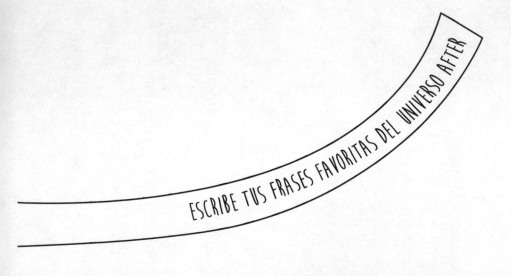

ESCRIBE TUS FRASES FAVORITAS DEL UNIVERSO AFTER

DEDICADO A TI...

ESTE ESPACIO ESTÁ

DEDICADO A TI...

ESTA PÁGINA ES SECRETA... ESCRIBE AQUÍ TUS SENTIMIENTOS MÁS ÍNTIMOS

TU ALMA GEMELA...

[Escribe los nombres en el símbolo]

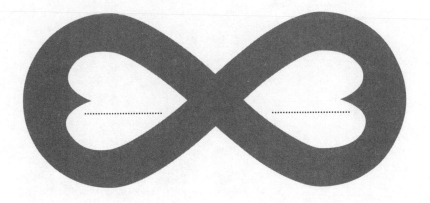

COMPARTE EL RESULTADO EN

Con el hashtag **#soyafteriana**

LANDON. AHORA Y SIEMPRE

Próximamente.
No lo olvidarás

ADÉNTRATE EN EL UNIVERSO AFTER
Y DESCUBRE UNA EXPERIENCIA
DE LECTURA ÚNICA

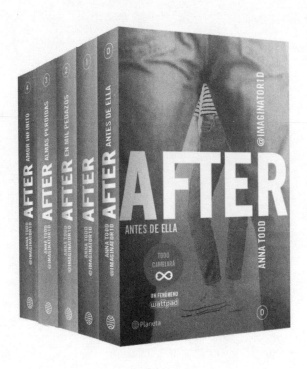